Un peu plus loin
sur la droite

Du même auteur, collection "Chemins Nocturnes"
aux éditions Viviane Hamy

CEUX QUI VONT MOURIR TE SALUENT
DEBOUT LES MORTS
L'HOMME AUX CERCLES BLEUS
UN PEU PLUS LOIN SUR LA DROITE
SANS FEU NI LIEU
L'HOMME À L'ENVERS
PARS VITE ET REVIENS TARD
COULE LA SEINE
SOUS LES VENTS DE NEPTUNE
DANS LES BOIS ÉTERNELS
UN LIEU INCERTAIN
L'ARMÉE FURIEUSE

Fred Vargas/Baudoin :
LES QUATRE FLEUVES

Hors collection

PETIT TRAITÉ DE TOUTES VÉRITÉS SUR L'EXISTENCE
CRITIQUE DE L'ANXIÉTÉ PURE

Aux Éditions J'ai lu

DEBOUT LES MORTS - *N° 5482*
CEUX QUI VONT MOURIR TE SALUENT - *N° 5811*
SANS FEU NI LIEU - *N° 5996*
L'HOMME AUX CERCLES BLEUS - *N° 6201*
L'HOMME À L'ENVERS - *N° 6277*
COULE LA SEINE - *N° 6994*
PARS VITE ET REVIENS TARD - *N° 7461*
SOUS LES VENTS DE NEPTUNE - *N° 8175*
DANS LES BOIS ÉTERNELS - *N° 9004*
UN LIEU INCERTAIN - *N° 9392*
L'ARMÉE FURIEUSE - *N° 9842*

Aux Éditions Librio

SALUT ET LIBERTÉ *SUIVI DE* LA NUIT DES BRUTES - *N° 547*
PETIT TRAITÉ DE TOUTES VÉRITÉS SUR L'EXISTENCE - *N° 586*
CRITIQUE DE L'ANXIÉTÉ PURE - *N° 958*

Fred Vargas/Baudoin :
LE MARCHAND D'ÉPONGES - *N° 980*

FRED VARGAS

Un peu plus loin sur la droite

1

— Et qu'est-ce que tu fous dans le quartier ?

La vieille Marthe aimait discuter le coup. Ce soir, elle n'avait pas eu son compte et elle s'était acharnée sur un mots croisés, au comptoir, avec le patron. Le patron était un brave type mais exaspérant pour les mots croisés. Il répondait à côté, il ne respectait pas la consigne, il ne s'adaptait pas à la grille. Pourtant il aurait pu servir, il était calé en géographie, ce qui était curieux parce qu'il n'avait jamais quitté Paris, pas plus que Marthe. Coule en Russie en deux lettres vertical, le patron avait proposé « Ienisseï ».

Enfin, c'était mieux que de ne pas parler du tout.

Louis Kehlweiler était entré au café vers onze heures. Ça faisait deux mois que Marthe ne l'avait pas vu et il lui avait manqué, en fait. Kehlweiler avait mis une pièce dans le flipper et Marthe regardait les trajets de la grosse boule. Ce jeu de dingue, avec un espace fait exprès pour paumer la boule, avec une pente à remonter au prix d'incessants efforts, et que, sitôt atteinte, on redévalait aussi sec pour se perdre dans l'espace fait exprès, l'avait toujours contrariée. Il lui semblait que cette machine n'avait de cesse, au fond, de donner des leçons de morale, une morale austère, injuste et déprimante. Et si, par emportement légitime, on lui foutait un coup de poing, elle tiltait et on était puni. Et il fallait payer pour ça en plus. On avait bien tenté de lui expliquer que c'était un instrument de plaisir, rien à faire, ça lui rappelait son catéchisme.

— Hein ? Qu'est-ce que tu fous dans le quartier ?

— Je suis passé voir, dit Louis. Vincent a remarqué des trucs.

— Des trucs qui valent le coup ?

Louis s'interrompit, il y avait urgence, la boule du flipper filait droit vers le néant. Il la rattrapa d'une fourchette et elle repartit crépiter vers les hauteurs, mollement.

— Tu joues mou, dit Marthe.

— J'ai vu, mais tu parles tout le temps.

— Faut bien. Quand tu fais ton catéchisme, t'entends pas ce qu'on te dit. Tu ne m'as pas répondu. Ça vaut le coup ?

— Ça peut. Faut voir.

— C'est du quoi ? Politique, crapuleux, indéterminé ?

— Ne braille pas comme ça, Marthe. Ça te fera des ennuis un jour. Disons que ce serait de l'ultraréac qui se trouve là où on ne l'attendrait pas. Ça m'intrigue.

— Du bon ?

— Oui, Marthe. Du vrai, appellation nationale contrôlée, mis en bouteille au château. Faudrait vérifier, bien sûr.

— Ça se passe où ? C'est à quel banc ?

— Au banc 102.

Louis sourit et lança une boule. Marthe réfléchit. Elle s'embrouillait, elle perdait la main. Elle confondait le banc 102 avec les bancs 107 et 98. Louis avait trouvé plus simple d'attribuer des numéros aux bancs publics de Paris qui lui servaient d'observatoires. Les bancs intéressants, cela va de soi. C'est vrai que c'était plus commode que de détailler leur situation topographique précise, d'autant que la situation des bancs est généralement confuse. Mais en vingt ans, il y avait eu des changements, des bancs mis à la retraite, et des nouveaux dont il fallait s'occuper. On avait dû numéroter des arbres aussi, quand les bancs manquaient dans des emplacements clefs de la capitale. Il y avait aussi les bancs de passage, pour les petites histoires. À force, on en était au n° 137, parce qu'on ne réutilisait jamais un ancien numéro, et ça se mélangeait dans sa tête. Mais Louis interdisait qu'on ait des aide-mémoire.

— Le 102, c'est celui avec le fleuriste derrière ? demanda Marthe en fronçant les sourcils.

— Non, ça c'est le 107.

— Merde, dit Marthe. Paye-moi un coup au moins.

— Prends ce que tu veux au bar. Il me reste trois boules à jouer.

Marthe, elle n'était plus aussi performante. À soixante-dix ans, elle ne pouvait plus rôder comme avant dans la ville, entre deux clients. Et puis elle confondait les bancs. Mais enfin, c'était Marthe. Elle n'apportait plus beaucoup de renseignements mais elle avait d'excellentes intuitions. Son dernier tuyau remontait bien à dix ans. Ça avait foutu une merde salutaire, ce qui était l'essentiel.

— Tu bois trop, ma vieille, dit Louis en tirant le ressort du flipper.

— Surveille ta boule, Ludwig.

Marthe l'appelait Ludwig, et d'autres l'appelaient Louis. Chacun faisait son choix, il avait l'habitude. Ça faisait cinquante ans maintenant que les gens balançaient d'un prénom à l'autre. Il y en avait même qui l'appelaient Louis-Ludwig. Il trouvait ça idiot, personne ne s'appelle Louis-Louis.

— T'as amené Bufo ? demanda Marthe en revenant avec un verre.

— Tu sais bien que les cafés lui font peur.

— Il est en forme ? Ça marche toujours, vous deux ?

— C'est le grand amour, Marthe.

Il y eut un silence.

— On ne voit plus ta copine, reprit Marthe en s'accoudant sur le flipper.

— Elle s'est tirée. Pousse ton bras, je ne vois plus le jeu.

— Quand ?

— Pousse-toi, bon Dieu ! Cet après-midi, elle a empaqueté ses affaires pendant mon absence et elle a laissé une lettre sur le lit. Regarde, tu m'as fait rater la boule.

— C'est ton jeu qui est mou. Tu as mangé au moins à midi ? Comment était la lettre ?

— Minable. Oui, j'ai mangé.

— C'est pas facile d'écrire une lettre chic quand on se tire.

— Pourquoi pas ? Il n'y a qu'à parler au lieu d'écrire.

Louis sourit à Marthe et donna un coup du plat de la main sur le côté du flipper. Vraiment une lettre minable. Bon, Sonia était partie, c'était son droit, on n'allait pas revenir là-dessus sans cesse. Elle était partie, il était triste, c'est tout. Le monde était à feu et à sang et il n'y avait pas à s'énerver pour une femme partie. Encore que bien sûr, c'était triste.

— Te casse pas la tête avec ça, dit Marthe.

— J'ai des regrets. Et il y avait cette expérience, tu te souviens ? Ça a raté.

— Qu'est-ce que t'espérais ? Qu'elle resterait juste pour ta gueule ? Je dis pas que t'es moche, ne me fais pas dire ce que je n'ai pas dit.

— Je ne fais rien.

— Mais ça ne suffit pas, Ludwig, les yeux verts et toute la suite. Moi aussi je les avais. Et ton genou raide, franchement, ça te fait un handicap. Il y a des filles qui n'aiment pas les hommes qui boitent. Ça les vexe, mets-toi ça dans le crâne.

— C'est fait.

— Te casse pas la tête.

Louis rit et posa une caresse sur la vieille main de Marthe.

— Je ne me casse pas la tête.

— Si tu le dis… Tu veux que je passe au banc 102 ?

— Fais comme ça te plaît, Marthe. Je ne suis pas propriétaire des bancs de Paris.

— Tu ne pourrais pas donner des ordres, de temps en temps, non ?

— Non.

— Eh bien, tu te fais tort. Donner des ordres, ça vous pose un homme. Mais évidemment, comme tu ne sais pas obéir, je ne vois pas comment tu pourrais commander.

— Évidemment.

— Je ne te l'ai pas déjà dit, ça, des fois ? Cette formule ?

— Cent fois, Marthe.

— Les bonnes formules, c'est inusable.

Il aurait pu éviter que Sonia s'en aille, bien sûr. Mais il avait voulu tenter l'expérience imbécile de l'homme tel quel, et le résultat était là, elle s'était tirée après cinq mois. Bien, ça suffisait comme ça, il y avait assez pensé, il était assez triste, le monde était à feu et à sang, il y avait du travail, dans les petites affaires de ce monde comme dans les grandes, on n'allait pas penser à Sonia dix mille heures et à sa lettre minable, il y avait autre chose à faire. Mais là-haut, dans ce foutu ministère où il avait tant rôdé en électron libre, désiré, détesté, indispensable et cher payé, on l'éjectait. Têtes nouvelles en place, têtes nouvelles de vieux imbéciles, pas tous imbéciles d'ailleurs, c'était ça l'ennui, et qui ne souhaitaient plus le secours d'un type un peu trop au courant des choses. Ils le congédiaient, ils se méfiaient, avec raison. Mais leur réflexe était absurde.

Prenons une mouche, par exemple.

— Prends une mouche, par exemple, dit Louis.

Louis avait fini sa partie, un score moyen. C'était agaçant ces nouveaux flips où il fallait à la fois regarder l'écran et la boule. Mais parfois, les boules se mettaient à déferler par trois ou quatre à la fois et c'était intéressant, quoi qu'en dise Marthe. Il s'appuya au comptoir en attendant que Marthe écluse sa bière.

Quand Sonia avait donné les premiers signes de départ, il avait été tenté de raconter, de dire ce qu'il avait fait, dans les ministères, dans les rues, dans les cours de justice, dans les cafés, les campagnes, les bureaux de flics. Vingt-cinq ans de déminage, il appelait ça, de traque aux hommes de pierre et aux pensées pestilentielles. Vingt-cinq ans de vigilance, et trop d'hommes rencontrés au cerveau rocailleux, rôdant en solitaire, œuvrant en groupe, hurlant en horde, mêmes rocailles aux têtes et mêmes tueries aux mains, merde. Sonia l'aurait aimé, en démineur. Elle serait restée, peut-être, même avec son genou raide flambé dans l'incendie d'un hôtel racketté près d'Antibes. Ça pose un homme. Mais il avait tenu bon, il n'avait rien raconté du tout. Il n'avait proposé pour seul attrait que sa carcasse et sa parole, pour voir. Pour le genou, Sonia croyait qu'il était tombé dans l'escalier du métro. Ça défait un homme, des trucs comme ça. Marthe l'avait prévenu, il serait déçu, les femmes n'étaient pas meilleures que les autres, fallait pas attendre des miracles. Peut-être que Bufo n'avait pas arrangé les choses.

— On se paye un coup, Ludwig ?

— Tu as assez bu, je te raccompagne.

Non que Marthe risquât quoi que ce soit, vu qu'elle n'avait pas le rond et qu'elle avait tout vu tout fait, mais quand il pleuvait la nuit et qu'elle était un peu ivre, elle avait tendance à se casser la gueule.

— Et ta mouche, alors ? demanda Marthe en sortant du bar et en plaquant d'une main un sac en plastique sur sa tête. Tu me parlais d'une mouche.

— Tu as peur de la pluie maintenant ?
— C'est ma teinture. Si ça coule, de quoi j'aurais l'air ?
— D'une vieille pute.
— Ce que je suis.
— Ce que tu es.

Marthe rigola. Son rire était connu dans le quartier depuis un demi-siècle. Un type se retourna et lui adressa un petit salut de la main.

— Celui-là, dit Marthe, tu ne peux pas te figurer comment il était il y a trente ans. Je ne te dis pas qui c'est, c'est pas dans mes habitudes.
— Je sais qui c'est, dit Louis en souriant.
— Dis donc, Ludwig, j'espère que tu ne fouines pas dans mon carnet d'adresses ? Tu sais que j'ai le respect du métier.
— Et moi, j'espère que tu dis ça pour causer.
— Oui, pour causer.
— N'empêche que ce carnet, Marthe, il pourrait intéresser des types moins scrupuleux que moi. Tu devrais le détruire, ça fait cent fois que je te le dis.
— C'est trop de souvenirs. Tout ce gratin qui frappait à ma porte, imagine-toi...
— Détruis-le, je te dis. C'est risqué.
— Tu penses ! Le gratin, il a vieilli... Qui veux-tu que ça intéresse, du vieux gratin ?
— Plein de gens. Et si tu n'avais que les noms, passe encore, mais tu as tes petites notes, n'est-ce pas, Marthe ?
— Dis donc, Ludwig, tu n'en as pas des petites notes, toi, des fois ?
— Baisse la voix, Marthe, on n'est pas en rase campagne.

Marthe avait toujours parlé trop fort.

— Hein ? Des petits carnets ? Des enquêtes ? Des souvenirs de déminage ? Tu les as jetés, toi, depuis qu'ils t'ont viré de là-haut ? Au fait, t'es vraiment viré, c'est pour de bon ?

— Il semble. Mais j'ai gardé des attaches. Ils auront du mal à me désamarrer. Tiens, prends une mouche, par exemple.

— Si tu veux, mais je suis rendue, moi. Je peux te poser une question ? Ce foutu fleuve de Russie qui revient toujours, en deux lettres, ça te dit quelque chose ?

— L'Ob, Marthe, ça fait cent fois que je te le dis.

Kehlweiler posa Marthe devant chez elle, l'écouta grimper l'escalier, et entra dans le café de l'avenue. Il était près d'une heure du matin, il n'y avait plus grand monde. Des traînards, comme lui. Il les connaissait tous, il avait une mémoire assoiffée de visages et de noms, perpétuellement insatisfaite et quémandeuse. Ce qui d'ailleurs inquiétait beaucoup au ministère.

Une bière et ensuite il ne se casserait plus la tête avec Sonia. Il aurait pu lui raconter sa grande armée aussi, une centaine d'hommes et femmes sur qui compter, un regard dans chaque département, plus une vingtaine à Paris, on peut pas déminer tout seul. Sonia serait restée, peut-être. Et puis merde.

Donc, prenons une mouche. La mouche est entrée dans la maison et elle énerve tout le monde. Des tonnes de battements d'ailes à la seconde. C'est fortiche, une mouche, mais ça énerve. Ça vole dans tous les sens, ça marche au plafond sans trucage, ça se fout partout là où il ne faut pas, et surtout, ça trouve la moindre goutte de miel égarée. L'emmerdeuse publique. Exactement comme lui. Il trouvait du miel là où tout le monde pensait avoir bien nettoyé, n'avoir pas laissé de trace. Du miel ou de la merde, bien sûr, pour une mouche tout se vaut. Le réflexe imbécile est de foutre la mouche dehors. C'est la bourde. Car une fois dehors, que fait la mouche ?

Louis Kehlweiler paya sa bière, salua tout le monde et sortit du bar. Il n'avait aucune envie de rentrer chez lui. Il irait se poser sur le banc 102. Quand il avait démarré, il avait quatre bancs, et maintenant cent trente-sept, plus soixante-quatre arbres. Depuis ces bancs et ces marronniers, il avait capté des tas de choses. Il aurait pu raconter ça aussi, mais il avait tenu bon. Il pleuvait à verse à présent.

Car une fois dehors, que fait la mouche ? Elle fait l'imbécile deux ou trois minutes, c'est entendu, et puis elle s'accouple. Et puis elle pond. Ensuite, on a des milliers de petites mouches qui grandissent, qui font les imbéciles, et puis qui s'accouplent. Donc, rien de plus inconséquent que de se débarrasser d'une mouche en la mettant dehors. Ça démultiplie la puissance de la mouche. Faut la laisser dedans, la laisser faire ses trucs de mouche, et prendre patience jusqu'à ce que l'âge la rattrape et qu'elle fatigue. Tandis qu'une mouche dehors, c'est la menace, le grand danger. Et ces crétins qui l'avaient mis dehors. Comme si, une fois dehors, il allait s'arrêter. Mais non, ce serait pire. Et évidemment, ils ne pouvaient pas se permettre de lui taper dessus avec un torchon comme il arrive qu'on procède avec une mouche.

Kehlweiler parvint en vue du banc 102 sous une pluie battante. C'était un bon territoire, en vis-à-vis du domicile d'un neveu de député très discret. Kehlweiler savait avoir l'air d'un type perdu, c'était assez naturel chez lui, et on ne se méfiait pas d'un grand corps abandonné sur un banc. Pas même quand ce grand corps entreprenait une petite filature d'un pas lent.

Il s'arrêta et fit une grimace. Un chien lui avait salopé son territoire. Là, sur la grille de l'arbre, au pied du banc. Louis Kehlweiler n'aimait pas qu'on empuantisse ses emplacements. Il faillit retourner sur ses pas. Mais le monde était à feu et à sang, il n'allait pas s'effacer devant l'excrément dérisoire d'un chien inconséquent.

À midi, il avait déjeuné sur ce banc, et le territoire était vierge. Et ce soir, une femme partie, une lettre minable sur le lit, un score moyen au flipper, un territoire salopé, une vague désespérance.

Trop de bière, ce soir, c'était bien possible, il ne prétendait pas le contraire. Et personne dans les rues sous cette avalanche de flotte, qui, au moins, lessiverait les trottoirs, les grilles d'arbre et le poste 102 ; sa tête aussi peut-être. Si Vincent l'avait bien informé, le neveu du député recevait depuis quelques semaines un personnage obscur qui l'intéressait. Il voulait voir. Mais ce soir, pas de lumière aux fenêtres, pas de mouvement.

Il se protégea de la pluie sous sa veste et nota quelques lignes sur un carnet. Marthe devrait se débarrasser du sien. Pour bien faire, il faudrait le lui arracher de force. Marthe, personne ne l'aurait cru, avait été l'entraîneuse la plus belle de tout le 5e arrondissement, d'après ce qu'on lui avait raconté. Kehlweiler jeta un regard à la grille d'arbre. Il voulait partir. Ce n'était pas qu'il reculait, mais ça allait bien pour ce soir, il voulait dormir. Évidemment, il pourrait être là dès demain à l'aube. On lui avait beaucoup vanté les beautés de l'aube, mais Kehlweiler aimait dormir. Et quand il voulait dormir, il n'y avait guère de motivations qui pouvaient tenir le coup. Parfois même, le monde était à feu et à sang et il voulait dormir. C'était ainsi, il n'en tirait pas de gloire ni de honte, encore que parfois si, et il n'y pouvait rien, et cela lui avait valu pas mal d'emmerdements et même de ratages. Il la payait, sa quote-part au sommeil. L'avenir appartient à ceux qui se lèvent tôt, dit-on. Et c'est idiot, car l'avenir est également surveillé par ceux qui se couchent tard. Demain, il pourrait être là vers onze heures.

2

Tuer comme ça, bien peu auraient su le faire. Mais attention. C'est maintenant qu'il s'agissait d'opérer de manière précise, habile et même excellente. Travailler l'excellence dans la discrétion, c'est le secret des choses. Ce que les gens peuvent être cons, impensable. Georges, un bon exemple, je dis Georges mais il y en a d'autres. Quel minable, ce type.

Ce n'est qu'un exemple.

Attention, ne pas sourire plus que d'habitude, bien s'entraîner, de la précision. La méthode avait déjà donné des résultats exemplaires, il fallait l'appliquer strictement. Laisser tomber la mâchoire, laisser tomber mollement les joues, les yeux. Travailler l'excellence sous le détachement de l'ordinaire, sous une normalité un peu fatiguée. Pas facile à faire quand on est content. Et ce soir, c'était plus que du contentement, c'était presque de l'exultation, très légitime. Bien dommage de ne pouvoir en profiter, les occasions ne sont pas si fréquentes. Mais pas question, pas si bête. Quand un minable est amoureux, cela se repère, et quand un assassin est satisfait, cela se lit sur tout son corps. Le lendemain, la police est dessus, et c'est terminé. Pour tuer, il faut être autre chose qu'un minable, c'est le secret des choses. Bien s'entraîner, de la précision, de la rigueur, et personne ne verrait quoi que ce soit. Le droit de profiter et d'exulter, ce serait pour plus tard, dans un an, discrètement.

Cultiver le détachement et dissimuler le plaisir. Tuer comme ça, frapper sur les rochers, invisible et rapide, combien auraient su le faire ? La vieille n'avait rien vu venir. Excellent de simplicité. On raconte que les assassins ont besoin de faire savoir que c'est eux. Qu'ils ne peuvent s'empêcher de se faire connaître sinon leur plaisir est gâté. Pire si on en arrête un autre à leur place, un vieux traquenard pour les faire sortir du trou. Ils ne peuvent tolérer qu'on leur vole leur meurtre, soi-disant. Tu parles. C'est bon pour les minables. Non, pas si bête. On pourrait en arrêter vingt autres à sa place, ça ne lui ferait pas lever un sourcil. C'est le secret. Mais on n'arrêterait personne, on ne penserait pas même à un meurtre.

Ce besoin de sourire, de profiter, très légitime. Mais justement non, être habile. Bien laisser tomber la mâchoire, être paisible. Tout est là.

Penser à la mer, par exemple. Une première vague, une deuxième vague, ça monte, ça recule, et ainsi de suite. Très délassant, la mer, très régulier. Bien meilleur que de compter les moutons pour se détendre, qui est surtout bon pour les minables qui ne réfléchissent pas. Le premier mouton, passe. Il saute sa barrière et part en courant vers la gauche de la tête. Et où s'en va-t-il, ce minable ? Il se dissimule à gauche du cerveau, au-dessus de l'oreille. Cela se gâte dès le deuxième mouton, qui a évidemment moins de place que le précédent pour disparaître. On obtient très vite une pile de moutons à gauche de la barrière, les nouveaux venus ne parviennent plus à sauter, au bout du compte la pile de moutons s'écroule dans les bêlements, c'est une abomination, autant les égorger sur-le-champ. La mer, c'est beaucoup mieux. Ça monte, ça recule, sans cesse, et pour rien. Quelle conne, cette mer. Au fond, c'est irritant aussi la mer, en raison de cette inutilité immense. Tirée et retirée par la lune, incapable de faire valoir sa volonté. Le mieux aurait été de penser au meurtre, bien sûr. En le recomposant en pensée, un rire lui venait, et le rire est excellent pour tout. Pas si bête, suprême oubli, ne pas penser au meurtre.

Calculons. On allait se mettre à chercher la vieille dès demain. Le temps qu'on trouve le corps dans ces rochers où nul ne passe en novembre, cela lui laissait encore un jour, sans doute deux. Il ne serait plus possible de préciser le moment de la mort. Ajoutons le vent, la pluie et la marée, sans compter les mouettes, ce serait parfait. Encore ce sourire. Précisément à éviter, comme éviter que ses mains ne se serrent et se desserrent, ce qui lui arrivait toujours après un meurtre. Le meurtre lui sortait par les doigts, pendant cinq à six semaines. Laisser tomber les mains aussi, en plus de la mâchoire, ne laisser aucun détail incontrôlé, de la rigueur. Tous ces minables qui se faisaient prendre par excès de nervosité, de tics, de contentement, d'exhibitionnisme, ou par excès d'indifférence, de simples faiblards pas même capables de se tenir. Mais pas si bête. Quand on lui apprendrait la nouvelle, s'intéresser, et même s'émouvoir. Bien laisser tomber les bras en marchant, s'activer avec tranquillité. Calculons. Ils commenceraient à chercher demain, des gendarmes, et sûrement des volontaires. Se joindre aux volontaires ? Non, pas si bête. Les assassins se mêlent trop souvent aux volontaires. Tout le monde sait que même les plus cons des gendarmes se méfient et dressent la liste des volontaires.

Travailler l'excellence. Faire son travail comme d'habitude, sourire normalement, laisser retomber les mains, et s'informer, sans plus. Rectifier cette tension des doigts, ce n'était certes pas le moment d'avoir des spasmes irrépressibles, bien sûr que non, et ce n'était pas son genre, sûrement pas. Bien veiller aux lèvres et aux mains, c'est le secret des choses. Mettre les mains dans les poches, ou croiser les bras, souplement. Pas plus souvent que d'ordinaire.

Veiller à ce qui se passait autour, observer les autres, mais normalement, pas comme ces assassins qui se figu-

rent que le moindre détail les concerne. Mais prêter attention aux détails. Toutes les précautions avaient été prises mais il faut toujours compter avec les cons de la terre. Toujours. Envisager qu'un con ait pu remarquer quelque chose. Prévoir, c'est le secret. Si quelqu'un s'avisait de mettre le nez dans ses affaires, il y passerait. Moins il y aurait de minables sur terre et mieux ça vaudrait. Il y passerait, comme les autres. Y songer dès maintenant.

3

Louis Kehlweiler s'assit sur le banc 102 à onze heures. Vincent était là, tournant les pages d'un journal.

— Tu n'as rien d'autre à foutre en ce moment ? lui demanda Louis.

— Deux ou trois articles en route... S'il se passe quelque chose là-dedans, dit-il sans lever le visage vers l'immeuble d'en face, tu me laisses faire le reportage ?

— Évidemment. Mais tu me tiens au courant.

— Évidemment.

Kehlweiler sortit d'un sac en plastique un livre et du papier. L'automne n'était pas chaud et il n'arrivait pas à trouver une position favorable au travail, sur ce banc encore humide des pluies de la nuit.

— Tu traduis quoi ? demanda Vincent.

— Un bouquin sur le Troisième Reich.

— Dans quel sens ?

— D'allemand en français.

— Ça va rapporter ?

— Pas mal. Ça ne te gêne pas que je pose Bufo sur le banc ?

— Pas du tout, dit Vincent.

— Mais ne le dérange pas, il dort.

— Je ne suis pas assez dingue pour faire la conversation à un crapaud.

— On dit ça et parfois on y vient.

— Tu lui causes beaucoup ?
— Tout le temps. Bufo sait tout, c'est un coffre-fort, un scandale vivant. Dis-moi, tu n'as vu personne s'approcher du banc ce matin ?
— C'est à moi que tu parles ou à ton crapaud ?
— Mon crapaud n'était pas levé ce matin. Donc, c'est à toi.
— Bien. Je n'ai vu personne s'approcher. Enfin, pas depuis sept heures et demie. Sauf la vieille Marthe, on s'est dit trois mots et elle a filé.
Vincent avait à présent sorti une petite paire de ciseaux et découpait des articles dans sa pile de quotidiens.
— Tu fais comme moi, maintenant ? Tu découpes tout ?
— L'élève doit imiter le maître jusqu'à ce que le maître s'énerve et le flanque dehors, ce qui est signe que l'élève est prêt pour devenir maître à son tour, n'est-ce pas ? Là, par exemple, je t'énerve ?
— Pas du tout. Tu ne t'occupes pas assez de la province, dit Kehlweiler en feuilletant la pile de journaux que Vincent avait entassés. Trop parisien tout ça.
— Je n'ai pas le temps. Je n'ai pas comme toi des types qui m'envoient des trucs tout préparés des quatre coins de la France, je ne suis pas un vieux pontife. Plus tard, moi aussi, j'aurai ma troupe occulte. C'est qui, les gens de la grande armée ?
— Des types dans ton genre, des femmes dans ton genre, des journalistes, des militants, des curieux, des inactifs, des fouille-merde, des juges, des patrons de café, des philosophes, des flics, des vendeurs de journaux, des vendeurs de marrons, des…
— Ça va, dit Vincent.
Kehlweiler jetait des regards rapides à la grille d'arbre, à Vincent, aux alentours.
— Tu as perdu quelque chose ? demanda Vincent.

— D'une certaine manière. Et ce que j'ai perdu d'une main, j'ai l'impression que je le récupère d'une autre. Tu es certain que personne ne s'est installé là, ce matin ? Tu ne t'es pas endormi sur tes lectures ?

— Après sept heures du matin, je ne me rendors plus.

— C'est grand.

— La presse régionale, reprit Vincent, buté, c'est du droit commun, ça ne va nulle part, c'est une spirale domestique et ça ne m'intéresse pas.

— Et tu te goures. Un crime prémédité, une diffamation privée, une petite dénonciation arbitraire, ça va quelque part, sur un grand fumier où fermentent les saloperies à grande échelle et les consentements collectifs. Mieux vaut s'occuper de tout sans trier. Je suis un généraliste.

Vincent grogna quelque chose pendant que Kehlweiler se levait pour aller considérer la grille d'arbre. Vincent connaissait à fond les théories de Kehlweiler, entre autres l'histoire de la main gauche et de la main droite. Main gauche, annonçait Louis en levant les bras et en étendant les doigts, imparfaite, malhabile, hésitante, et donc productrice salutaire du cafouillis et du doute. Main droite, assurée, ferme, détentrice du savoir-faire, conductrice du génie humain. Avec elle, la maîtrise, la méthode et la logique. Attention, Vincent, c'est maintenant qu'il faut bien me suivre : que tu penches un peu trop vers ta main droite, deux pas de plus, et voilà poindre la rigueur et la certitude, tu les vois ? Avance un peu plus loin encore, trois pas de plus, et c'est la bascule tragique dans la perfection, dans l'impeccable, et puis dans l'infaillible et l'impitoyable. Tu n'es plus alors qu'une moitié d'homme qui marche penché à l'extrême sur ta droite, inconscient de la haute valeur du cafouillis, cruel imbécile fermé aux vertus du doute ; ça peut venir plus sournoisement que tu ne te le figures, te crois pas à l'abri, faut se surveiller, t'as deux mains, c'est pas fait pour les chiens. Vincent sourit et bougea ses mains. Il avait appris à chercher les hommes penchés, mais il ne voulait s'occuper que du politique tandis que Louis s'était toujours occupé de tout. En attendant, Louis était toujours appuyé à l'arbre, le regard vers la grille.

— Qu'est-ce que tu fous ? demanda Vincent.

— Cette petite chose blanchâtre sur la grille d'arbre, tu la vois ?

— Un peu.

— Je voudrais que tu me l'attrapes. Avec mon genou, je ne peux pas m'accroupir.

Vincent se leva en soupirant. Il n'avait jamais remis en question les suggestions de Kehlweiler, le maître à penser du cafouillis, il n'allait pas commencer maintenant.

— Prends un mouchoir, je pense que ça pue.

Vincent secoua la tête et remit à Kehlweiler la délicate bricole dans un bout de journal, parce qu'il n'avait pas de mouchoir. Il se réinstalla sur le banc, reprit ses ciseaux et ignora Kehlweiler ; il y a des limites à la complaisance. Mais du coin du regard, il l'observait faire tourner la bricole sous tous ses angles dans le papier journal.

— Vincent ?

— Oui ?

— Il n'a pas plu, ce matin ?

— Pas depuis deux heures du matin.

Vincent avait commencé par la météo pour un journal de quartier, et il continuait de la guetter chaque jour. Il savait beaucoup de choses sur les raisons pour lesquelles l'eau tombe ou bien reste accrochée en haut.

— Et ce matin, personne, tu en es certain ? Même pas quelqu'un qui serait venu faire pisser son chien contre l'arbre ?

— Tu me fais répéter dix fois les mêmes choses. L'unique créature qui se soit approchée, c'est Marthe. Tu n'as rien remarqué pour Marthe ? ajouta Vincent en baissant la tête dans le journal, puis en se nettoyant les ongles avec ses ciseaux. Il paraît que tu l'as vue hier.

— Oui, j'avais été faire une partie de catéchisme au café.

— Tu l'as raccompagnée ?

— Oui, dit Kehlweiler qui s'était rassis et qui fixait toujours la bricole dans le papier journal.

— Et tu n'as rien remarqué ? demanda Vincent, un peu agressif.

— Disons qu'elle n'était pas au mieux de sa forme.

— Et c'est tout ?

— Oui.

— C'est tout ? cria brusquement Vincent. Tu fais des cours sur l'importance planétaire des petits meurtres domestiques, tu t'occupes de ton crapaud, tu passes un quart d'heure à retourner un déchet collé sur une grille d'arbre, mais sur Marthe, sur Marthe que tu connais depuis vingt ans, tu n'as rien remarqué ? Bravo, Louis, bravo, excellent !

Kehlweiler tourna vivement le regard. Trop tard, se dit Vincent, et tant pis, merde. Les yeux de Kehlweiler, verts dans des cils sombres qui lui faisaient un maquillage excessif, pouvaient passer d'une imprécision rêveuse à une intensité incisive pénible. Les lèvres se resserraient en même temps en un trait, toute la douceur habituelle foutait le camp comme une nuée de moineaux. La gueule de Kehlweiler ressemblait alors à ces profils majestueux gravés sur médailles froides, pas marrants du tout. Vincent secoua la tête comme on chasse une guêpe.

— Raconte, dit seulement Kehlweiler.

— Marthe, elle vit dehors, depuis une semaine maintenant. Ils ont repris toutes les chambres de bonne pour les transformer en studios de luxe. Le nouveau propriétaire les a tous virés, tous.

— Pourquoi ne m'a-t-elle rien dit ? Ils ont dû être prévenus avant, non ? Arrête, tu vas te faire mal avec ces ciseaux.

— Ils se sont bagarrés pour garder les piaules, et on les a virés.

— Mais pourquoi ne m'a-t-elle rien dit ? répéta Louis en haussant le ton.

— Parce qu'elle a de l'orgueil, parce qu'elle a honte, parce qu'elle te craint.

— Pauvre con ! Et toi ? Tu ne pouvais pas m'en parler ? Mais bordel, arrête avec tes ciseaux ! Ils sont propres tes ongles, non ?

— Je ne l'ai su qu'avant-hier. Et tu étais introuvable.

Kehlweiler fixa son regard sur la bricole dans le papier journal. Vincent le regardait de côté. C'était un beau type, sauf quand il était contrarié comme ça, avec le nez en arc et le menton tendu. La contrariété n'arrange personne mais Louis, pire : avec sa barbe de trois jours, ses yeux fixes et maquillés, il foutait un peu la trouille. Vincent attendait.

— Tu sais ce que c'est que ce truc ? demanda finalement Kehlweiler en lui passant le papier journal.

Le visage de Louis reprenait sa mouvance, l'émotion revenait sous les sourcils et la vie sur les lèvres. Vincent examina la bricole. Il n'avait pas la tête à ça, il avait engueulé Louis, ce n'était pas très fréquent.

— Je n'ai aucune idée de ce qu'est cette merde, dit-il.

— Tu brûles. Continue.

— C'est informe, bouffé… je m'en fous, Louis. Franchement, je m'en fous.

— Mais ensuite ?

— Si je fais un effort, ça peut me rappeler ce qui restait dans mon assiette quand ma grand-mère me faisait des pieds de porc panés. Je détestais ça, elle croyait que c'était mon plat préféré. C'est bizarre, les grand-mères, des fois.

— Je ne sais pas, dit Kehlweiler, je n'ai pas connu.

Il remit dans le désordre livre et papiers dans son sac en plastique, empocha la bricole dans la boule de papier journal et fourra son crapaud dans l'autre poche.

— Tu gardes le pied de porc ? demanda Vincent.

— Pourquoi pas ? Où est-ce que je peux trouver Marthe ?

— Ces derniers jours, elle s'était fait un coin sous l'auvent derrière l'arbre 116, murmura Vincent.

— Je me tire. Essaie d'avoir un cliché du type.

Vincent hocha la tête et regarda partir Kehlweiler, de sa démarche lente, droite, un peu basculée depuis qu'il s'était pété le genou dans l'incendie. Il prit une page et inscrivit : « N'a pas connu de grand-mère. Voir pour les grands-pères si c'est pareil. » Il notait tout. Il avait piqué à Kehlweiler sa manière de tout vouloir savoir, sauf pour les crimes de droit commun. C'était difficile de savoir des trucs sur cet homme, il n'en lâchait pas beaucoup. On pouvait savoir qu'il était du Cher, et bon, ça ne menait pas loin.

Vincent n'entendit même pas la vieille Marthe s'affaler sur le banc.

— Alors, ça mord ? dit-elle.

— Bon Dieu, Marthe, tu m'as fait peur. Parle pas si fort.

— Ça mord ? L'ultra ?

— Pas encore. Je suis patient. Je suis quasi certain d'avoir reconnu ce type, mais les visages vieillissent.

— Faut prendre des notes, petit, beaucoup de notes.

— Je sais. Tu sais que Louis n'a pas connu de grand-mère ?

Marthe fit un grand geste d'ignorance.

— Aucune importance, marmonna-t-elle. Louis se paie autant d'ancêtres qu'il veut, alors... Ses ancêtres, si tu l'écoutais, il en aurait dix millions. Des fois, c'est un nommé Talleyrand, ça revient souvent, ou bien... comment il s'appelle ce gars ?... enfin dix millions. Même le Rhin, il dit que c'est son ancêtre. C'est exagéré quand même.

Vincent sourit.

— Mais ses vrais ancêtres, reprit-il, ni vu ni connu, on ne sait rien.

— Eh bien, ne lui en cause pas, faut pas emmerder le monde. Tu n'es qu'un fouille-merde, mon petit père.

— Je pense que tu sais des trucs.

— Ta gueule ! dit Marthe brusquement. C'est Talleyrand, son grand-père, t'as pigé ? Ça te suffit pas ?

— Marthe, ne dis pas que tu le crois ! Talleyrand, tu ne sais même pas qui c'est. Il est mort il y a cent cinquante ans.

— Eh bien, je m'en fous, tu m'entends ? Si Talleyrand a couché avec le Rhin pour faire Ludwig, c'est qu'ils avaient sûrement une bonne raison tous les deux, et ça les regarde. Et le reste, je m'en fous ! Allez, je m'énerve, moi, qu'est-ce que tu lui cherches à la fin ?

— Nom de Dieu, Marthe, le voilà, chuchota brusquement Vincent en lui serrant le bras. Le gars, là, l'ultraréac foireux. Prends l'air d'une vieille pute et moi d'un ivrogne, on va l'avoir.

— T'en fais pas, je connais les méthodes.

Vincent s'affaissa mollement sur l'épaule de Marthe et tira un bout de son châle sur lui. L'homme sortait de l'immeuble d'en face, il fallait faire vite. À l'abri du châle, Vincent plaça son appareil et clicha à travers les mailles élargies du tricot humide. Puis, le type fut hors de vue.

— Ça y est ? dit Marthe. Il est en boîte ?

— Je crois... À bientôt, Marthe, je le suis.

Vincent partit d'un pas hagard. Marthe sourit. Il savait bien faire l'ivrogne hagard. Faut dire qu'à vingt ans, quand Ludwig l'avait ramassé dans un bar et tiré de là, il était mal parti, il avait de l'expérience. C'était le brave type, Vincent, et puis calé en mots croisés avec ça. Mais cela aurait été tout aussi bien qu'il arrête de fouiner dans la vie de Ludwig. L'affection, ça prend des chemins un peu inquisiteurs parfois. Marthe frissonna. Elle avait froid. Elle ne voulait pas le reconnaître, mais elle avait froid. Les boutiquiers l'avaient virée de l'auvent, ce matin. Où aller, bon Dieu, où aller ? Lève-toi, ma vieille, faut marcher, faut pas se geler les fesses sur le 102, faut marcher. Marthe se parlait toute seule, ce n'était pas rare.

4

Louis Kehlweiler entra dans le commissariat principal du 5e arrondissement, fin prêt. C'était une occasion à tenter. Il se jeta un coup d'œil dans la porte en verre. Ses cheveux épais et sombres un peu trop longs sur la nuque, sa barbe de trois jours, son sac en plastique, sa veste chiffonnée par le banc, tout cela allait parler en sa défaveur et on allait pouvoir faire du bon travail. Il avait attendu d'être dans la place pour commencer à manger son sandwich. Depuis que son ami le commissaire Adamsberg avait quitté les lieux, emmenant avec lui son adjoint Danglard[1], il y avait pas mal d'imbéciles là-dedans, et d'autres qui courbaient le dos. Lui, il avait un compte à régler avec le nouveau commissaire, et il tenait peut-être le moyen de le faire. Cela ne coûtait rien d'essayer. Ce commissaire Paquelin qui avait remplacé Adamsberg, Louis l'aurait volontiers déminé, ou tout au moins balancé au loin, en tous les cas ailleurs que dans l'ancien bureau d'Adamsberg où on passait avant de bons moments, des moments tranquilles, et des moments intelligents.

---

1. *Cf.*, du même auteur, *L'Homme aux cercles bleus* (éd. Viviane Hamy, 1996).

Paquelin était loin d'être imbécile d'ailleurs, c'est souvent là-dessus qu'on bute. Dieu, disait Marthe, avait réservé une part équitable d'intelligence aux salauds, comme quoi, Dieu, on pouvait sérieusement se poser des questions.

Cela faisait deux années que Louis avait le commissaire Paquelin dans sa ligne de mire. Paquelin, une petite pointure de la sauvagerie, n'aimait pas que la Justice se mêle de son boulot et il le faisait savoir. Il estimait que la police pouvait se passer des magistrats et Louis estimait que la police devait urgemment se passer de Paquelin. Mais à présent qu'il était hors du ministère, le combat devenait plus complexe.

Kehlweiler se planta droit, bras croisés et sandwich en poche, devant le premier flic qu'il trouva derrière sa bécane.

Le flic leva le nez, fit un rapide inventaire de l'homme qu'il avait en face de lui et aboutit à un jugement inquiet et défavorable.

— C'est pour quoi ?

— Pour le commissaire Paquelin.

— C'est pour quoi ?

— Une bricole qui devrait l'intéresser.

— Quelle bricole ?

— Ça ne vous dirait rien. C'est trop compliqué pour vous.

Kehlweiler n'en avait pas spécialement après ce flic. Mais il voulait voir le commissaire, sans s'annoncer, tel quel, afin d'amorcer le duel selon la manière qu'il avait choisie. Pour cela, il fallait se faire balancer de planton en adjoint, d'adjoint en inspecteur, jusqu'à ce que, par mesure de coercition, on l'envoie se faire déglinguer chez le commissaire.

Kehlweiler sortit son sandwich et commença à mâcher, toujours debout. Il laissait tomber des miettes un peu partout. Le flic s'énerva, très normalement.

— Alors, ça vient cette bricole ? De quoi s'agit-il ?

— De pied de porc pané. Ça ne peut pas vous intéresser, trop compliqué.

— Nom, prénom ?

— Granville. Louis Granville.

— Papiers ?

— Je ne les ai pas. Je ne suis pas venu pour ça, je suis venu pour coopérer avec la police de mon pays.

— Foutez le camp. On se passera de votre coopération.

Un inspecteur s'approcha et attrapa Louis par l'épaule. Louis se retourna lentement. Ça venait.

— C'est vous qui faites ce raffut ?

— Du tout. Je viens faire une déposition à Paquelin.

— Le commissaire Paquelin.

— On parle du même.

L'inspecteur fit un signe au flic et entraîna Louis vers un bureau en verre.

— Le commissaire ne peut pas être dérangé. Alors vous me déballez votre salade.

— Ce n'est pas une salade, c'est du pied de porc pané.

— Nom, prénom ?

— Gravilliers, Louis.

— Vous aviez dit Granville.

— Ne chicanons pas, inspecteur. Je n'ai pas beaucoup de temps, je suis même pressé.

— Sans blague ?

— Vous connaissez Blériot, le gars qui s'était foutu dans la tête de traverser la Manche en avion pour aller plus vite ? C'était mon ancêtre.

L'inspecteur plaqua ses mains sur ses joues. Il s'énervait.

— Donc vous imaginez le problème, continua Louis. J'ai ça dans le sang, moi. Faut que ça usine, comme dit Paquelin.

— Vous connaissez le commissaire ?

— Bien, très bien même. Mais lui non. Il n'a pas la mémoire des visages, c'est embêtant dans votre métier. Dites-moi, vous étiez déjà là quand il y a eu la bavure, dans la cage, là ?

L'inspecteur se passa les doigts sur les yeux. Ce flic n'avait pas l'air d'avoir beaucoup dormi et Kehlweiler comprenait cette souffrance mieux que quiconque. En attendant que l'inspecteur se décide à l'évacuer plus haut dans la hiérarchie, Louis sortit Bufo et le garda dans sa main gauche. Il ne pouvait pas laisser Bufo étouffer dans sa poche, commissariat ou pas commissariat. Les amphibiens ont leurs exigences.

— Qu'est-ce que c'est que ce truc ? demanda l'inspecteur en reculant.

— Mais rien, répondit Louis, un peu agacé. C'est mon crapaud. Il ne dérange personne, que je sache ?

C'est vrai, les gens sont décevants avec les crapauds, ils en font toute une histoire. C'est pourtant cent fois moins emmerdant qu'un chien. L'inspecteur repassa ses doigts sur ses yeux.

— Bien, allez, sortez d'ici, dit-il.

— Impossible. Je ne serais pas entré si j'avais voulu sortir. Je suis un type très accroché. Vous connaissez le gars qui ne voulait jamais sortir, même sous la force des baïonnettes ? Enfin, peu importe ce gars, ce qui est à retenir, c'est que c'était mon ancêtre. Je ne dis pas que c'est un cadeau, mais enfin c'est ainsi. Vous allez avoir du mal à vous débarrasser de moi.

— J'en ai rien à foutre ! cria l'inspecteur.

— Bon, dit Kehlweiler.

Il s'assit et mâcha lentement. Il fallait que le sandwich dure. C'était sans gloire de s'acharner sur ce gars ensommeillé mais il s'amusait bien quand même. Dommage que le gars n'ait pas voulu s'amuser aussi. Tout le monde peut jouer au jeu des ancêtres, ce n'est pas interdit. Et en matière d'ancêtres, Louis était très prêteur.

Le silence retomba dans la pièce. L'inspecteur composa un numéro. L'inspecteur principal, sûrement. On disait « capitaine » à présent.

— Un type qui ne veut pas décarrer... Oui, peut-être. Viens prendre l'oiseau et fais-en du pâté, tu m'obligeras... Je ne sais pas... Oui, sûrement...

— Merci, dit Kehlweiler. Mais c'est Paquelin que je veux voir.

— Votre nationalité, c'est quoi ?

— Pardon ?

— Français, oui ou merde ?

Kehlweiler écarta les bras d'un geste évasif.

— Possible, lieutenant Ferrière, tout à fait possible.

On disait « lieutenant » maintenant.

L'inspecteur bascula son corps en avant.

— Vous connaissez mon nom ?

L'inspecteur principal ouvrit doucement la porte, avec un calme offensif. Il était petit et Kehlweiler en profita aussitôt pour se lever. Louis frôlait le mètre quatre-vingt-dix et cela rendait souvent service.

— Enlève-moi ça, dit Ferrière, mais renseigne-toi d'abord. Le type sait mon nom, il joue au plus fin.

— Qu'est-ce que vous venez faire ici ? Manger ?

Il y avait dans les yeux de l'inspecteur principal quelque chose qui devait mal s'accommoder des coups de sabre de son patron. Kehlweiler estima qu'on pouvait se risquer là-dessus.

— Non, j'ai une affaire de pied de porc pour Paquelin. Vous l'aimez bien, Paquelin ? Je le trouve un peu austère, un peu trop penché.

Le type marqua une brève hésitation.

— Suivez-moi, dit-il.

— Doucement, dit Kehlweiler, j'ai une jambe raide.

Louis ramassa son sac, ils grimpèrent au premier et l'inspecteur principal ferma la porte.

— Vous avez connu Adamsberg ? demanda Louis en

posant Bufo sur une chaise. Jean-Baptiste Adamsberg ? Le nonchalant ? L'intuitif désordonné ?

L'inspecteur hocha la tête.

— Vous êtes Lanquetot ? Le capitaine Yves Lanquetot ? Je me trompe ?

— D'où sortez-vous ? demanda Lanquetot sur la défensive.

— Du Rhin.

— Et ça, c'est un crapaud ? Crapaud commun ?

— Cela fait plaisir de rencontrer un type qui s'y connaît. Vous en avez ?

— Pas précisément… Enfin, à la campagne, juste près du pas de porte, c'est là qu'il habite.

— Et vous lui parlez ?

L'inspecteur hésita.

— Un peu, dit-il.

— Il n'y a pas de mal. On se parle beaucoup, Bufo et moi. Il est gentil. Un peu con, mais on ne peut pas lui demander de refaire le monde, n'est-ce pas ?

Lanquetot soupira. Il ne savait plus trop où il en était. Envoyer ce type et son crapaud dehors, c'était prendre un risque, il avait l'air de savoir des trucs. Le garder ici ne servirait à rien, c'était Paquelin qu'il voulait voir. Tant qu'il ne le verrait pas, il alignerait connerie sur connerie en semant des miettes dans tout le commissariat. Mais l'envoyer à Paquelin, avec son histoire de pied de porc, c'était prendre un risque aussi, une engueulade certaine. À moins que ce type ne tente d'emmerder Paquelin, et cela, ça valait le coup, ça le soulagerait. Lanquetot leva les yeux.

— Vous ne finissez pas votre sandwich ?

— J'attends d'être chez Paquelin, c'est une arme stratégique. Évidemment, on ne peut pas l'utiliser toutes les heures, faut avoir faim.

— Votre nom, c'est quoi ? Le vrai, j'entends…

Kehlweiler jaugea l'inspecteur. Si ce type n'avait pas

changé, s'il était resté fidèle à la description que lui en avait faite Adamsberg, on pouvait y aller. Mais parfois, sous une nouvelle férule, on peut y prendre goût, pencher et changer. Kehlweiler misa sur le visage.

— Kehlweiler, répondit-il, Louis Kehlweiler, voici mes papiers.

Lanquetot hocha la tête. Il connaissait.

— Qu'est-ce que vous lui voulez, à Paquelin ?

— J'espère sa retraite anticipée. Je veux lui offrir une affaire qu'il refusera. S'il l'accepte, tant pis pour moi. S'il la refuse, ce sur quoi je compte, je me débrouillerai seul. Et si cette affaire me mène quelque part, je le mettrai en difficulté pour négligence.

Lanquetot hésitait toujours.

— Pas question de vous mouiller, dit Louis. Je vous demande seulement de m'amener jusqu'à lui et de jouer l'imbécile. Si vous pouviez assister à notre entretien, cela ferait un témoignage, si besoin.

— Ça, c'est facile. Il suffit de vouloir s'en aller pour que Paquelin vous ordonne de rester. Cette affaire, c'est quoi ?

— Il s'agit d'un petit rien inusité, cafouilleux et très intéressant. Je pense que Paquelin me jettera dehors avant d'en avoir saisi toute l'importance. Paquelin n'entend rien aux cafouillis.

Lanquetot décrocha son téléphone.

— Commissaire ? Oui, je sais, beaucoup de boulot. Mais j'ai là dans le couloir un gars un peu spécial qui insiste pour vous voir… Non, ce serait plus avisé de le recevoir… il a de la monnaie d'échange… assez louche… oui, la cage… il en a parlé… Possible qu'il cherche des poux, possible qu'il crâne, mais je préfère que vous le lestiez vous-même. Ça devrait aller, il n'a même pas ses papiers. C'est entendu, je vous le monte.

Lanquetot ramassa les papiers de Kehlweiler et les fourra dans sa poche.

— On y va. Je vais vous malmener un peu en vous poussant dans son bureau, pour le réalisme.

— Je vous en prie.

Lanquetot jeta plus qu'il n'amena Kehlweiler dans le bureau du commissaire. Louis fit une grimace, le réalisme lui faisait mal à la jambe.

— Voilà le gars, monsieur le commissaire. Pas de papiers. Il change de nom toutes les deux minutes. Granville, Gravilliers, au choix. Je vous le laisse.

— Où allez-vous, Lanquetot ? demanda le commissaire.

Il avait une voix rauque, les yeux très vifs, le visage maigre et bien foutu, avec cette bouche détestable dont Louis se souvenait bien. Louis avait repris son sandwich et les miettes tombaient par terre.

— Je vais prendre un café, monsieur le commissaire, avec votre permission. Je suis éreinté.

— Vous restez ici, Lanquetot.

— Bien, monsieur le commissaire.

Le commissaire Paquelin examina Kehlweiler sans lui proposer de s'asseoir. Louis posa Bufo sur la chaise vide. Le commissaire observa la scène et ne dit pas un mot. Il était malin, Paquelin, on n'allait pas le faire exploser avec un crapaud sur une chaise.

— Alors, l'ami ? On fout son petit bordel dans la boîte ?

— C'est possible.

— Nom, prénom, nationalité, profession ?

— Granville, Louis, français, plus.

— Quoi, plus ?

— Profession : je n'en ai plus.

— C'est quoi la combine ?

— Je ne combine pas. Je suis là parce que c'est le commissariat principal, c'est tout.

— Et après ?

— Vous serez juge. Il s'agit d'une bricole qui m'embarrasse. J'ai pensé plus raisonnable de vous en informer. Ne cherchez pas plus loin.

— Je cherche où ça me plaît. Pourquoi ne pas avoir déposé auprès d'un de mes hommes ?

— Ils n'auraient pas pris la chose en considération.

— Quelle chose ?

Louis posa son sandwich à même la table du commissaire et fouilla lentement ses poches. Il en sortit une boule de papier journal qu'il déplia doucement sous son nez.

— Attention, dit-il, ça pue.

Paquelin se pencha avec réticence sur l'objet.

— C'est quoi, cette saleté ?

— C'est justement ce que je me suis demandé quand je l'ai trouvée.

— Vous avez l'habitude de ramasser tous les déchets de la terre pour les poser dans les commissariats ?

— Je fais mon devoir, Paquelin. De citoyen.

— On m'appelle monsieur le commissaire et vous le savez. Vos provocations sont dérisoires et elles font peine à voir. Alors, cette saleté ?

— Vous voyez aussi bien que moi. C'est un os.

Paquelin se pencha de plus près sur le paquet. Le petit déchet était rongé, corrodé, percé de dizaines de trous d'épingle, et de couleur un peu rousse. Des os, il en avait vu, mais ça, non, ce gars se payait un canular.

— Ce n'est pas un os. À quoi jouez-vous ?

— C'est sérieux, commissaire. Moi, je pense que c'est un os, et un os humain encore. Je reconnais qu'on n'y voit plus très clair et que ce n'est pas bien gros, mais moi, je me suis dit, c'est un os. Donc, je suis venu me renseigner, savoir si c'était du boulot pour vous, si on avait signalé une disparition dans le quartier. Il vient de la place de la Contrescarpe. Parce que, voyez-vous, il a pu y avoir crime, puisque j'ai l'os.

— Mon ami, j'en ai vu des os dans ma carrière, dit

Paquelin d'une voix qui grimpait. Des carbonisés, des broyés, des rissolés. Et cela, ce n'est pas de l'os humain, je vous le dis.

Paquelin prit la petite bricole dans sa grande main et l'approcha de Kehlweiler.

— Vous n'avez qu'à soupeser... c'est creux, c'est vide, c'est du vent. De l'os, ça pèse plus lourd que ça. Vous pouvez remballer.

— Je sais, j'ai soupesé. Mais il serait prudent de vérifier. Une petite analyse... un rapport...

Paquelin se balança, passa une main dans ses cheveux clairs ; c'est vrai qu'il aurait été vraiment beau type sans cette bouche détestable, saturée.

— Je vois... dit-il. Vous cherchez à me coincer, Granville, ou qui que vous soyez. On me force la main sur une enquête bidon, on me ridiculise, on s'offre un article dans la presse, on se farcit un flic... C'est mal fait, mon ami. La provocation stupide, le crapaud, le petit mystère, la grosse farce, le grotesque, le vaudeville. Trouvez une autre astuce. Vous n'êtes pas le premier ni le dernier qui tente de me piéger. Et je suis toujours aux commandes. Vu ?

— J'insiste, commissaire. Je souhaite savoir s'il y a eu une disparition dans le quartier. Récemment, hier, la semaine dernière, le mois dernier. Je miserais plutôt pour hier ou avant-hier.

— Dommage pour vous, tout est calme.

— Peut-être une disparition non encore signalée ? Les gens tardent, parfois. Faudrait que je repasse la semaine prochaine pour savoir.

— Et puis quoi encore ? Vous voulez nos listings ?

— Pourquoi pas ? dit Kehlweiler en haussant les épaules.

Il referma la boule de papier journal et l'enfonça dans sa poche.

— Alors, décidément, c'est non ? Ça ne vous intéresse

pas ? Tout de même, Paquelin, je vous trouve bien négligent.

— Ça suffit ! dit Paquelin en se levant.

Kehlweiler sourit. Enfin, le commissaire déraillait.

— Lanquetot, fous-moi ça à la cage ! murmura Paquelin. Et fais-lui cracher son identité.

— Ah non, dit Kehlweiler, pas la cage. C'est impossible, je suis pris ce soir, j'ai un dîner.

— La cage, répéta Paquelin avec un geste bref à l'adresse de Lanquetot.

Lanquetot s'était levé.

— Vous permettez ? demanda Kehlweiler. Je téléphone à ma femme pour la prévenir. Si, Paquelin, c'est mon droit.

Sans attendre, Kehlweiler avait attrapé le téléphone et composé le numéro.

— Poste 229, je vous prie, oui, personnel et urgent. De la part de Ludwig.

Assis d'une fesse sur le bureau de Paquelin, Louis regardait le commissaire qui, debout lui aussi, avait posé ses deux poings sur la table. De belles mains, dommage cette bouche, vraiment.

— Ma femme est très occupée, lui précisa Louis. Ça va demander un moment. Ah non, la voilà... Jean-Jacques ? C'est Ludwig. Dis-moi, j'ai là un petit différend avec le commissaire Paquelin du 5e, oui, lui-même. Il souhaite me foutre au trou parce que je m'informais sur une éventuelle disparition dans le quartier... C'est cela, je t'expliquerai. Arrange-moi ça, tu serais gentil. C'est entendu, je te le passe...

Louis tendit aimablement le récepteur au commissaire.

— Pour vous, commissaire, une communication du ministère de l'Intérieur. Jean-Jacques Sorel.

Pendant que Paquelin prenait le récepteur, Louis s'épousseta et remit Bufo dans sa poche. Le commissaire écouta, dit quelques mots, et raccrocha doucement.

— Votre nom ? demanda-t-il à nouveau.

— Commissaire, c'est tout de même à vous de savoir à qui vous avez affaire. Je sais bien qui vous êtes, moi. Alors, bien réfléchi ? Vous ne voulez pas vous charger de la bricole ? Collaborer ? Me donner vos listes ?

— Joli coup monté, n'est-ce pas ? dit le commissaire. Et avec l'aide des planqués de l'Intérieur... Et c'est tout ce que vous avez trouvé pour tâcher de m'enfoncer ? Vous me prenez vraiment pour un con ?

— Non.

— Lanquetot, emmenez-moi ça dehors avant que je ne lui fasse bouffer son crapaud.

— Personne ne touche à mon crapaud. C'est fragile comme bête.

— Tu sais ce que j'en fais de ton crapaud ? Tu sais ce que j'en fais des types comme toi ?

— Mais bien sûr que je le sais. Tu ne voudrais pas que je parle devant tes subordonnés ?

— Tirez-vous.

Lanquetot redescendit les marches derrière Kehlweiler.

— Je ne peux pas vous rendre vos papiers maintenant, chuchota Lanquetot. Il peut vous surveiller.

— Disons vingt heures, métro Monge.

Lanquetot remonta chez Paquelin aussitôt après s'être assuré que Louis Kehlweiler était dans la rue. Le patron avait un peu de sueur sur la lèvre. Il mettrait deux jours à se calmer.

— Vous avez entendu ça, Lanquetot ? Pas un mot à personne dans la boutique. Et qu'est-ce qui me prouve que c'est bien Jean-Jacques Sorel que j'ai eu au fil, après tout ? On peut vérifier, appeler le ministère...

— Certes, monsieur le commissaire, mais si c'était Sorel, cela fera du vilain. Il n'a pas bon caractère.

Paquelin se rassit lourdement.

— Vous étiez dans le quartier avant moi, Lanquetot, avec ce déglingué d'Adamsberg. Vous avez déjà entendu parler de ce gars ? « Ludwig », ou Louis Granville ? Ça vous dit quelque chose ?

— Rien du tout.

— Filez, Lanquetot. Et vous vous souvenez ? Pas un mot.

Lanquetot retrouva son bureau en transpirant. Pour commencer, vérifier les disparitions dans le 5e.

5

Lanquetot fut ponctuel. Louis Kehlweiler était déjà accoudé à la balustrade de l'entrée du métro. Il tenait son crapaud dans la main, il avait l'air d'avoir une conversation soutenue et Lanquetot n'osa pas l'interrompre. Mais Louis l'avait vu, il se tourna et lui sourit.

— Voilà vos papiers, Kehlweiler.

— Merci, Lanquetot, c'était parfait. Mes excuses à vos subordonnés.

— J'ai contrôlé toutes les disparitions dans le 5e arrondissement. J'ai même fait le 6e, le 13e enfin, tout le limitrophe. Rien. Personne n'a signalé quoi que ce soit. Je vais voir les autres arrondissements.

— Sur quelle période avez-vous contrôlé ?

— Tout le mois dernier.

— Cela devrait suffire. À moins d'un hasard exceptionnel, je vois ça plutôt hier ou dans les trois quatre derniers jours. Et pas loin de la Contrescarpe. Ou alors carrément ailleurs.

— Qu'est-ce qui vous rend si sûr ?

— Mais la bricole, Lanquetot, la bricole... Je l'ai honnêtement apportée à votre patron. Et s'il était moins braqué, il aurait douté, il aurait réfléchi et il aurait fait son boulot. J'ai joué le jeu, je n'ai rien à me reprocher et vous êtes témoin. Il ne fait pas son boulot ? C'est tant mieux, je m'en charge, avec sa bénédiction et son pied au cul, c'est ce que je voulais.

— La bricole... C'est de l'os ?

— De l'os humain, mon vieux. J'ai fait vérifier tout à l'heure au Muséum.

Lanquetot se rongea un ongle.

— Je ne comprends pas... Ça ne ressemblait à rien. Quel os ?

— Une dernière phalange de pouce de pied. Droit ou gauche, c'est impossible à savoir, mais probablement une femme. Faut chercher une femme.

Lanquetot tourna un peu sur la place, les mains croisées dans le dos. Il avait besoin de réfléchir.

— Mais ce pouce, reprit-il, ça pourrait venir... d'un accident ?

— Improbable.

— Ce n'est pas normal, un os de pouce sur une grille d'arbre.

— C'est ce que je pense.

— Comment aurait-il atterri là ? Et si c'était du cochon ?

— Non, Lanquetot, non. C'est de l'homme, on ne va pas revenir là-dessus. Si vous êtes sceptique, on fait une analyse. Mais même Bufo est d'accord, c'est de l'homme.

— Merde, dit Lanquetot.

— Vous y êtes, inspecteur.

— Où ça ?

— À la vérité. Comment l'os est-il venu là ?

— Et comment voulez-vous que je le sache ?

— Attendez, dit Kehlweiler, je vais vous montrer un truc. Vous voulez bien me tenir Bufo ?

— Avec plaisir.

— Bon, tendez la main.

Louis sortit une bouteille d'eau de son sac et mouilla la main de Lanquetot.

— C'est pour Bufo, expliqua-t-il, on ne peut pas le tenir à main sèche. Au bout d'un moment, il en a marre, il a trop chaud, cela ne lui vaut rien. Voilà. Attrapez Bufo entre le pouce et l'index, assez fermement, parce qu'il ne vous connaît pas. Pas trop fort, hein ? J'y tiens, moi, à ce type. C'est le seul gars qui me laisse causer sans m'interrompre et qui ne me demande jamais de comptes. Bon, à présent, regardez.

— Dites, l'interrompit Lanquetot, c'était vraiment Sorel que vous avez appelé à l'Intérieur ?

— Mais non, mon vieux... Sorel est trop isolé, il ne peut plus se permettre de me couvrir ouvertement. C'est un ami qui me tient le rôle, il était prévenu.

— C'est un coup de salaud, murmura Lanquetot.

— Assez, oui.

Louis défroissa une fois de plus la boule de papier journal et prit l'os délicatement.

— Vous voyez, Lanquetot, c'est bouffé, attaqué.

— Oui.

— Et tous ces petits trous, vous les voyez ?

— Oui, bien sûr.

— Alors, vous comprenez d'où ça sort, maintenant ?

L'inspecteur secoua la tête.

— Du ventre d'un chien, Lanquetot, du ventre d'un chien ! C'est de l'os digéré, vous saisissez ? C'est l'acide qui fait ces trous-là, il n'y a aucun doute là-dessus.

Louis rangea l'os et reprit le crapaud.

— Viens, Bufo, on va marcher un peu, toi, moi et l'inspecteur. L'inspecteur est un nouveau copain. Tu as vu ? Il ne t'a pas fait mal, hein ?

Louis se tourna vers Lanquetot.

— Je lui parle comme ça parce qu'il est un peu con, je vous l'ai déjà expliqué. Faut être simple avec Bufo, n'utiliser que les notions de base : les gentils, les méchants, la bouffe, la reproduction, le sommeil. Il ne sort pas de là. Parfois, je tente des discours un peu plus ardus, philosophiques même, pour lui éveiller l'esprit.

— L'espoir fait vivre.

— Il était beaucoup plus con quand je l'ai eu. Plus jeune aussi. Marchons, Lanquetot.

6

Louis fit le parking, les entrées d'immeubles, les cafés. Il faisait nuit maintenant. Alors, le métro. Elle n'allait pas aller bien loin, elle n'aimait pas sortir de son périmètre. Quand il la vit sur le quai, station gare d'Austerlitz, il sentit quelque chose s'apaiser dans son ventre. Il la regarda de loin. Marthe faisait mine d'attendre la dernière rame. Et pour combien de temps serait-elle capable de faire mine ?

En tirant sa jambe raide, il avait trop marché, il parcourut la longueur du quai et se laissa tomber sur le siège à côté d'elle.

— Alors, ma vieille, pas encore rentrée ?

— Tiens, Ludwig, tu tombes bien, t'aurais pas un clope ?

— Qu'est-ce que tu fous ici ?

— Je flânais, tu vois. J'allais repartir.

Louis lui alluma sa cigarette.

— Bonne journée ? demanda Marthe.

— J'ai emmerdé quatre flics d'un coup, il y en avait trois qui n'y étaient pour rien. Je compte les doubler, avec leur bénédiction.

Marthe soupira.

— Très bien, dit Louis, j'ai été médiocre, crâneur, je les ai nargués, et un peu humiliés. Mais c'était amusant, que veux-tu, si amusant.

— Tu leur as fait le coup des ancêtres ?

— Bien sûr.

— Dans une autre vie, faudra que tu penses à rectifier des choses. Faudra que tu puisses t'amuser sans que ça retombe n'importe où.

— Dans une autre vie, ma vieille Marthe, faudra faire des grands travaux. Reprise des fondations, gros œuvre, ravalement. Tu y crois aux autres vies ?

— Pas du tout.

— Je voulais acculer Paquelin à la faute, fallait bien grimper sur les autres pour atteindre son bureau.

Bon, se dit Louis, entendu, on n'allait pas rester là-dessus toute la nuit, et il s'était bien amusé à peu de frais. Il n'y a pas beaucoup de marge avec des gars comme Paquelin.

— Tu as réussi, au moins ?

— Pas mal.

— Paquelin, c'est le beau gosse, blond, maigrichon, la vraie teigne ?

— C'est lui. Il gifle les filles, il tord les couilles des prévenus.

— Bon, je me doute que tu ne l'as pas taillé en seize. Qu'est-ce que tu veux en faire ?

— Qu'il décarre de là, c'est tout ce que je veux.

— T'as plus les moyens d'avant, Ludwig, oublie pas. Enfin, ça te regarde. Vincent a cliché le gars du 102 et il l'a suivi.

— Je sais.

— On peut rien t'apprendre, alors ? Moi, j'aime bien apporter des renseignements.

— Je t'écoute. Renseigne-moi.

— Ben, ça y est. Je t'ai tout dit.

— Et sur ta piaule, tu m'as tout dit ?

— De quoi je me mêle ?

Marthe tourna la tête vers Kehlweiler. Ce type, c'était un ruban à mouches. Toutes les informations venaient lui coller dessus sans qu'il ait à lever le petit doigt. C'était un gars comme ça, tout le monde venait lui raconter ses salades. C'était infernal, à la longue.

— Prends une mouche, par exemple, dit Marthe.

— Oui ?

— Non, laisse tomber.

Marthe reposa son menton dans ses mains. La mouche, elle croit qu'elle va traverser la pièce sans se faire repérer, sereine. Elle va donner droit dans Ludwig, elle se colle dessus. Ludwig lui extirpe doucement ses informations, merci, et il la libère. Il était tellement ruban à mouches qu'il en avait fait sa profession, qu'il ne savait même plus faire autre chose. Réparer une lampe, par exemple, ce n'était pas la peine de lui demander, il était nul. Non, il ne savait que savoir. Sa grande armée lui racontait tout ce qui se passait, depuis les broutilles les plus insignifiantes jusqu'aux plus pesantes, et une fois qu'on était dans ce tourbillon, difficile d'en sortir. Aussi, il l'avait bien cherché.

Ludwig disait qu'il ne faut jamais juger une broutille sur sa mine. Qu'on ne sait jamais, qu'elle peut en cacher une autre. Et sa vocation à lui, c'était de les trouver, si ça valait le coup. Et pourquoi cette frénésie, mystère. Encore que Marthe avait son idée là-dessus. Jusqu'à ce qu'il crève, Louis courserait les exterminateurs, que l'exterminateur en écrase un seul ou mille. Oui, mais pour sa piaule, de quoi je me mêle ? On a sa fierté. Elle s'était dit qu'elle trouverait une solution, et maintenant, non seulement il n'y avait pas de solution en vue, mais Ludwig savait. Qui avait été lui raconter ça ? Qui ? Mais n'importe quel type de son armée de loquedus.

Marthe haussa les épaules. Elle regarda Louis, qui, patient, attendait. De loin, personne n'aurait rien dit de spécial de lui. Mais, de près, disons à quatre-vingts centimètres, tout chavirait. Fallait pas chercher très loin pour savoir pourquoi tout le monde venait tout lui raconter. Disons qu'à un mètre cinquante, deux mètres disons, Louis avait une tête de savant inflexible, inabordable, comme les gars dans les manuels d'histoire. À un mètre, on n'était plus aussi sûr de son affaire. Plus on approchait, pire ça basculait. L'index qu'il vous posait doucement sur le bras pour poser une question, ça vous tirait les paroles tout seul. Avec Sonia, ça n'avait pas marché, quelle gourde. Elle aurait dû rester avec lui toute sa vie, non, pas toute sa vie parce que de temps à autre il faut absolument manger, par exemple, enfin, elle se comprenait. Peut-être que Sonia n'avait pas regardé de près, Marthe ne voyait pas d'autre solution. Ludwig, il se trouvait moche, vingt ans qu'elle lui expliquait le contraire, mais il se trouvait très moche quand même et tant mieux pour lui si des femmes se trompaient, il disait. C'est un monde d'entendre ça, elle qui avait connu des centaines d'hommes et qui n'en avait aimé que quatre, c'est dire si elle avait du jugement.

— Tu rumines ? demanda Louis.

— Tu veux du poulet froid ? Il m'en reste dans mon sac.

— J'ai dîné avec l'inspecteur Lanquetot.

— Le poulet, il va être perdu.

— Tant pis.

— Il n'y a pas d'exemple qu'on ait jeté du poulet froid.

Marthe avait le don déconcertant d'énoncer de brusques maximes à propos de rien. Louis aimait ça. Il avait une bonne collection de phrases de Marthe, et il s'en était souvent servi.

— Bien, tu vas dormir ? Je te raccompagne ?

— De quoi je me mêle ?

— Marthe, ne répétons pas constamment les mêmes phrases. Tu es butée comme un cochon et moi comme un sanglier solitaire. Pourquoi tu ne m'as rien dit ?

— Je suis capable de me débrouiller toute seule. J'ai mon carnet. Ils me trouveront quelque chose, tu verras ça. La vieille Marthe a des ressources, t'es pas le bon Dieu.

— Ton carnet, ton vieux gratin... soupira Louis. Parce que tu crois que ton vieux gratin va lever le doigt pour une vieille pute acculée à passer l'hiver sous un auvent ?

— Parfaitement, pour une vieille pute. Et pourquoi pas ?

— Tu sais pourquoi... Tu as essayé ? Ça a donné quelque chose ? Rien. Je me trompe ?

— Et puis après ? gronda Marthe.

— Viens, ma vieille. On ne va pas rester la vie entière sur ce quai de métro.

— Où on va ?

— Dans mon bunker. Et comme je ne suis pas le bon Dieu, ça n'a rien à voir avec le paradis.

Louis tira Marthe vers les escaliers. On se gelait dehors. Ils marchèrent rapidement à travers les rues.

— Tu iras chercher tes affaires demain, dit Louis en ouvrant une porte, deuxième étage, pas loin des arènes de Lutèce. N'apporte pas toutes tes hardes, ce n'est pas large ici.

Louis brancha le chauffage, déplia un canapé, poussa quelques cartons. Marthe regardait la petite pièce, bourrée de dossiers, de bouquins, de piles de papiers et de journaux entassés sur le parquet.

— Ne fouine pas partout, je t'en prie, dit Louis. Ici, c'est ma petite annexe du ministère. Vingt-cinq ans de sédimentation, des tonnes d'affaires penchées, tordues en tout genre, moins tu en sais, mieux tu te portes.

— Bon, dit Marthe en s'asseyant sur le petit lit. J'essaierai.

— Tu seras bien ? Ça ira ? On s'occupera de te trouver autre chose, tu verras. On trouvera le fric.

— Tu es gentil, Ludwig, dit Marthe. Quand ma mère disait ça à quelqu'un, elle ajoutait toujours : « Ça te perdra. » Tu sais pourquoi, toi ?

Louis sourit.

— Voilà un double des clefs. Fais bien attention à fermer les deux serrures en partant.

— Je ne suis pas idiote, dit Marthe en montrant les bibliothèques d'un mouvement de menton. Ça fait du monde dans ces dossiers, hein ? Te casse pas la tête, je les soignerai bien.

— Autre chose, Marthe. Tous les matins, il y a un type qui vient ici de dix à douze. Faudrait que tu sois levée. Mais tu peux rester là pendant qu'il travaille, tu lui expliqueras.

— Entendu. Qu'est-ce qu'il vient faire ?

— Classer les journaux, lire, sélectionner ce qui penche, découper, classer. Et il me rédige un petit compte rendu.

— T'as confiance ? Il pourrait tout farfouiller ici.

Louis sortit deux bières et en tendit une à Marthe.

— L'essentiel est sous clef. Et j'ai bien choisi le type, je crois. C'est un gars à Vandoosler. Tu te souviens de Vandoosler, le commissaire du 13e ? Il t'a déjà ramassée ?

— Plusieurs fois. Il a été longtemps aux mœurs. Sympa comme gars. J'ai fait pas mal de tours chez lui, on s'entendait bien. Il était pas emmerdant avec les filles, faut lui reconnaître ça.

— Faut lui reconnaître beaucoup d'autres choses.

— Il a pas été viré, dis-moi ? C'était le genre.

— Oui. Il a laissé filer un meurtrier.

— Faut croire qu'il avait ses raisons ?

— Oui.

Louis marchait dans la pièce avec sa bière.

— Pourquoi on parle de ça ? demanda Marthe.

— À cause de Vandoosler. C'est lui qui m'a envoyé un gars pour classer les papiers. C'est son neveu, ou son filleul. Il ne m'aurait pas envoyé n'importe qui, tu comprends.

— Tu le trouves comment ?

— Je ne sais pas, je l'ai croisé trois fois en trois semaines. C'est un historien du Moyen Âge au chômage. Il a l'air du type qui se pose sans cesse des questions qui tirent dans douze directions à la fois. Question doute, il semble servi, il ne risque pas de pencher vers l'inflexible perfection.

— Ça doit te convenir alors ? Il ressemble à quoi ?

— Assez singulier, très mince, tout en noir. Vandoosler a trois types avec lui, il m'a envoyé celui-là. Tu fais connaissance et tu te débrouilles. Je te laisse, Marthe, j'ai un truc à suivre qui m'intrigue.

— Le banc 102 ?

— Oui, mais pas pour ce que tu crois. Le neveu de député, je le laisse à Vincent, il est grand maintenant. C'est autre chose, un bout d'os humain que j'ai trouvé près du banc.

— À quoi tu penses ?

— À un meurtre.

Encore que Marthe ne voyait pas bien le fil, elle faisait confiance à Ludwig. En même temps, son activité incessante l'inquiétait. Depuis qu'il avait été viré du ministère, Ludwig n'avait pas réussi à s'arrêter. Elle se demandait s'il ne commençait pas à chercher n'importe quoi n'importe où, de banc en banc, de ville en ville. Il aurait pu s'arrêter, après tout. Mais de toute évidence, ce n'était pas à l'ordre du jour. Avant, il n'avait jamais fait d'erreur, mais il était dans les circuits, toujours chargé de mission. Depuis qu'il faisait ça tout seul, chargé de rien du tout, ça l'inquiétait, elle avait peur qu'il ne tourne cinglé. Elle l'avait interrogé là-dessus, et Ludwig avait dit sèchement qu'il n'était pas cinglé, mais que simplement, il n'était pas question d'arrêter le train. Et puis il avait fait sa tête d'Allemand, comme elle disait, alors, assez, pitié.

Elle observa Louis qui s'était adossé à une bibliothèque. Il avait l'air tranquille, comme d'habitude, comme elle l'avait toujours connu. Elle s'y connaissait en hommes, ça faisait sa fierté, et celui-là, c'était un de ses préférés, à part les quatre qu'elle avait aimés, mais qui n'étaient ni aussi doux ni aussi distrayants que Ludwig. Elle n'aurait pas voulu qu'il tourne cinglé, c'était un de ses préférés.

— T'as de quoi penser à un meurtre ou tu t'inventes une bonne histoire ?

Louis fit la grimace.

— Un meurtre n'est pas une bonne histoire, Marthe, je ne fais pas ça pour m'occuper les dix doigts. Dans le cas du 102, je suppose que je me trompe, qu'il n'y a rien au bout de cet os, et je l'espère. Mais ça me tracasse, je n'ai pas de certitude, alors je surveille. Je vais faire un tour par là. Dors bien.

— Tu ne ferais pas mieux de dormir aussi ? Qu'est-ce que tu vas voir ?

— Les chiens qui pissent.

Marthe soupira. Rien à faire, Ludwig était un acharné, un train sans freins. Lent, mais sans freins.

7

Marc Vandoosler avait sauté sur l'occasion quand son parrain lui avait proposé ce petit boulot à deux mille francs. En ajoutant le mi-temps à la bibliothèque municipale qui commencerait en janvier, ça s'améliorait un peu. À la baraque pourrie[1] qu'il habitait, on avait pu brancher trois radiateurs en plus.

Bien entendu, au départ, il s'était méfié. Il fallait toujours se méfier des relations de son parrain qui, quand il était flic, avait mené ses affaires à sa manière. C'est-à-dire très spéciale. On pouvait vraiment trouver de tout dans les relations de Vandoosler le Vieux. Là, il s'était agi d'aller classer des coupures de journaux pour un ami à lui, sans toucher au contenu des rayonnages. Son parrain lui avait dit que c'était un boulot de confiance, que Louis Kehlweiler avait accumulé des kilos d'informations, et que maintenant qu'il était viré de l'Intérieur, il continuait d'accumuler. Tout seul ? avait demandé Marc. Il y arrive ? Justement non, il n'y arrive pas, fallait aider.

Marc avait dit d'accord, il ne farfouillerait pas dans les dossiers, il s'en foutait. Ça aurait été des archives médiévales, évidemment, ça aurait été autre chose. Mais des crimes, des listes, des noms, des réseaux, des procès,

---

1. *Cf.*, du même auteur, *Debout les morts* (éd. Viviane Hamy, 1995 ; éd. J'ai lu, n° 5482).

non, il n'en avait rien à faire. Parfait, avait dit le parrain, tu peux commencer demain. Dix heures à son bunker, il t'expliquera, il te racontera peut-être l'histoire du cafouillis et de la certitude, c'est l'affaire de sa vie, il te dira cela mieux que moi. Je descends lui téléphoner.

Parce qu'il n'y avait toujours pas le téléphone. Ça faisait huit mois à présent qu'ils avaient emménagé à quatre dans cette baraque, à quatre hommes semi-noyés dans la déroute économique, avec pour objectif improbable d'unir leurs efforts pour tacher de se tirer de là. Pour l'instant, la conjugaison de ces efforts irréguliers et confus permettait des répits aléatoires, sans prévision possible à plus de trois mois. Pour le téléphone, donc, on descendait au café.

Et depuis trois semaines, Marc faisait consciencieusement son truc, samedis compris, parce que les journaux paraissent aussi le samedi. Comme il lisait vite, il avait rapidement terminé sa pile quotidienne, qui était substantielle car Kehlweiler recevait toutes les éditions régionales. Là-dedans, tout ce qu'il avait à faire, c'était repérer les remous de la vie criminelle, politique, affairiste, crapuleuse, familiale, et en faire des piles. Dans ces remous, privilégier le froid plutôt que le chaud, le dur plutôt que le mou, l'implacable plutôt que le convulsif. Kehlweiler avait écourté les consignes de tri, pas la peine de raconter à Marc Vandoosler l'histoire de la main gauche et de la main droite, Marc avait ça dans l'âme, construit tout en efficacité et en cafouillis. Kehlweiler lui laissait donc toute liberté dans l'émiettage des journaux. Marc effectuait les renvois nécessaires, il classait, avec indexation par thèmes, il découpait, rangeait dans des classeurs, et une fois par semaine, il rédigeait une note de synthèse. Kehlweiler lui convenait assez, mais sans certitude encore. Il ne l'avait vu que trois fois, un grand type qui tirait une jambe raide, avec une belle gueule, si on s'approchait d'un peu près. Il était impressionnant par instants, un peu trop, c'était désagréable, et pourtant Kehlweiler faisait toute chose avec douceur, et lentement. Il n'empêche qu'il n'était pas encore exactement à son aise avec lui. D'instinct, il se contrôlait devant lui, et Marc n'aimait pas se contrôler, ça l'emmerdait. S'il avait envie de s'énerver par exemple, il ne se brimait jamais. Au lieu que Kehlweiler ne donnait pas l'impression d'être un gars à s'énerver. Ce qui irritait Marc, qui aimait rencontrer des types aussi anxieux que lui, ou pires que lui si possible.

Un jour, pensa Marc en ouvrant les deux serrures de la porte du bunker, il essaierait d'arrêter de s'énerver. Mais à trente-six ans, il ne voyait pas comment s'y prendre.

Il sursauta sur le pas de la porte. Il y avait un lit installé derrière son bureau, et une vieille femme surteinte qui posa son bouquin pour le regarder.

— Entrez, dit Marthe, faites comme si je n'étais pas là. Je suis Marthe. C'est vous qui venez travailler pour Ludwig ? Il vous a laissé un mot.

Marc lut quelques lignes où Kehlweiler lui résumait la situation. D'accord, mais s'il croyait que c'était facile de bosser avec quelqu'un qui fait sa petite vie à un mètre derrière vous, merde.

Marc fit un petit salut et s'installa à sa table. Autant marquer les distances tout de suite, parce que cette vieille lui semblait d'un genre bavard et curieux de tout. Faut croire que Kehlweiler avait confiance pour ses dossiers.

Il sentait qu'elle l'examinait de dos et ça le crispait. Il avait attrapé *Le Monde* et il avait du mal à se concentrer.

Marthe examinait le type de dos. Habillé tout en noir, pantalon serré et veste de toile, bottes aux pieds, les cheveux noirs aussi, assez petit, un peu trop mince, le genre nerveux, agile, mais pas très costaud. Le visage, pas mal, un peu creusé, un peu indien, mais pas mal, fin, de l'allure. Bon. Ça irait. Elle ne le dérangerait pas, c'était le genre agité qui a besoin d'être seul pour pouvoir travailler. Elle s'y connaissait en hommes.

Marthe se leva et enfila son manteau. Elle avait des affaires à aller récupérer.

Marc s'arrêta au milieu d'une ligne et se retourna.

— Ludwig ? C'est son nom ?

— Ben oui, dit Marthe.

— Il ne s'appelle pas Ludwig.

— Ben si. Il s'appelle Louis. Louis, Ludwig, c'est le même nom, pas vrai ? Alors comme ça, vous seriez le neveu de Vandoosler ? D'Armand Vandoosler ? Comme commissaire, il était chic avec les filles.

— Ça ne m'étonne pas, dit Marc sèchement.

Vandoosler le Vieux n'avait jamais su se contenir, il avait multiplié dans sa vie séductions effrénées et abandons négligents, plaisirs, profusions mais aussi ravages que Marc, plutôt précautionneux avec les femmes, critiquait rageusement. Un constant sujet de passe d'armes.

— Jamais il a frappé une pute, continua Marthe. Quand je tombais sur votre oncle, on discutait le coup. Il va bien ? Vous lui ressemblez un peu, tiens, quand je vous regarde. Allez, je vous laisse travailler.

Marc se leva en taillant son crayon.

— Mais Kehlweiler ? Pourquoi vous l'appelez Ludwig ?

Qu'est-ce que ça pouvait lui foutre au fond ?

— Qu'est-ce qui gêne ? dit Marthe. C'est pas bien, Ludwig, comme prénom ?

— Si, ce n'est pas mal.

— Moi je trouve ça mieux que Louis. Louis... Louis... ça fait un peu tarte en français.

Marthe boutonna son manteau.

— Oui, répéta Marc. Il est d'où, Kehlweiler ? De Paris ?

Qu'est-ce que ça pouvait lui foutre, bon sang ? Il n'avait qu'à laisser filer la vieille et c'est tout. Marthe semblait se fermer, en même temps que son manteau.

— De Paris ? recommença Marc.

— Du Cher. Et après ? On a quand même le droit de s'appeler comme on veut jusqu'à nouvel ordre, pas vrai ?

Marc hocha la tête, quelque chose lui échappait.

— D'ailleurs, reprit Marthe, Vandoosler, c'est quoi ?

— Belge.

— Eh bien, alors ?

Marthe sortit en lui faisant un signe de la main. Un signe qui voulait dire aussi « ferme-la un peu », si Marc ne se trompait pas.

Marthe bougonnait en descendant l'escalier. Trop curieux, trop bavard, ce gars-là, comme elle. Enfin, si Ludwig lui faisait confiance, c'était ses oignons.

Marc se rassit, un peu préoccupé. Que Kehlweiler ait bossé à l'Intérieur, soit. Qu'il continue à se mêler de tout et rien et à s'imposer ce démentiel archivage lui semblait incohérent, sans rime ni raison. Les grands mots n'expliquent pas tout. Les grands mots sont souvent sous-tendus par de petits comptes personnels en souffrance, parfois justes, parfois sordides. Il leva le regard vers les rayonnages où se serraient les boîtes d'archives. Non. Il avait toujours été de parole, un type franc, franc jusqu'à lasser tout le monde avec son bavardage de franc, il n'allait pas se mettre à fouiner. Il n'avait pas tellement de qualités qu'il puisse se permettre d'en sacrifier une.

8

Louis Kehlweiler avait réfléchi une partie de la nuit. La veille au soir, il avait compté ceux qui venaient faire pisser leur chien sur la petite place du côté du banc 102. Au moins dix, un va-et-vient infernal de chiens pisseurs et de maîtres dociles. De dix heures trente à minuit, il avait regardé les visages, noté des détails pour s'y repérer, mais il ne voyait pas comment pister tout le monde. Ça pouvait prendre des jours et des jours. Sans tenir compte de la légion qui passait sans doute avant dix heures trente. Un travail accablant, mais pas question de laisser tomber le truc. Une femme s'était fait démolir, peut-être, il avait toujours su repérer la crasse, il n'arrivait pas à laisser tomber.

Inutile de surveiller les promeneurs de chiens du matin, la grille d'arbre était propre quand il avait quitté le banc jeudi, à deux heures de l'après-midi. Le chien était venu après. Et il y avait au moins une chose sur laquelle on pouvait compter, c'était la régularité des promeneurs de chiens. Toujours aux mêmes heures, et un ou deux trajets possibles, en boucle. Quant aux habitudes du chien, c'était plus délicat. Dégénérés comme ils étaient, les chiens de ville ne savaient plus marquer leurs territoires, ils faisaient n'importe quoi n'importe où, mais sur le trajet du maître, forcément.

Donc il y avait les meilleures chances pour que le chien

repasse sur cette grille d'arbre. Les chiens aiment les grilles d'arbre, davantage que les pneus de voitures. Mais même s'il arrivait à circonscrire vingt-cinq sorteurs de chiens, comment s'y prendre pour repérer leurs noms et adresses sans y passer un mois entier ? D'autant que maintenant, il n'était plus très bon pour les filatures. Avec sa jambe raide, il marchait moins vite, et il se faisait repérer plus facilement. Sa grande taille n'arrangeait rien.

Il lui aurait fallu des gars pour l'aider, mais il n'avait plus le fric pour ça. C'était fini, les frais de mission du ministère. Il se retrouvait seul, autant abandonner. Il y avait eu un bout d'os sur la grille d'arbre, il suffisait de l'oublier.

Toute une partie de la nuit, il avait essayé de se convaincre d'oublier. Les flics n'avaient qu'à s'en occuper. Mais les flics s'en foutaient. Comme si chaque jour les chiens avalaient des pouces de pied qu'ils venaient éjecter par la suite n'importe où. Kehlweiler haussa les épaules. Les flics ne se mobiliseraient pas sans cadavre ni disparition signalée. Et une petite phalange égarée n'est pas un cadavre. C'est une petite phalange égarée. Mais pas question de la laisser tomber. Il regarda sa montre. Il avait le temps, tout juste, d'attraper Vandoosler au bunker.

Kehlweiler appela Marc Vandoosler dans la rue au moment même où il quittait le bureau. Marc se raidit. Qu'est-ce que Kehlweiler venait lui dire un samedi ? D'ordinaire il passait le mardi, pour prendre le compte rendu de la semaine. Est-ce que la vieille Marthe avait parlé ? Rapporté ses questions ? Très vite, Marc, qui ne voulait pas perdre le boulot, élabora mentalement un rapide tissu de mensonges défensifs. Il était doué pour ça, très prompt. Se défendre vite, c'est ce qu'il faut savoir faire quand on est nul à l'attaque. Quand Kehlweiler fut assez près de lui pour qu'il voie son visage, Marc se rendit compte qu'il n'y avait aucune sorte d'attaque à contrer et il se détendit. Plus tard, le 1er janvier de l'année prochaine par exemple, il essaierait de cesser de s'énerver comme ça. Ou de l'année suivante, au point où il en était, il n'y avait pas urgence.

Marc écouta et répondit. Oui, il avait le temps, oui, d'accord, il pouvait l'accompagner une demi-heure, de quoi s'agissait-il ?

Kehlweiler l'entraîna vers un banc tout proche. Marc aurait préféré aller se mettre au chaud dans un café mais ce grand type avait l'air d'avoir une prédilection pénible pour les bancs.

— Regarde, dit Kehlweiler en sortant une boule de papier journal de sa poche. Ouvre ça doucement, regarde et dis-moi ce que tu en penses.

Louis se demanda pourquoi il lui posait cette question puisqu'il savait très bien quoi penser de cet os. Sans doute pour faire partir Marc du point exact duquel il était parti lui-même. Ce rejeton de Vandoosler le Vieux l'intriguait. Les notes de synthèse qu'il lui avait fournies étaient excellentes. Et il s'était bien démerdé dans l'histoire Siméonidis[1], deux crimes immondes, il y avait six mois de ça. Mais Vandoosler l'avait prévenu : son neveu ne s'intéressait qu'au Moyen Âge et aux amours désespérées. Saint Marc, il l'appelait. Il paraît qu'il était très bon dans son domaine. Mais ça peut donner des résultats ailleurs, pourquoi non ? Louis avait appris il y a trois jours que Delacroix était le fils présumé de Talleyrand, et cette jonction lui avait fait plaisir. Génie pour génie, peinture ou politique, des rails incompatibles pouvaient s'emboîter.

— Alors ? demanda Louis.

— Ça a été trouvé où ?

— Paris, sur la grille d'arbre du banc 102, à la Contrescarpe. Tu en penses quoi ?

---

1. *Cf. Debout les morts* (éd. Viviane Hamy, 1995 ; éd. J'ai lu, n° 5482).

— À première vue, je dirais que c'est de l'os qui sort d'une merde de chien.

Kehlweiler se redressa et observa Marc. Oui, ce type l'intéressait.

— Non ? dit Marc. Je me goure ?

— Tu ne te goures pas. Comment tu le sais ? Tu as un chien ?

— Non, j'ai un chasseur-cueilleur des temps paléolithiques. C'est un préhistorien, très braqué avec ça, faut pas l'emmerder sur le sujet. Il a beau être préhistorien, très braqué, c'est un ami. Je me suis intéressé à ses détritus de fouille car il est sensible en fait, je ne veux pas le peiner.

— C'est lui que ton oncle appelle Saint Luc ?

— Non, ça c'est Lucien, il est historien de la Grande Guerre, très braqué avec ça. On est trois dans la baraque, Mathias, Lucien et moi. Et Vandoosler le Vieux qui s'obstine à nous appeler Saint Matthieu, Saint Luc et Saint Marc de sorte qu'on a l'air de tarés. Il ne faudrait pas pousser beaucoup le vieux pour qu'il s'appelle Dieu. Enfin, c'est les conneries de mon oncle. Celles de Mathias, le préhistorien, c'est encore autre chose. Dans les détritus de sa fouille, il y avait des os comme celui-là, percés de petits trous. Mathias dit que ça vient des merdes des hyènes préhistoriques et qu'il ne faut surtout pas mélanger ça avec la bouffe des chasseurs-cueilleurs. Il avait étalé le tout sur la table de la cuisine jusqu'à ce que Lucien s'énerve parce que ça se mélangeait avec sa bouffe à lui, et Lucien aime la bouffe. Bref, peu t'importe cette baraque, mais comme il n'y a pas d'hyène préhistorique sur les grilles d'arbre de Paris, je pense que ça doit venir d'un chien.

Kehlweiler hocha la tête. Il souriait.

— Seulement, continua Marc, et après ? Les chiens croquent des os, c'est dans leur nature, et ça ressort dans cet état, poreux, percé. À moins que… ajouta-t-il après un silence.

— À moins que, répéta Kehlweiler. Car celui-là, c'est de l'os humain, une dernière phalange de doigt de pied.

— Sûr ?

— Certain. J'ai fait confirmer au Muséum par un homme qui sait. Un pouce de pied de femme, assez âgée.

— Évidemment… dit Marc après un nouveau silence. Ce n'est pas usuel.

— Ça n'a pas troublé les flics. Le commissaire du quartier n'admet pas qu'il s'agisse d'os, il n'a jamais vu ça. Je reconnais que la pièce est dans un état inhabituel et que je l'ai forcé à l'erreur. Il suppute que je lui tends un piège, ce qui est exact, mais ce n'est pas celui qu'il croit. Personne n'a disparu dans le quartier, ils ne vont donc pas ouvrir une enquête pour un os emballé dans une merde de chien.

— Et toi, tu penses à quoi ?

Marc tutoyait quiconque le tutoyait. Kehlweiler étendit ses grandes jambes et croisa les mains derrière sa nuque.

— Je pense que cette phalange appartient à quelqu'un et je ne suis pas certain que la personne qui est au bout soit vivante. J'écarte l'accident, trop invraisemblable. Les hasards les plus inconséquents peuvent se produire, mais tout de même. Je pense que le chien s'est plus sûrement servi sur un cadavre. Les chiens sont charognards, comme tes hyènes. Laissons tomber le cas d'un cadavre légal, dans une maison ou un hôpital. Il serait inepte d'imaginer le passage du chien dans la chambre funèbre.

— Et si une vieille est morte seule dans sa chambre, avec son chien ?

— Et comment le chien serait-il sorti de là ? Non, impossible, le corps est dehors. Un corps à l'oubli quelque part, ou bien assassiné quelque part, cave, chantier, terrain vague. Alors, le passage d'un chien peut s'envisager.

Le chien avale, digère, éjecte, et la pluie torrentielle de l'autre nuit lessive.

— Un cadavre à l'abandon dans un terrain vague, ça ne veut pas dire un meurtre.

— Mais l'os vient de Paris, et c'est cela qui me trouble. Les chiens de Paris ne vont pas fureter loin de leur habitat, et un cadavre ne reste pas inaperçu bien longtemps dans la ville. On aurait déjà dû le repérer. J'ai revu l'inspecteur Lanquetot ce matin, toujours rien, pas le moindre corps dans la capitale. Pas de disparition non plus. Et les enquêtes routinières suite à décès solitaires n'ont rien révélé de particulier. J'ai trouvé l'os jeudi soir. Ça fait trois jours. Non, Marc, ce n'est pas normal.

Marc se demandait pourquoi Kehlweiler lui racontait tout cela. Il n'était pas contre, d'ailleurs. C'était agréable de l'écouter parler, il avait une voix calme, basse, très apaisante pour les nerfs. Ceci dit, cette merde de chien, il n'en avait rien à faire. Il commençait à faire vraiment froid sur ce banc, mais Marc n'osait pas dire : « J'ai froid, je me tire. » Il se serra dans sa veste.

— Tu as froid ? demanda Louis.

— Un peu.

— Moi aussi. C'est novembre, on n'y peut rien.

Si, pensa Marc, on peut aller au bistrot. Mais évidemment, c'était délicat de parler de tout ça dans un café.

— Faut encore attendre, reprit Kehlweiler. Il y a des gens qui traînent huit jours avant de déclarer une disparition.

— Oui, dit Marc, mais qu'est-ce que ça peut te faire ?

— Ça me fait que je ne trouve pas cela normal, je l'ai dit. Il y a quelque part un meurtre crasseux, c'est ce que je crois. Cet os, cette femme, ce meurtre, cette crasse, c'est dans ma tête et c'est trop tard, il faut que je sache, il faut que je trouve.

— C'est du vice, dit Marc.

— Non, c'est de l'art. Un art irrépressible et c'est le mien. Tu ne connais pas ça ?

Oui, Marc connaissait, mais pour le Moyen Âge, pas pour une phalange sur une grille d'arbre.

— C'est le mien, répéta Kehlweiler. Si huit jours s'écoulent et que Paris ne livre rien, le problème va se corser singulièrement.

— Bien sûr. Un chien, ça peut voyager.

— Exactement.

Kehlweiler replia son corps et puis se leva. Marc le regarda d'en bas.

— Le chien, dit Kehlweiler, a pu faire des kilomètres en bagnole pendant la nuit ! Il a pu bouffer un pied en province et l'avoir recraché dans Paris ! Tout ce qu'on peut supposer grâce à ce chien, c'est qu'il y a un corps de femme quelque part, mais ce corps peut être n'importe où ! Ce n'est pas si petit que cela, la France, rien que la France. Un corps quelque part et nulle part où chercher…

— C'est fou tout ce qu'on peut dire sur une crotte de chien, murmura Marc.

— Tu n'as rien repéré dans la presse régionale ? Meurtres, accidents ?

— Meurtres, non. Accidents, comme d'habitude. Mais pas d'histoire de pied, j'en suis sûr.

— Continue à dépouiller et sois vigilant là-dessus, pied ou pas pied.

— Bien, dit Marc en se levant.

Il avait compris le boulot, il avait les doigts gelés, il voulait se tirer.

— Attends, dit Kehlweiler. J'ai besoin d'aide, j'ai besoin d'un homme qui court. Je suis ralenti par ma jambe et je ne peux pas suivre cet os tout seul. Tu serais d'accord ? Un simple coup de main de quelques jours. Mais je n'ai pas de quoi te payer.

— Pour faire quoi ?

— Suivre les sorteurs de chiens habitués du banc 102. Noter les noms, les adresses, les déplacements. J'aimerais ne pas perdre trop de temps, au cas où.

L'idée ne plaisait pas du tout à Marc. Il avait déjà fait le guetteur une fois pour son oncle, ça suffisait comme ça. Ce n'était pas un truc pour lui.

— Mon oncle dit que tu as des hommes dans Paris.

— Ce sont des fixes. Des patrons de bistrot, des vendeurs de journaux, des flics, des gars qui ne bougent pas. Ils regardent et m'informent quand c'est nécessaire, mais ils ne sont pas mobiles, tu comprends ? J'ai besoin d'un homme qui court.

— Je ne cours pas. Je sais juste grimper aux arbres. Je cours après le Moyen Âge, mais pas au cul des gens.

Kehlweiler allait s'énerver, c'était normal. Ce type était encore plus cinglé que son oncle. Tous les artistes sont cinglés. Artistes suant dans la peinture, le Moyen Âge, la sculpture, la criminologie, tous cinglés, il en savait quelque chose.

Mais Kehlweiler ne s'énerva pas. Il se rassit sur le banc, lentement.

— D'accord, dit-il seulement. Oublie, c'est sans importance.

Il replaça la boule de papier journal dans sa poche.

Bon. Marc n'avait plus qu'à faire ce qu'il voulait, aller se réchauffer au café, manger un morceau et rentrer à la baraque. Il dit au revoir et s'éloigna à grands pas vers l'avenue.

9

Marc Vandoosler avait mangé un sandwich dans la rue et rallié sa chambre en début d'après-midi. Personne dans la baraque. Lucien faisait une conférence quelque part sur on ne sait quel aspect de la Grande Guerre, Mathias classait les détritus de sa fouille de l'automne dans la cave d'un musée, et Vandoosler le Vieux avait dû aller prendre l'air. Il fallait toujours que le parrain soit dehors, et le froid ne le gênait en rien.

Dommage, Marc lui aurait bien posé quelques questions sur Louis Kehlweiler, ses traques incompréhensibles et ses prénoms interchangeables. Comme ça. Il s'en foutait, mais c'était juste comme ça. Cela pouvait attendre, remarque.

Marc planchait en ce moment sur un paquet d'archives bourguignonnes, de Saint-Amand-en-Puisaye pour être exact. Il avait un chapitre en charge pour un bouquin sur l'économie en Bourgogne au XIIIe siècle. Marc continuerait sur ce foutu Moyen Âge jusqu'à ce qu'il puisse en vivre, il se l'était juré. Pas vraiment juré, il se l'était dit. De toute façon, il n'y avait que cela qui lui donnait quelques ailes, disons quelques plumes, cela et les femmes dont il avait été amoureux. Toutes perdues à ce jour, même sa femme qui était partie. Il devait être trop nerveux, ça les décourageait sans doute. S'il avait eu l'air aussi calme que Kehlweiler, ça aurait peut-être mieux fonctionné. Encore qu'il soupçonnait Kehlweiler de ne pas être aussi calme qu'il le paraissait. Lent, sûrement. Et pourtant non. De temps en temps, il tournait la tête vers les autres avec une étrange rapidité. En tout cas, calme, pas toujours. Il avait parfois le visage qui se crispait, durement, ou les yeux qui partaient dans le vide, et donc, tout n'était pas aussi simple. D'ailleurs, qui avait dit que c'était simple ? Personne. Ce type qui cherchait des meurtriers improbables à partir de n'importe quelle merde de chien ne devait pas tourner plus rond que les autres. Mais il donnait l'impression d'être calme, fort même, et Marc aurait aimé savoir faire. Ça devait mieux marcher avec les femmes. Ça suffit comme ça avec les femmes. Cela faisait des mois qu'il était tout seul, ce n'était pas la peine de remuer le couteau dans la plaie, merde.

Donc, ces comptes du seigneur de Saint-Amand. Il en était aux revenus des granges, colonnes de chiffres préservés de 1245 à 1256, avec des manques. C'était déjà beau, tout un petit pan de la Bourgogne dans la bascule du XIIIe siècle. C'est-à-dire que Kehlweiler, il y avait son visage aussi. Ça compte. De près, ce visage saisissait, en douceur. Une femme aurait pu mieux dire si c'était les yeux, les lèvres, le nez, ceci combiné à cela, mais le résultat, c'était que de près, ça valait la peine. Il aurait été une femme, il aurait été d'accord. Oui, mais il était un homme, donc c'était idiot, et il n'aimait que les femmes, un truc idiot aussi, parce que les femmes n'avaient pas l'air de se décider à n'aimer que lui sur la terre.

Et merde. Marc se leva, descendit dans la grande cuisine plutôt glaciale en novembre et se fit un thé. Avec son thé, il pourrait se concentrer sur les granges du seigneur de Puisaye.

Rien n'indiquait d'ailleurs que les femmes allaient immanquablement vers Kehlweiler. Car vu de loin, on ne se rendait pas compte qu'il était beau, pas du tout même, plutôt rébarbatif. Et il semblait à Marc que Kehlweiler avait l'air d'un type passablement seul, dans le fond. Ce serait triste. Mais ça le réconforterait, lui, Marc. Il ne serait pas le seul à ne pas trouver, à ne pas y arriver, à se casser tout le temps la gueule sur ces histoires d'amour. Rien de pire que l'amour qui rate pour vous empêcher de penser convenablement aux granges médiévales. Cela ruine le travail, c'est évident. Il n'empêche que l'amour existe quand même, pas la peine de hurler le contraire. En ce moment, il n'aimait personne et personne ne l'aimait, comme ça, il était tranquille au moins, il fallait en profiter.

Marc remonta au deuxième étage avec son plateau. Il reprit son crayon et une loupe, parce que ces archives étaient assez ardues à déchiffrer. C'était des copies bien sûr, et ça n'arrangeait rien. En 1245, tiens, ils n'en auraient rien eu à foutre d'une crotte de chien, même avec un os dedans. Oui, enfin, ce n'était pas si sûr. Ce n'était pas rien, la justice, en 1245. Et en fait, oui, ils s'en seraient occupés, s'ils avaient su que c'était de l'os humain, s'ils avaient supposé qu'il y avait eu meurtre. Bien sûr qu'ils s'en seraient occupés. On aurait remis l'affaire en la justice coutumière de Hugues, seigneur de Saint-Amand-en-Puisaye. Et qu'est-ce qu'il aurait fait, Hugues ?

Très bien, peu importe, ce n'était pas le sujet. Aucune merde de chien n'était consignée dans les granges du seigneur, ne mélangeons pas tout. Il pleuvait dehors. Peut-être que Kehlweiler était toujours sur son banc, depuis qu'il l'avait planté là tout à l'heure. Non, il avait dû changer de banc, prendre place à l'observatoire 102 de la grille d'arbre. Franchement, il faudrait qu'il pose des questions au parrain sur ce type.

Marc retranscrivit dix lignes et but une gorgée de thé. La chambre n'était pas très chaude, le thé faisait du bien. Bientôt, il pourrait mettre un deuxième radiateur, quand il travaillerait pour la bibliothèque. Parce qu'en plus, il n'y avait rien à gagner dans ce que lui proposait Kehlweiler. Pas un rond, il l'avait dit. Et lui, il avait besoin de fric, et pas de faire l'homme qui court après n'importe quoi. C'est vrai que Kehlweiler aurait du mal à pister les sorteurs de chiens tout seul, avec son genou raide en plus, mais ça le regardait. Lui, il avait à pister le seigneur de Saint-Amand-en-Puisaye et il le ferait. En trois semaines, il avait bien avancé, il avait identifié un quart des tenanciers du domaine. Il avait toujours été rapide dans le travail. Sauf quand il s'arrêtait, bien sûr. Kehlweiler s'en était rendu compte d'ailleurs. Merde avec Kehlweiler, merde avec les femmes et merde avec ce thé qui avait le goût de poussière.

C'est vrai, il y avait peut-être un meurtrier quelque part, un meurtrier qu'on ne chercherait jamais. Mais comme plein d'autres, et alors ? Si un type avait tué une femme sur un coup de rage, en quoi ça le regardait ?

Bon Dieu, ce releveur des comptes de Saint-Amand s'était appliqué mais il avait une écriture de cochon. Il aurait été Hugues, il aurait changé de comptable. Ses *o* et ses *a* étaient indifférenciables. Marc prit sa loupe. Cette affaire de Kehlweiler, ce n'était pas comme l'affaire de Sophia Siméonidis. Ça, il s'en était occupé parce qu'il y avait été acculé, parce que c'était sa voisine, parce qu'il l'aimait bien, et que le meurtre avait été salement prémédité. Dégueulasse, il ne voulait plus y repenser. Certes, s'il y avait un crime derrière le bout d'os de Kehlweiler, ce pouvait être aussi un meurtre ignoble et prémédité. Kehlweiler y pensait et il voulait savoir.

Oui, peut-être, eh bien c'était son boulot, pas le sien. S'il avait demandé à Kehlweiler de venir l'aider à retranscrire les comptes de la seigneurie de Saint-Amand, il aurait répondu quoi ? Il aurait répondu merde et c'était normal.

Foutu, terminé, impossible de se concentrer. Tout ça à cause de ce type, de son histoire de chien, de grille, de meurtre, de banc. Si le parrain avait été là, il lui aurait dit clairement sa façon de penser sur Louis Kehlweiler. On l'engage pour un petit travail de classement, et ça dégénère, on le force à faire autre chose. Encore que, si on voulait être honnête, Kehlweiler ne le forçait à rien. Il avait proposé quelque chose et il ne s'était pas froissé quand Marc avait refusé. En fait, personne ne l'empêchait de faire son étude sur les granges de Saint-Amand, personne.

Personne sauf le chien. Personne sauf l'os. Personne sauf l'idée d'une femme au bout de l'os. Personne sauf l'idée d'un meurtre. Personne sauf le visage de Kehlweiler. Quelque chose de convaincant dans les yeux, de droit, de clair, de douloureux aussi.

Eh bien, tout le monde en avait de la souffrance, et la sienne valait bien celle de Kehlweiler. Chacun ses souffrances, chacun ses quêtes, chacun ses archives.

Certes, quand il s'était lancé dans l'affaire Siméonidis, ça ne lui avait pas nui. On peut emmêler ses quêtes et ses archives avec celles des autres sans se perdre. Oui, peut-être, sûrement, mais ce n'était pas son boulot. Point, terminé.

De rage, Marc fit basculer sa chaise en se levant. Il balança la loupe sur le tas de papiers et attrapa sa veste. Une demi-heure plus tard, il entrait dans le bunker aux archives, et la vieille Marthe était là, comme il l'espérait.

— Marthe, vous savez où se trouve le banc 102 ?

— Vous avez le droit de savoir ? C'est qu'ils ne sont pas à moi, les bancs.

— Bon Dieu ! dit Marc, je suis quand même le neveu de Vandoosler, et Kehlweiler me laisse bosser chez lui. Alors ? Ça ne suffit pas ?

— Ça va, vous énervez pas, dit Marthe, je disais ça pour jouer.

Marthe expliqua le banc 102, à voix forte. Un quart d'heure plus tard, Marc arrivait en vue de la grille d'arbre. Il faisait déjà nuit, il était six heures et demie. Du bout de la place de la Contrescarpe, il vit Kehlweiler installé sur le banc. Il fumait une cigarette, penché en avant, les coudes sur les genoux. Marc resta quelques minutes à l'observer. Ses gestes étaient lents, rares. Marc était à nouveau indécis, incapable de savoir s'il était vaincu ou vainqueur, et s'il fallait raisonner en ces termes. Il recula. Il observa Kehlweiler qui écrasait sa cigarette, puis se passait les mains dans les cheveux, lentement, comme s'il serrait sa tête très fort. Il maintint sa tête plusieurs secondes, et puis les deux mains retombèrent sur les cuisses, et il resta comme ça, le regard vers le sol. Cet enchaînement de gestes silencieux décida Marc. Il marcha jusqu'au banc et s'assit tout au bout, bottes allongées devant lui. Personne ne dit un mot pendant une ou deux minutes. Kehlweiler n'avait pas redressé la tête, mais Marc était convaincu qu'il l'avait reconnu.

— Tu te souviens qu'il n'y a pas un rond à gagner ? dit finalement Kehlweiler.

— Je me souviens.

— Tu as peut-être autre chose à foutre ?

— C'est certain.

— Moi aussi.

Il y eut un nouveau silence. Ça faisait de la buée quand on parlait. Qu'est-ce qu'on pouvait se geler, bon sang.

— Tu te souviens que c'est peut-être un accident, un concours de circonstances ?

— Je me souviens de tout.

— Regarde la liste. J'ai douze personnes déjà. Neuf hommes, trois femmes. Je laisse tomber les chiens trop petits et trop grands. À mon sens, ça venait d'un chien moyen.

Marc parcourut la liste. Des descriptions rapides, des âges, des allures. Il la relut plusieurs fois.

— Je suis fatigué et j'ai faim, dit Kehlweiler. Tu pourras me remplacer pendant quelques heures ?

Marc hocha la tête et rendit la liste à Kehlweiler.

— Garde-la, tu vas t'en servir ce soir. Il me reste deux bières, tu en veux ?

Ils burent la bière en silence.

— Tu vois le gars qui arrive, là-bas, un peu plus loin, sur la droite ? Non, ne regarde pas vraiment, regarde par en dessous. Tu le vois ?

— Oui, et alors ?

— Ce type, c'est un nocif, un ancien tortionnaire et plus que ça sans doute. Un ultranational. Sais-tu où il va, depuis bientôt une semaine ? Ne regarde pas, bon Dieu, mets le nez dans ta bière.

Marc obéit. Il avait les yeux rivés sur le goulot de la petite bouteille. Il ne trouvait pas évident de regarder par en dessous, et de nuit en plus. Il ne voyait rien, en fait. Il entendait la voix de Kehlweiler qui chuchotait au-dessus de sa tête.

— Il monte au deuxième étage de l'immeuble d'en face. Là-dedans, il y a un neveu de député qui fait son chemin. Et moi, j'aimerais savoir avec qui il fait son chemin, et si le député est au courant.

— Je croyais que c'était une histoire de merde de chien, souffla Marc dans sa bouteille.

Quand on souffle dans une bouteille, ça fait des bruits formidables. Presque le vent sur la mer.

— C'est une autre histoire. Le député, je le laisse à Vincent. C'est un journaliste, il va faire ça très bien. Vincent est sur l'autre banc, là-bas, le gars qui a l'air de dormir.

— Je le vois.

— Tu peux relever la tête, l'ultra est monté. Mais reste naturel. Ces types-là regardent aux fenêtres.

— Voilà un chien, dit Marc, un chien moyen.

— Très bien, note, il arrive vers nous. 18 h 47, banc 102. Femme, la quarantaine, brune, cheveux raides, mi-longs, grande, un peu maigre, pas très jolie, bien habillée, assez aisée, manteau bleu, presque neuf, pantalons. Vient de la rue Descartes. Ne note plus, le chien rapplique.

Marc avala une gorgée de bière pendant que le chien s'affairait autour de l'arbre. Un peu plus, dans le noir, il lui pissait sur les pieds. Plus aucun sens de rien, les chiens de Paris. La femme attendait, l'œil vague, patient.

— Note, reprit Kehlweiler. Retour, même direction. Chien moyen, épagneul roux, vieux, fatigué, boiteux.

Kehlweiler termina sa bière d'un seul coup.

— Voilà, dit-il, tu fais comme ça. Je repasserai te voir plus tard. Ça ira ? Tu n'auras pas froid ? Tu peux aller au café, de temps à autre. Depuis le comptoir, on voit ce qui arrive. Mais ne te rue pas sur le banc comme un perdu, fais ça lentement, comme si tu venais cuver ta bière ou attendre une femme qui n'arrive jamais.

— Je connais.

— D'ici deux jours, on aura la liste des habitués de la place. Après ça, on se répartira les filatures pour savoir qui ils sont et d'où ils viennent.

— Entendu. Qu'est-ce que c'est que ce truc que tu as dans la main ?

— C'est mon crapaud. Je l'humidifie un peu.

Marc serra les dents. Bon, voilà, ce type était cinglé. Et lui, il s'était fourré là-dedans.

— Tu n'aimes pas les crapauds, n'est-ce pas ? Il ne fait pas de mal, on se parle, voilà tout. Bufo – Bufo c'est son nom –, écoute-moi avec attention : le gars avec qui je parle s'appelle Marc. C'est un rejeton de Vandoosler. Et les rejetons de Vandoosler sont nos rejetons. Il va surveiller les clebs à notre place pendant qu'on va aller bouffer. T'as pigé ?

Kehlweiler leva les yeux vers Marc.

— Faut tout lui expliquer. Il est très con.

Kehlweiler sourit et remit Bufo dans sa poche.

— Ne fais pas cette tête. C'est très utile, un crapaud. On est obligé de simplifier le monde à l'extrême pour se faire comprendre, et parfois, c'est soulageant.

Kehlweiler sourit encore plus. Il avait une forme spéciale de sourire, contagieuse. Marc sourit. Il n'allait pas se laisser démonter par un crapaud. On a l'air de quoi à travers le monde si on a la trouille d'un crapaud ? D'un imbécile. Marc avait très peur de toucher les crapauds, c'est entendu, mais il avait aussi très peur d'avoir l'air d'un imbécile.

— Est-ce que je peux savoir quelque chose en échange ? dit Marc.

— Demande toujours.

— Pourquoi Marthe t'appelle-t-elle Ludwig ?

Kehlweiler ressortit son crapaud.

— Bufo, dit-il, le rejeton de Vandoosler va être encore plus emmerdant que prévu. Qu'en penses-tu ?

— T'es pas forcé de répondre, dit Marc mollement.

— Tu es de l'espèce de ton oncle, tu feins mais tu veux tout savoir. On m'avait pourtant laissé entendre que le Moyen Âge te suffisait.

— Pas tout à fait, pas toujours.

— Ça m'étonnait aussi. Ludwig, c'est mon nom. Louis, Ludwig, l'un ou l'autre, c'est comme ça, tu peux choisir. Ça a toujours été comme ça.

Marc regarda Kehlweiler. Il caressait la tête de Bufo. C'est moche, un crapaud. Et gros en plus.

— Qu'est-ce que tu te demandes, Marc ? L'âge que j'ai ? Tu fais des calculs ?

— Bien sûr.

— Ne cherche pas, j'ai cinquante ans.

Kehlweiler se remit debout.

— Ça y est ? demanda-t-il. Tu as fait le compte ?

— Ça y est.
— Né en mars 1945, juste avant la fin de la guerre.
Marc fit tourner la petite bouteille de bière entre ses doigts, les yeux vers le sol.
— Ta mère, elle est quoi ? Française ? demanda-t-il d'un ton indifférent.
En même temps, Marc pensait : ça suffit, fous-lui la paix, qu'est-ce que ça peut te faire ?
— Oui, j'ai toujours vécu ici.
Marc hocha la tête. Il tournait et retournait la petite bouteille entre ses paumes, en regardant fixement le trottoir.
— Tu es alsacien ? Ton père, il est alsacien ?
— Marc, soupira Kehlweiler, ne te fais pas plus con que tu n'es. On m'appelle « l'Allemand ». Ça te va ? Et reprends-toi, voilà un chien qui arrive.
Kehlweiler s'en alla et Marc prit la liste et le crayon. « Chien moyen, je ne sais pas quelle race, je n'y connais rien, les chiens m'énervent, noir, avec des taches blanches, bâtard. Homme, la soixantaine, dégarni, grosses oreilles, abruti de travail, l'air crétin, non, pas crétin, vient de la rue Blainville, sans cravate, traîne les pieds, manteau brun, écharpe noire, le chien fait son truc, trois mètres de la grille d'arbre, tout compte fait c'est une femelle, repart par l'autre côté, non, entre au café, j'attends qu'il ressorte, je vais voir ce qu'il boit, et je boirai aussi. »
Marc se posa au comptoir. L'homme au chien moyen buvait un Ricard. Il discutait de-ci de-là, rien de bien fameux, mais enfin, Marc notait. Tant qu'à faire n'importe quoi, autant le faire bien. Kehlweiler serait content, il aurait tous les petits détails. « L'Allemand »... né en 1945, mère française, père allemand. Il avait voulu savoir, eh bien, maintenant il savait. Pas tout, mais il n'allait pas torturer Louis pour demander la suite, demander si son père avait été nazi, demander si son

père avait été tué, ou s'il était reparti outre-Rhin, demander si sa mère avait été tondue à la Libération, il ne poserait plus de questions. Les cheveux ont repoussé, le gosse a grandi, il n'allait pas demander pourquoi la mère avait épousé le soldat de la Wehrmacht. Il ne poserait plus de questions. Le gosse a grandi, il porte le nom du soldat. Et depuis, il court. Marc se passait le crayon sur la main, ça chatouillait. Qu'est-ce qu'il avait eu besoin de l'emmerder avec ça ? Tout le monde devait l'emmerder avec ça, et lui, il avait fait comme tout le monde, pas mieux. Surtout ne pas en souffler un mot à Lucien. Lucien ne creusait que dans la Grande Guerre, mais même.

Maintenant il savait, et il ne savait plus quoi faire de ce qu'il savait. Bon, cinquante ans, c'était passé, terminé. Pour Kehlweiler bien sûr, rien ne serait jamais terminé. Ça expliquait des trucs, son boulot, sa traque, son mouvement perpétuel, son art à lui, peut-être.

Marc reprit position sur son banc. Bizarrement, son oncle ne lui avait rien raconté de tout cela. Son oncle était bavard pour des vétilles et discret pour les choses graves. Il n'avait pas dit qu'on l'appelait « l'Allemand », il avait dit qu'il venait de nulle part.

Marc reprit sa fiche descriptive pour le chien et raya avec soin le mot « bâtard ». Comme ça, c'était mieux. Quand on ne fait pas gaffe, on écrit plein de saletés.

Kehlweiler repassa sur la place vers onze heures et demie. Marc avait été boire quatre bières et enregistré quatre chiens moyens. Il vit d'abord Kehlweiler secouer le journaliste qui somnolait sur l'autre banc, Vincent, le préposé au tortionnaire ultra. Bien sûr, c'est plus chic de surveiller un tortionnaire qu'une merde de chien. Donc Kehlweiler commençait par Vincent, et lui, qui se gelait sur le 102, il pouvait crever. Il les regarda discuter un long moment. Marc se sentit froissé. À peine, juste une rancœur, qui se mua en une sourde irritation, très normalement. Kehlweiler venait relever ses bancs, relever ses compteurs, comme un seigneur qui fait la tournée de ses terres et de ses serfs. Pour qui se prenait-il, ce type ? Pour Hugues de Saint-Amand-en-Puisaye ? Son obscure et tragique arrivée dans le monde l'avait rendu mégalomane, voilà ce que c'était, et Marc, qui s'emportait à la première sensation d'une servitude, quelle qu'elle fût et d'où qu'elle vienne, n'avait pas l'intention de se mettre en coupe réglée dans la grande cohorte de Kehlweiler. Et puis quoi encore ? La troupe de volontaires asservis, ce n'était pas pour lui. Que le fils de la Seconde Guerre se démerde.

Puis Kehlweiler lâcha Vincent, qui s'en alla par les rues, ensommeillé, et s'avança vers le banc 102. Marc, qui n'oubliait pas qu'il avait sifflé cinq bières et qu'il fallait en tenir compte, sentit sa légère rage se muer en discrète bouderie nocturne, puis se perdre dans l'indifférence. Kehlweiler s'assit près de lui, il eut ce bizarre sourire irrégulier et communicatif.

— Tu as bien bu ce soir, dit-il. C'est le problème avec les mois d'hiver, quand on est le cul sur un banc.

En quoi ça le regardait ? Kehlweiler s'amusait avec Bufo, et il était évidemment à cent lieues, estima Marc, de se douter qu'il voulait à nouveau se barrer et laisser tomber ses pitoyables enquêtes de bancs de bois, art ou pas art.

— Tu veux bien me tenir Bufo ? Je cherche mes cigarettes.

— Non. Ce crapaud me dégoûte.

— Ne t'en fais pas, dit Kehlweiler en s'adressant à Bufo. Il dit ça comme ça, sans savoir. Faut pas avoir de la peine. Reste bien tranquille sur le banc, je cherche mes clopes. Alors ? Tu as eu d'autres chiens ?

— Quatre en tout. C'est tout marqué là. Quatre chiens, quatre bières.

— Et maintenant, tu veux te barrer ?

Kehlweiler alluma sa cigarette et passa le paquet à Marc.

— Tu te sens coincé ? Tu as l'impression d'obéir et tu n'aimes pas obéir ? Moi non plus. Mais je ne t'ai pas donné d'ordres, si ?

— Non.

— Tu es venu tout seul, Vandoosler le Jeune, et tu peux repartir tout seul. Montre-moi ta liste.

Marc le regarda parcourir ses notes, l'air à nouveau très sérieux. Il était de profil, le nez busqué, les lèvres serrées, des mèches noires retombant sur le front. Très facile de s'énerver contre Kehlweiler de profil. Beaucoup moins facile de face.

— Pas la peine de venir demain, dit Kehlweiler. Le dimanche, les gens rompent avec leurs habitudes, ils sortent les chiens sans rime ni raison, et pire, on risquerait de voir arriver des flâneurs qui ne sont pas du quartier. Ça mettrait de la confusion dans nos chiens. On reprend lundi après-midi, si tu le veux, et on commence les filatures mardi. Tu viens classer lundi matin ?

— Rien de changé.

— Surveille particulièrement les accidents et meurtres en tout genre, en plus du reste.

Ils se séparèrent sur un signe. Marc rentra à pas lents, un peu fatigué par ses bières et par l'alternance confuse de ses décisions et contre-décisions.

Ça dura comme ça jusqu'au samedi suivant. De banc en bière, de chien en filature, de découpage d'articles en déchiffrage des comptes de Saint-Amand, Marc ne se posa plus trop de questions sur le bien-fondé de ses actes. Il était embarqué dans le réseau de la grille d'arbre, et ne voyait plus comment s'en sortir. L'histoire l'intéressait, chien pour chien, il voulait comprendre aussi. Il se débrouillait avec le profil hermétique de

Kehlweiler et quand il en avait marre, il s'arrangeait pour le voir de face.

Du mardi au jeudi, il demanda de l'aide à Mathias, qui pouvait mettre ses vertus de chasseur-cueilleur préhistorique aux pieds nus au service d'excellentes filatures contemporaines. Lucien en revanche était trop bruyant pour ce genre de boulot. Il fallait toujours qu'il s'exprime à haute et forte voix à propos de toute chose, et surtout, Marc redoutait de le mettre en face d'un Franco-Allemand né dans le bordel tragique de la Seconde Guerre. Lucien aurait aussi sec enclenché l'enquête historique comme un forcené, butiné sur le passé paternel de Kehlweiler jusqu'à remonter aux relents de la Grande Guerre, et ça aurait été très vite l'enfer.

Marc avait demandé jeudi soir à Mathias ce qu'il pensait de Kehlweiler, parce qu'il s'en méfiait encore et que la recommandation de son oncle ne le rassurait pas. Son oncle avait des jugements bien à lui sur les pourris de la terre, et on pouvait trouver des pourris parmi ses meilleurs amis. Son oncle avait aidé un assassin à se tirer, ça, il le savait, et c'est même pour cela qu'on l'avait viré des flics. Mais Mathias avait hoché la tête à trois reprises, et Marc, qui avait beaucoup de respect pour les appréciations silencieuses de Mathias, avait été réconforté. C'était rare que Saint Matthieu se goure sur quelqu'un, disait Vandoosler le Vieux.

10

Samedi matin, Marc était au travail dans le bunker de Kehlweiler. Il avait découpé et classé comme d'habitude, et il n'avait rien remarqué de particulier dans l'actualité des faits divers, sinon les accidents habituels, et pas trace de pied. Il avait archivé, de toute façon il était payé pour ça, mais franchement, il était temps que cette traque du banc 102 aboutisse, serait-ce au néant. Il s'était habitué à la présence de la vieille Marthe dans son dos. Parfois elle sortait, parfois elle restait, en lisant sans faire de bruit ou en s'obstinant sur des mots croisés. Vers onze heures, ils se faisaient un café, et Marthe en profitait pour rompre le silence et discuter le coup. Elle aussi, paraît-il, elle avait renseigné pour Ludwig. Mais elle disait que maintenant elle mélangeait les bancs, le 102 et le 107 par exemple, qu'elle n'était plus efficace comme dans le temps et ça la rendait mélancolique, parfois.

— Voilà Ludwig, dit Marthe.

— Comment tu le sais ?

— Je reconnais son pas dans la cour, son pied traîne. Onze heures dix, c'est pas son heure. C'est le coup du chien, il s'agace là-dessus. On n'en voit pas le bout, tout le monde en a marre.

— On a fait des rapports complets. Vingt-trois sorteurs de chiens, tous des paisibles et rien à en tirer. Il a toujours travaillé comme ça, sur rien ? Sur n'importe quelle crasse ?

— Toujours, dit Marthe, à la piste. Mais attention, c'est un visionnaire. C'est comme ça qu'il s'est fait célèbre, là-haut. Trouver la merde, c'est sa vocation, à Ludwig, son destin, sa pente.

— Il y a quelque chose qui peut l'empêcher d'emmerder le monde ?

— Ah, mais certainement. Le sommeil, les femmes, les guerres. Ça fait beaucoup si t'y penses. Quand il veut dormir ou se faire des pâtes, il n'y a plus rien à tirer de lui, il se fout de tout. Pareil pour les femmes. Quand ça ne va pas en amour, il tourne en rond, il se fout de tout. Et ça m'étonne qu'il travaille tant parce que ça ne va pas trop fort de ce côté-là en ce moment.

— Ah, fit Marc avec satisfaction. Et les guerres ?

— Ça, les guerres, c'est encore autre chose. C'est le bouquet. Quand ça le prend d'y penser, ça l'empêche de dormir, de manger, d'aimer, et de travailler. C'est un truc qui lui vaut rien du tout, les guerres.

Marthe secoua la tête en tournant son café. Marc l'aimait bien maintenant. Elle le rabrouait constamment, comme s'il avait été son petit, alors qu'il avait tout de même trente-six ans, ou comme si elle l'avait élevé. Elle disait : « À une vieille pute comme moi, tu ne vas pas me la faire, je m'y connais en hommes. » Elle disait ça tout le temps. Marc lui avait montré Mathias, et elle avait dit que c'était un gars bien, un peu sauvage mais bien, et qu'elle s'y connaissait en hommes.

— Tu t'es trompée, dit Marc en se réinstallant à son bureau. Ce n'était pas Louis.

— Tais-toi, t'y connais rien. Il discute en bas avec le peintre, c'est tout.

— Je sais pourquoi tu l'appelles Ludwig. Je lui ai demandé.

— Et alors, t'es bien avancé maintenant.

Marthe souffla la fumée avec réprobation.

— Mais t'en fais pas, il les retrouvera, compte là-dessus, ajouta-t-elle en bougonnant et en faisant du bruit avec le journal.

Marc n'insista pas, et ce n'était pas un sujet avec lequel chatouiller Marthe. Il avait seulement voulu lui dire qu'il savait, c'est tout.

Kehlweiler entra et fit signe à Marc de s'arrêter de classer. Il tira un tabouret et s'assit en face de lui.

— Lanquetot, l'inspecteur du secteur, m'a donné les dernières informations ce matin, sur le quartier et sur les dix-neuf autres arrondissements : rien à Paris, Marc, rien. Rien en banlieue non plus, il a vérifié aussi. Pas un corps perdu, pas un cadavre oublié, pas une déclaration de disparition, pas une fugue. Ça fait dix jours que le chien nous a pondu ça sur la grille d'arbre. Donc...

Louis s'interrompit, tâta la cafetière encore tiède et se versa une tasse.

— Donc, le chien a rapporté ça d'ailleurs, de plus loin. C'est sûr. Il y a un corps quelque part qui remonte au bout de notre os, et je veux savoir où, quel que soit l'état de ce corps, vivant ou mort, accident ou meurtre.

Oui, peut-être, pensa Marc, mais avec toute la province sur les bras et pourquoi pas la planète, tant qu'on y était, les comptes du seigneur de Puisaye ne risquaient pas d'avancer. Kehlweiler s'acharnerait jusqu'au bout, Marc savait mieux à présent pourquoi il se collait ces sortes de missions sur le dos, mais lui, il fallait qu'il sorte de là.

— Marc, reprit Kehlweiler, parmi nos vingt-trois chiens, il faut qu'il y en ait au moins un qui ait bougé et qui soit sorti de Paris. Regarde tes fiches. Qui ait bougé en semaine, le jeudi, ou le mercredi. Est-ce qu'on a repéré un type ou une femme en déplacement ?

Marc fouilla dans un classeur. Des gens paisibles, que des gens paisibles. Il y avait les notes de Kehlweiler, les siennes, et celles de Mathias. Il n'avait pas encore mis de l'ordre dans tout ça.

— Regarde lentement, prends ton temps.

— Tu ne veux pas regarder toi-même ?

— J'ai sommeil. Levé à l'aube, à dix heures, pour voir Lanquetot. Je ne suis bon à rien quand j'ai sommeil.

— Bois ton café, dit Marthe.

— Il y a celui-là, dit Marc, c'est un type dont le chasseur-cueilleur s'est chargé.

— Le chasseur-cueilleur ?

— Mathias, précisa Marc, tu m'avais autorisé.

— J'y suis, dit Louis. Qu'est-ce qu'il a chassé ton cueilleur ?

— D'habitude c'est de l'aurochs, là, il s'agit d'un homme.

Marc parcourut une nouvelle fois la fiche.

— C'est un homme qui enseigne une fois par semaine aux Arts et Métiers, le vendredi. Il arrive à Paris le jeudi soir, et il repart le samedi matin, à l'aube. Quand Mathias parle de l'aube, c'est vraiment l'aube.

— Il repart où ? dit Kehlweiler.

— Au bout de la Bretagne, à Port-Nicolas, près de Quimper. Il habite là-bas.

Kehlweiler fit une légère grimace, tendit la main et attrapa la fiche rédigée par Mathias. Il lut et relut, très concentré.

— Il fait sa tête d'Allemand, chuchota Marthe à l'oreille de Marc. Ça va chauffer.

— Marthe, dit Louis sans lever les yeux, tu ne chuchoteras jamais convenablement.

Il se leva et tira des rayonnages un lourd fichier en bois, étiqueté O-P.

— T'as une fiche sur Port-Nicolas ? demanda Marc.

— Oui. Dis-moi, Marc, comment il a fait pour savoir tout ça, ton chasseur-cueilleur ? Il est spécialiste ?

Marc haussa les épaules.

— Mathias est un cas spécial. Il ne dit pratiquement rien. Et puis, il dit « parle », et les gens parlent. Je l'ai vu à l'œuvre, c'est pas des blagues. Et il n'y a pas de truc, je me suis informé.

— Tu penses bien, dit Marthe.

— En tous les cas, ça marche. Pas dans l'autre sens, malheureusement. S'il dit « ta gueule » à Lucien, ça ne marche pas. Je suppose qu'il a bavardé avec le gars pendant que le chien vaquait à ses préoccupations de chien.

— Pas d'autres déplacements ?

— Si. Un autre type qui passe deux jours par semaine à Rouen, double famille, semble-t-il.

— Donc ?

— Donc, dit Marc, si on regarde les quinze jours écoulés dans *Ouest-France* et dans *Le Courrier de l'Eure*, que voit-on ?

Ludwig sourit et se resservit du café. Il n'y avait plus qu'à laisser Marc discourir.

— Or, que voit-on ? répéta Marc.

II reprit ses classeurs et parcourut rapidement les nouvelles du Finistère-Sud et de la Haute-Normandie.

— Dans l'Eure, un camionneur qui s'est pris un mur dans la nuit, il y a onze jours mercredi, beaucoup d'alcool dans le sang, et dans le Finistère, une vieille dame qui s'est cassé la gueule sur une grève caillouteuse, le jeudi ou le vendredi matin. Pas d'histoire de doigt de pied, tu t'en doutes.

— Passe-moi les coupures.

Marc passa, et croisa ses jambes sur la table, satisfait. Il fit un signe encourageant à Marthe. Finis les chiens, on allait passer à autre chose. C'est déprimant à la longue de parler sans cesse de merde de chien, il y a autre chose dans la vie.

Louis reclassa les coupures puis lava les tasses à café dans le petit lavabo. Ensuite, il chercha un torchon propre pour les essuyer et les replaça sur l'étagère, entre deux dossiers. Marthe rangea la boîte à café, reprit son livre et se cala sur le petit lit. Louis s'assit à côté d'elle.

— Eh bien voilà, dit-il.

— Si ça t'arrange, je peux te garder Bufo.

— Non, je préfère l'emmener. Tu es gentille.

Marc replia brutalement les jambes et posa ses bottes au sol. Qu'est-ce qu'il avait dit, Louis ? Emmener le crapaud ? Il ne se retourna pas, il s'était gouré, il n'avait rien entendu.

— Il a déjà tâté l'air marin ? demanda Marthe. Il y en a qui supportent pas.

— Bufo se trouve bien partout, ne te fais pas de bile pour lui. Pourquoi penses-tu que c'est dans le Finistère ?

— Dans l'Eure, un camionneur bourré, ça ne peut pas cacher grand-chose. Tandis que la vieille dans les rochers, on peut se poser des questions, et puis c'est une femme. Qu'est-ce que t'as à ton nez ?

— Je me suis cogné en me levant ce matin, je n'ai pas vu la porte, c'était l'aube.

— T'as de la chance d'avoir un nez, ça protège les yeux.

Bon Dieu ! mais ils allaient continuer longtemps comme ça ? Marc se tendait, silencieux, appuyant ses mains sur ses cuisses, courbant le dos, le réflexe d'un homme qui voudrait se faire oublier. Kehlweiler allait partir pour la Bretagne, qu'est-ce que c'était que cette foutaise ? Et Marthe, elle avait l'air de trouver ça naturel. Mais il n'avait donc fait que cela toute sa vie ? Aller voir ? Pour un oui pour un non ? Pour une merde ?

Marc regarda sa montre. Presque midi, c'était son heure, il pouvait se tirer l'air de rien avant que Kehlweiler ne l'engage comme homme qui court dans sa chasse au néant. Avec un tel type, hanté par l'inutilité depuis que la Seconde Guerre l'avait mis au monde et la Justice au chômage, on risquait de parcourir toute la France à la poursuite du vide. En ce qui concerne les illusions perdues, Marc estimait avoir largement sa part et il n'avait pas l'intention d'avaler celle de Kehlweiler.

Louis examinait son nez dans une petite glace de poche que lui tendait Marthe. Très bien. Marc referma discrètement les classeurs, boutonna sa veste, salua tout le monde. Kehlweiler répondit par un sourire et Marc fila. Une fois dans la rue, il pensa que le mieux était d'aller travailler ailleurs qu'à la baraque. Il préférait avoir le temps de préparer des arguments de refus avant que Kehlweiler ne passe le recruter pour aller courir sur les confins de la terre bretonne. Marc venait d'en faire l'expérience toute la semaine, le plus habile était de se tirer et de réfléchir à la meilleure manière de s'opposer à ce type. Il passa donc en coup de vent dans sa chambre pour emporter de quoi s'occuper dans un bistrot jusqu'au soir. Il bourra un vieux cartable de comptes de Saint-Amand et redescendit l'escalier en hâte, tandis que son oncle le grimpait tranquillement.

— Salut, dit Vandoosler le Vieux. On dirait que tu as les flics au cul.

Ça se voyait tant que ça ? Plus tard, il s'entraînerait à ne pas s'énerver, ou en cas d'échec, ce qui était à envisager, à s'énerver sans que cela se remarque.

— Je vais travailler un peu plus loin. Si ton Kehlweiler rapplique, tu ne sais pas où je suis.

— Motif ?

— Ce type est cinglé. Je n'ai rien contre, et il a ses raisons, mais je préfère qu'il déraille sans moi. Chacun son train, chacun son art, je n'ai pas la vocation de courir après le vent jusqu'au bout des terres.

— Tu m'étonnes, dit seulement Vandoosler, qui grimpa jusqu'aux combles où il demeurait.

Marc trouva un bon café, assez loin de la baraque, et s'occupa de la bascule du XIIIe siècle.

Kehlweiler, debout, tapotait en silence la petite fiche cartonnée qu'il avait extraite de son fichier.

— Ça tombe mal, dit-il à Marthe. Je connais trop de monde, je voyage trop et je croise trop de gens. Trop petit, ce pays, vraiment trop petit.

— T'as quelqu'un de connu dans ce pays breton ? Dis voir.

— Cherche.

— En combien de lettres ?

— Sept.

— Homme ou femme ?

— Femme.

— Ah. Que tu as aimée, ou moyen ou pas du tout ?

— Que j'ai aimée.

— Ça va être vite vu alors. La deuxième ? Non, elle est au Canada. La troisième ? Pauline ?

— Tout juste. Marrant, non ?

— Marrant... Ça dépend de ce que tu comptes faire.

Louis se passa la fiche cartonnée sur la joue.

— Pas d'expédition punitive, hein, Ludwig ? Les gens sont libres, ils font ce qu'ils veulent. Je l'aimais bien, la petite Pauline, sauf qu'elle était près de ses sous, c'est ça qui t'a perdu. Et tu sais que je m'y connais en femmes. Comment tu sais qu'elle est là-bas ? Je croyais qu'elle n'avait plus jamais donné de ses nouvelles.

— Une seule fois, dit Louis en sortant un fichier, pour me signaler un cas toxique dans son patelin, il y a bien quatre ans. Elle m'avait adressé une coupure de presse sur le gars et ajouté ses propres notes. Mais pas un mot personnel, rien, pas même « je t'embrasse » ou « porte-toi bien ». Juste le renseignement, parce qu'elle pensait que le type était assez moche pour devoir figurer dans mes fichiers. Pas même « je t'embrasse », rien. J'ai répondu de même pour accuser réception et j'ai ajouté le gars dans la grosse boîte.

— Pauline donnait toujours de bons renseignements. Qui est le gars ?

— René Blanchet, dit Louis en sortant une carte du fichier, je ne connais pas.

Il lut quelques secondes en silence.

— Résume, dit Marthe.

— Un vieux salaud, tu peux en être sûre. Pauline connaissait mes préférences.

— Et depuis quatre ans que tu as son adresse, tu n'as jamais pensé aller y faire un tour ?

— Si, Marthe, vingt fois. Faire un tour, examiner ce Blanchet et tâcher de reprendre Pauline au passage. Je me la figurais assez bien seule dans une grande maison littorale battue par la pluie.

— Ne le prends pas mal mais ça m'étonnerait, je m'y connais en femmes. Pourquoi t'as pas tenté le coup, tout compte fait ?

— Tout compte fait, t'as vu ma gueule, t'as vu ma jambe ? Moi aussi je m'y connais, Marthe. Et puis ça n'a pas d'importance, ne te tracasse pas. Pauline, je l'aurais croisée un jour ou l'autre. Quand on passe sa vie sur les chemins d'un pays trop petit, on a les rencontres qu'on mérite, et celles qu'on suscite et celles qu'on désire, ne te tracasse pas.

— N'empêche… marmonna Marthe. Pas d'expédition punitive, hein, Ludwig ?

— Ne répète pas toujours les mêmes trucs. Tu veux une bière ?

11

Louis partit le lendemain, vers onze heures, sans précipitation. Le sorteur de chien habitait vraiment le bout de la Bretagne, à quelque vingt kilomètres de Quimper. Faudrait bien compter sept heures de route, et une pause pour boire une bière, Louis n'aimait pas se presser en bagnole et il ne pouvait pas passer sept heures de suite sans bière. Son père était comme ça, pour la bière.

La fiche de Mathias défilait dans sa tête. Le chien : « Moyen, beige à poils ras, grosses dents, peut-être un pit-bull, sale gueule en tous les cas ». Ça ne rendait pas le maître sympathique. L'homme : « Dans la quarantaine, châtain clair, yeux bruns, maxillaire inférieur rentrant, mais à part ça assez belle allure, un peu de ventre cependant, nom... » Comment c'était son nom ? Sevran. Lionel Sevran. L'homme au chien était donc reparti hier matin pour la Bretagne, avec le chien, et il y resterait jusqu'à jeudi prochain. Il n'y avait plus qu'à suivre. Louis conduisait à vitesse moyenne, retenant un peu la voiture. Il avait bien songé à emmener quelqu'un avec lui, pour que cette course aléatoire soit moins désolée et sa jambe moins raide, mais qui ? Les types qui lui envoyaient les nouvelles des quatre départements de la Bretagne étaient des fixes, rivés à leur port, à leur commerce, à leurs journaux, on ne pouvait pas les bouger. Sonia ? Bon, Sonia était partie, il n'allait pas y passer la journée. La prochaine fois, il essaierait d'aimer mieux que cela. Louis fit la grimace. Il n'aimait pas facilement. Sur toutes les femmes qu'il avait eues, parce que quand on est seul dans sa voiture, on a le droit de dire « eues », combien en avait-il aimé, franchement ? Franchement ? Trois, trois et demie. Non, pas doué. Ou bien c'est qu'il ne se portait plus volontaire. Il tâchait d'aimer moyen, sans exagérer, et de fuir les amours denses. Parce qu'il était de ces types qui se déglinguent pour deux ans après un amour compact et raté, qui se durcissent dans les regrets avant de se décider à passer à la suite. Comme il ne se ruait pas non plus sur l'amour moyen, il optait pour de longs temps de solitude, que Marthe appelait ses périodes glaciaires. Elle était contre. Quand tu seras tout froid, elle disait, tu seras bien avancé.

Louis sourit. Il attrapa de la main droite une cigarette et l'alluma. Chercher quelqu'un de nouveau à aimer. Chercher quelqu'un, chercher quelqu'un, toujours la même histoire... Bon, ça allait comme ça, le monde était à feu et à sang, il y penserait plus tard, il entrait en période glaciaire.

Il se gara sur un parking, et ferma les yeux. Dix minutes de repos. En tout cas, il était reconnaissant à toutes ces femmes qui étaient passées dans sa vie, aimées ou pas, d'être passées. Finalement, il aimait toutes les femmes, parce que seul dans sa voiture on a le droit de généraliser, toutes et surtout les trois et demie. Finalement, il éprouvait pour elles une gratitude indistincte, il admirait leur capacité à aimer les hommes, un truc qui lui semblait sacrément difficile, et pire quand on est moche comme lui. Avec ses traits durs et décourageants sur lesquels il s'attardait le moins possible le matin, il aurait dû être seul toute sa vie. Et en fait, non. Ça, ça ne s'invente pas, il n'y a que les femmes pour arriver à trouver beau un type moche. Franchement, oui, il avait de la gratitude. Il lui semblait que

Marc n'était pas vraiment le gars au point avec les femmes non plus. Un fébrile, le rejeton de Vandoosler. Il aurait pu l'emmener ici, il y avait pensé, ils auraient cherché des femmes ensemble au bout du Finistère. Mais il avait parfaitement repéré comment Marc s'était crispé à sa table quand il avait parlé du voyage. Pour lui, cette histoire d'os n'avait ni queue ni tête, ce en quoi il se trompait parce qu'on en avait le bout et qu'on cherchait précisément la tête. Mais Marc ne voyait pas cela encore, ou bien il avait peur de dérailler, ou bien l'idée de faire n'importe quoi déplaisait à Marc Vandoosler à moins qu'il n'en ait eu le projet le premier. C'est pourquoi il s'était abstenu de lui demander. Et puis Vandoosler le Jeune était aussi bien à Paris, car pour le moment, cette affaire ne réclamait pas d'homme qui court. Il avait jugé mieux de lui foutre la paix, Marc était à la fois froissable et solide, comme le lin. Si on partait dans les tissus, il était en quoi, lui ? Il faudrait demander à Marthe.

Louis s'endormit, la tête sur le volant, sur une aire de parking.

Il entra dans Port-Nicolas à sept heures du soir. Il roula à vitesse lente dans les rues du port, pour se faire une idée. Demander à droite et à gauche, le bourg n'était pas très grand, pas très beau, et il se gara tout près de la maison de Lionel Sevran. Il en faisait des kilomètres, le chien, pour aller pisser. Il ne voulait peut-être pisser qu'à Paris, un chien snob peut-être.

Il sonna, attendit devant la porte close. Un ami lui avait dit que la grande différence à méditer entre l'homme et l'animal, c'était que l'animal ouvrait les portes mais que jamais il ne les refermait derrière lui, jamais, alors que l'homme, si. Un fossé comportemental. Louis souriait en attendant.

C'est une femme qui ouvrit. Instinctivement, Louis l'examina avec précision, estima, jugea, envisagea si oui ou si non ou si peut-être, comme ça, en idée. Il procédait ainsi avec toutes les femmes, sans même s'en rendre compte. Il trouvait cette manière de faire détestable, mais l'analyseur se mettait en marche malgré lui. À sa décharge, Louis pouvait affirmer qu'il examinait toujours le visage avant le corps.

Le visage était bien, mais très fermé, les lèvres un peu grandes, le corps agréable, sans excès. Elle répondait machinalement aux questions de Louis, ne faisait aucun embarras pour le laisser entrer, et aucun effort dans l'hospitalité. L'habitude des visites, peut-être. S'il voulait attendre son mari, oui, c'était possible, il n'avait qu'à se mettre là, dans la grande pièce cuisine, mais ça pouvait durer un petit moment.

Elle faisait un puzzle sur un grand plateau et elle se remit au travail après avoir installé Louis sur une chaise, et posé devant lui un verre et des apéritifs.

Louis se servit à boire et la regarda faire le puzzle. Il voyait le puzzle à l'envers, ça semblait figurer la Tour de Londres, la nuit. Elle s'attaquait au ciel. Il lui donnait une quarantaine d'années.

— Il n'est pas encore rentré ? demanda-t-il.

— Si, mais il est à la cave avec une nouvelle. Ça peut durer une demi-heure ou plus, on ne peut pas le déranger.

— Ah.

— Vous n'êtes pas tombé un bon jour, dit-elle en soupirant, les yeux collés sur le jeu. Tout nouveau tout beau, c'est toujours la même chose. Et puis, il s'en lasse et il faut qu'il en cherche une autre.

— Bien, bien, dit Louis.

— Mais celle-là, elle peut le retenir une heure. Ça faisait longtemps qu'il en cherchait une de ce genre-là et il semble qu'il ait décroché le bon numéro. Ne soyez pas jaloux, surtout.

— Pas du tout.

— C'est bien, vous avez bon caractère.

Louis se resservit un verre. C'est plutôt elle qui avait bon caractère. Assez fermée, mais on pouvait comprendre pourquoi. Il eut l'idée de l'aider, de lui tenir compagnie en attendant que son mari en ait terminé. Franchement, ça le dépassait. En attendant, il avait repéré un petit morceau de puzzle qui lui semblait être la bonne pièce pour poursuivre le ciel vers la gauche. Il s'aventura et désigna la pièce du doigt. Elle acquiesça et sourit, c'était la bonne.

— Vous pouvez m'aider, si ça vous tente. Les ciels, c'est un sale moment dans les puzzles, mais c'est nécessaire.

Louis déplaça sa chaise et se mit au travail au coude à coude. Il n'avait rien contre un puzzle de temps à autre, sans abuser.

— Il faudrait séparer les bleus nuit des bleus moyens, dit-il. Mais pourquoi la cave ?

— C'est moi qui l'ai exigé. La cave ou rien. Je ne veux pas de pagaille dans la maison, il y a des limites. J'ai posé mes conditions, parce que si on l'écoutait, il les installerait n'importe où. Après tout, c'est ma maison aussi.

— Bien sûr. Ça arrive souvent ?

— Assez. Ça dépend des périodes.

— Où les prend-il ?

— Tenez, ce morceau-là, il irait plutôt de votre côté. Où il les prend ? Ah... Ça vous intéresse, bien sûr... Il les prend là où il les trouve, il a ses circuits. Il cherche un peu partout, et quand il les embarque, croyez-moi, elles n'ont pas fière allure. Personne n'en voudrait, mais lui, il a l'œil. C'est ça, le truc, et je n'ai pas le droit de vous en dire plus. Et après la cave, de vraies princesses. Moi, à côté, on dirait que je n'existe pas.

— Ce n'est pas très marrant, dit Louis.

— Question d'habitude. Ce bout-là, il n'irait pas là par hasard ?

— Si. Et ça raccroche avec tout ce bout-là. Vous n'êtes pas jalouse ?

— Au début, oui. Mais vous devez connaître ça, c'est pire qu'une manie, une véritable obsession. Quand j'ai compris qu'il ne pourrait pas s'en passer, j'ai décidé de faire avec. J'ai même essayé de comprendre, mais honnêtement, je ne vois pas ce qu'il leur trouve, toutes pareilles, grosses avec ça, lourdes comme des vaches... Si ça lui plaît... Il dit que je ne comprends rien à la beauté... C'est possible.

Elle haussa les épaules. Louis voulait abandonner le sujet, cette femme le mettait mal à l'aise. Elle semblait avoir perdu toute chaleur à force de vivre au-delà des barres de la révolte et de la lassitude. Ils continuèrent à jouer avec le ciel de Londres.

— Ça avance, dit-il.

— Tenez, le voilà qui remonte.

— Ce morceau-là ?

— Non, c'est Lionel, il remonte. C'est fini pour ce soir.

Lionel Sevran entra, l'expression satisfaite, en se frottant les mains sur une serviette de toilette. On se présenta. Mathias avait dit juste, le type avait bonne allure, et même, en cet instant, un visage d'adolescent ravi par la nouveauté.

Sa femme se leva, déplaça le plateau du puzzle. Louis eut l'impression qu'elle n'était plus aussi détachée. Quelque chose se tendait, quand même. Elle observait son mari en train de se servir à boire. La présence de Louis dans sa cuisine n'avait pas l'air de le surprendre, pas plus que sa femme une heure avant.

— Je t'ai déjà dit de laisser les serviettes en bas, dit-elle. Ça me déplaît dans la cuisine.

— Excuse-moi, ma chérie. Je tâcherai d'y penser.

— Tu ne la remontes pas ?

Sevran fronça les sourcils.

— Pas encore, elle n'est pas prête. Mais elle te plaira,

j'en suis sûr, très douce, de jolies courbes, un bon toucher, ferme, docile. Je l'ai bouclée pour la nuit, c'est plus prudent.

— C'est humide en bas en ce moment, dit sa femme à mi-voix.

— Je lui ai mis une bonne couverture, ne te fais pas de souci.

Il rit, se frotta les mains, les passa plusieurs fois dans ses cheveux, comme un type qui se réveille, et se tourna vers Louis. Oui, il avait une bonne tête, un visage clair, ouvert, franc, une assise décontractée sur sa chaise, une belle main autour de son verre, tout le contraire de sa femme, on ne l'aurait pas cru capable du coup de la cave. Et pourtant, le menton assez rentrant, et dans les lèvres, peut-être, quelque chose de mince, d'économe, de déterminé, et rien de sensuel en tous les cas. Le type lui plaisait, lèvres exceptées, mais son affaire de cave, pas du tout. Et l'abandon morne de sa femme ne lui plaisait pas non plus.

— Alors ? demanda Lionel Sevran. Vous avez quelque chose pour moi ?

— Quelque chose ? Non, c'est à propos de votre chien.

Sevran fronça les sourcils.

— Ah bon ? Vous n'êtes pas là pour affaire ?

— Affaire ? Pas du tout.

Sevran et sa femme eurent l'air aussi surpris l'un que l'autre. Ils avaient cru à un homme d'affaires, un démarcheur. C'était pour ça qu'on l'avait laissé s'installer librement.

— Mon chien ? reprit Sevran.

— Vous avez bien un chien ? Moyen, poil ras, beige... Je l'ai vu entrer ici tout à l'heure. Alors, je me suis permis de passer.

— C'est exact... Qu'est-ce qui se passe ? Il a encore déconné ? Lina, le chien a déconné ? Il est où, au fait ?

— À la cuisine, bouclé.

Donc, il l'appelait Lina. Très brune, la peau mate, les yeux noirs, elle venait peut-être du Sud.

— S'il a déconné, reprit Lionel Sevran, je paierai. Je le surveille, ce clébard, mais c'est un fugueur terrible. Une seconde d'inattention, une porte entrouverte, et il se fait la malle. Un jour, je le retrouverai sous une bagnole.

— Ce ne sera pas un mal, dit Lina.

— Je t'en prie, Lina, ne sois pas cruelle. Voyez-vous, reprit Sevran en se tournant vers Louis, le chien ne peut pas encaisser ma femme et vice versa, ça ne se commande pas. À part ça, pas méchant, sauf si on l'emmerde, bien sûr.

Quand les gens ont un chien, pensa Louis, il arrive qu'ils disent des conneries. Et si leur chien mord un type, c'est la faute du type, toujours. Tandis qu'avec un crapaud, on n'a rien à dire, c'est l'avantage.

— Faut voir ce qu'il ramène, dit Lina. Il bouffe tout.

— Donc, c'est un fugueur ? dit Louis.

— Oui, mais à vous, il a fait quoi ?

— Il ne m'a rien fait, j'en cherche un du même genre. Je l'ai vu et je suis venu me renseigner, parce que ce n'est pas si courant. C'est bien un pit-bull ?

— Oui, dit Sevran, comme on avoue une sale habitude.

— C'est pour une vieille amie. Elle veut un pit-bull pour se protéger, c'est son idée. Mais je me méfie des pit-bulls, je ne tiens pas à ce qu'il la mange dans son lit. C'est comment ?

Lionel Sevran parla longuement du chien, ce dont Louis n'avait réellement rien à foutre. Ce qui l'intéressait, c'était d'avoir appris que ce clebs se tirait tout le temps et qu'il ramassait n'importe quoi. Sevran en était à se débattre dans la vieille affaire de l'inné et de l'acquis, et parvenait à la conclusion : une solide éducation pouvait faire d'un pit-bull un agneau. Sauf quand on l'emmerdait, bien sûr, mais ça, c'est tous les chiens, pas que les pit-bulls.

— Il n'empêche que l'autre jour, il a attaqué Pierre, dit Lina. Et Pierre assure qu'il ne l'avait pas emmerdé.

— Forcément, oui. Pierre l'a forcément emmerdé.

— Il l'a mordu fort ? Où ça ?

— Au mollet, mais pas profond.

— Il mord beaucoup ?

— Mais non. Il montre les dents, surtout. C'est rare qu'il attaque. Sauf si on l'emmerde, bien sûr. Pierre mis à part, ça faisait un an qu'il n'avait mordu personne. En revanche, c'est vrai que quand il s'échappe, il fait du dégât. Il renverse les poubelles, il bouffe les pneus des bicyclettes, il dépèce les matelas… C'est vrai que pour ça, il est fort. Mais ça n'a rien à voir avec la race.

— C'est bien ce que je dis, reprit Lina. Il nous a déjà coûté cher en dédommagements. Et quand il ne démolit rien, il file sur la grève, il se roule dans tout ce qu'il peut trouver, de préférence du goémon pourri, des oiseaux pourris, des poissons pourris, une vraie puanteur quand il rentre.

— Écoute, ma chérie, tous les chiens font ça, et ce n'est pas toi qui le laves. Attendez, je vais vous le chercher.

— Et il part loin ? demanda Louis.

— Pas très. Lionel le retrouve toujours dans le coin, sur la grève, ou au bout du village, ou sur la décharge publique…

Elle se pencha vers Louis pour murmurer.

— Moi, il me fait peur, au point que j'ai demandé à Lionel de l'emmener avec lui quand il va à Paris. Pour votre amie, trouvez-lui autre chose qu'un pit-bull, c'est mon conseil. Ce n'est pas du bon chien, c'est une création infernale.

Lionel Sevran entra avec le chien, en le tenant ferme par le collier. Louis vit Lina se contracter sur sa chaise, ramener ses pieds sur le barreau. Entre les affaires de la cave et les affaires du chien, cette femme ne menait pas une existence très détendue.

— Va, Ringo, va, mon chien. Le monsieur veut te voir.

Il lui parlait aussi bêtement que lui-même parlait à son crapaud. Louis fut content d'avoir laissé Bufo dans la bagnole, ce clebs l'aurait avalé aussi sec. On avait l'impression qu'il avait trop de dents, que ses crocs lui gonflaient les babines, prêts à sortir de sa gueule déformée.

Sevran poussa le pit-bull vers Louis, qui n'était pas très à l'aise. Le chien à grosse gueule grondait doucement. Ils discutèrent encore de choses et d'autres, de l'âge du chien, du sexe du chien, de la reproduction du chien, de l'appétit du chien, autant de sujets parfaitement emmerdants. Louis se renseigna à propos d'un hôtel, déclina l'invitation à dîner et les laissa en remerciant.

Il était maussade et insatisfait en sortant de chez eux. Isolément, le mari et la femme étaient acceptables, mais ensemble, quelque chose grinçait. Quant au chien fugueur et avaleur d'immondices, pour l'instant, ça cadrait. Mais ce soir, Louis en avait assez du chien. Il chercha le seul hôtel de la petite ville, un gros hôtel neuf qui devait suffire à absorber la clientèle de l'été. Pour ce qu'il en avait vu, Port-Nicolas n'avait pas de plage, mais des grèves de vase et de rochers impraticables.

Il dîna rapidement à l'hôtel, prit une chambre et s'y boucla. Sur la table de nuit, il y avait quelques dépliants et prospectus, les adresses utiles de la ville. Le prospectus était mince et Louis s'obligea à la lecture : produits de la pêche, mairie, antiquités, appareils de plongée, centre de thalassothérapie, animations culturelles, photo de l'église, photo des nouveaux réverbères. Louis bâilla. Il avait passé son enfance dans un village du Cher et ces petites histoires ne l'ennuyaient pas, mais les prospectus, oui. Il s'arrêta sur la photo de l'équipe du centre de thalassothérapie. Il se leva, examina le cliché sous la lumière de la lampe. La femme au milieu, la femme du propriétaire, merde.

Il s'allongea sur le lit, mains croisées sous la nuque. Il sourit. Eh bien, si c'était ça qu'elle avait épousé, si c'était pour ça qu'elle était partie, ça ne valait pas le coup. Non qu'il fût un cadeau. Mais cet homme au front bas, aux cheveux noirs dressés en brosse sur le crâne, cet homme à la gueule maussade encastrée dans un carré, franchement, ça ne valait pas le coup. Oui, mais qu'est-ce qui était le plus blessant ? La retrouver dans le lit d'un type splendide ou dans celui d'un singe mercantile ? Ça se discutait.

Louis décrocha son téléphone et appela le bunker.

— Marthe, je te réveille, ma vieille ?

— Tu penses... Je suis sur un mots croisés.

— Moi aussi. Pauline a épousé le gros sac du pays, le directeur du centre de thalassothérapie. Tu te figures comme elle doit s'emmerder ? Je t'envoie la photo du couple, tu vas t'amuser.

— Un centre de quoi ?

— Thalassothérapie. Une usine à ramasser beaucoup de fric en tartinant les gens d'algues, de jus de poisson, de bouillasse à l'iode et autres foutaises. La même chose qu'un bain de mer, mais en cent fois plus cher.

— Ah, c'est pas idiot. Et ton chien ?

— Je l'ai trouvé. Un chien détestable, bourré de dents, mais un maître sympathique, sauf je ne sais quelle combine sexuelle obsessionnelle qu'il trafique dans sa cave, je veux voir ça. Sa femme est un peu inquiétante. Accommodante, mais gelée, ou plutôt dévitalisée. On dirait qu'elle comprime quelque chose, qu'elle se comprime tout le temps.

— Puisque je te tiens, coule en Russie, en deux lettres ?

— L'Ob, Marthe, l'Ob, nom de Dieu, soupira Louis. Fais-le tatouer sur ta main et qu'on n'en parle plus.

— Merci, Ludwig, je t'embrasse. Tu as dîné ? Oui ? Alors je t'embrasse et n'hésite pas à me demander des tuyaux. Tu sais que je m'y connais en hommes et aussi en...

— Je le ferai, Marthe. Écris « Ob » et dors tranquille en veillant d'un œil sur les archives.

Louis raccrocha et décida sur l'instant d'aller voir la cave de Lionel Sevran. Elle avait un accès extérieur, il avait noté ça en sortant, et les serrures n'embarrassaient pas Louis, sauf les serrures trois points, très emmerdantes, qui exigent du temps, du matériel lourd et de la tranquillité.

Il fut à la porte un quart d'heure plus tard. Il était plus de onze heures et les environs étaient noirs et dormants. La cave était protégée par une serrure et un verrou et ça lui prit un bon moment. Il travaillait sans bruit, à cause du chien. S'il y avait une femme sous la couverture, elle dormait bien. Mais Louis commençait à douter qu'il s'agisse d'une femme. Ou alors, c'est qu'il ne comprenait plus rien aux femmes, ni à celle de la cave, ni à l'épouse à l'étage, et autant alors abandonner le métier d'homme sur-le-champ. Oui mais quoi d'autre ? Les Sevran en avaient parlé sans ambiguïté. Et pourtant, il y avait du grotesque là-dedans, et Louis ne se satisfaisait pas du grotesque.

La porte céda, Louis descendit quelques marches et la referma doucement sur lui. Au milieu d'un foutoir inconcevable, il y avait un grand établi, et dessus, une couverture bouchonnée qui formait un épais tas d'ombre. Il tâta, souleva, regarda, et hocha la tête. Un quiproquo. Il haïssait les quiproquos, ces intermèdes inutiles et malfaisants, et il se demanda dans quelle mesure Lina Sevran ne l'avait pas volontairement conduit à l'erreur.

La couverture ne protégeait qu'une antique machine à écrire, du début du siècle, si tant est qu'il s'y connaissait un peu. Et en effet, comme l'avait dit Lina, elle était grosse, lourde comme une vache, et exigeait un solide nettoyage. Louis balada sa lampe au sein de l'obsession de Lionel Sevran. Sur les étagères, au sol, sur des établis, partout, des dizaines de vieilles machines à écrire, mais aussi des morceaux de phonos, des pavillons, des vieux téléphones, des séchoirs, des ventilateurs, des amoncellements de pièces de rechange, de vis, de bras mécaniques, de pistons, de fragments de bakélite, et tout à l'avenant. Louis revint vers la machine dénudée sur la table. C'était donc elle, « la nouvelle » ramassée par Sevran. Et lui, on l'avait pris pour un amateur de machines, c'était évident, et, pour l'avoir reçu avec tant de détachement, le couple devait être habitué à de fréquents passages de collectionneurs. Sevran devait être un rouage connu sur le marché pour qu'on vienne le voir jusqu'au bout de sa Bretagne.

Louis passa les doigts dans sa très courte barbe de quatre jours. Parfois il se rasait, parfois non, pour poser une ombre sur son maxillaire trop projeté en avant. Il résistait à la tentation de se réfugier derrière une vraie barbe, et optait pour cette solution bancale qui adoucissait ce menton offensif, qu'il n'aimait pas, donc. Ça suffisait comme ça, le monde était à feu et à sang, il n'allait pas passer la nuit sur son problème de maxillaire, il y a des limites. Que Lina Sevran l'ait pris pour un collectionneur, comme elle devait en voir défiler des vingtaines, cela se pouvait. Mais il lui semblait qu'elle avait bien joué de l'ambiguïté de ses mots, qu'elle s'était peut-être amusée de le voir mal à l'aise. De la perversité était à envisager. On peut tromper son ennui avec des puzzles, ou bien avec de la perversité, si on a les penchants pour. Quant au mari, rien à en dire à présent. Louis en revenait à sa première impression favorable, chien excepté. C'était une entorse à la règle connue mais maintes fois observée de tel maître, tel chien. Ici, le maître et le chien ne se ressemblaient nullement, et c'était fort curieux, car ils paraissaient s'estimer l'un l'autre. Il faudrait qu'il se souvienne de cette exception, car il est toujours rassurant pour l'humanité de voir les règles faillir.

Il replaça la couverture sur la machine, pour la protéger gentiment de l'humidité et non pour effacer les traces de son effraction, vu qu'il avait dû de toute façon faire sauter les vis qui retenaient le verrou. Il ressortit dans la nuit et repoussa la porte. Demain, Sevran découvrirait l'intrusion et réagirait. Demain, il irait rendre visite au maire pour en savoir plus sur la vieille femme morte sur la grève. Demain, il irait aussi au centre de bouillasse marine voir la petite Pauline. Il pouvait se dire qu'elle avait épousé l'homme au front bas pour du fric, mais il ne pouvait en être sûr. Ce ne serait pas la première fois qu'on lui préférerait des types dont il n'aurait pas touché un seul doigt. Mais tout de même, comme Pauline était la troisième femme qu'il avait aimée, ça lui déchirait un peu le ventre. Qu'avait dit Marthe ? Pas d'expédition punitive. Non, bien sûr, il n'était pas salaud à ce point. Mais ce serait difficile. Parce qu'enfin, il avait souffert quand elle était partie. Il avait englouti des quantités de bière inimaginables, il avait grossi et s'était empâté dans des souvenirs qui n'en finissaient pas. Ensuite il avait fallu des mois d'efforts pour retrouver l'essentiel de sa tête et pour récupérer son corps, qui était trop grand, mais correct et solide. Ce serait difficile.

12

Kehlweiler se leva trop tard pour pouvoir prendre son petit déjeuner à l'hôtel. Il se rasa presque complètement et sortit sous la pluie fine qui tombait sur le village. Village n'était pas le mot. Il aurait plutôt dit « localité ». Port-Nicolas avait dû être un port médiéval bien compact, il en restait des rues étroites qui auraient intéressé un type comme Marc Vandoosler, mais pas lui. En pensant à Marc, il trouva l'église puis le calvaire, qui était sans nul doute un beau truc, grouillant de monstres sculptés et d'autres saletés propres à inspirer la terreur dans les esprits religieux. À une vingtaine de mètres, une fontaine en granit à moitié démolie laissait couler un filet d'eau.

Sous la pluie qui s'intensifiait, Louis se bascula d'un côté, une jambe repliée et l'autre raide, pour plonger sa main dans le ruisseau. Dans cette eau-là, des milliers de gens avaient dû venir tremper leurs malheurs, réclamer des soins, réclamer des amours, réclamer des enfants, ourdir des vengeances. Après des siècles, ça fait de l'eau très chargée. Louis avait toujours aimé les fontaines miraculeuses. Il pensa brièvement y tremper son genou. Encore que rien n'assurait que cette fontaine était miraculeuse. Mais en Bretagne et près d'un calvaire, c'était évident, faut pas prendre les gens pour des cons, le dernier des imbéciles sait reconnaître une fontaine miraculeuse quand c'en est une. Le lieu était beau et Louis s'y plut. Il était en surplomb, et de là, il avait une vue partielle de la localité moderne. Port-Nicolas s'était dispersé. Ce n'était plus que des villas disséminées, à plusieurs centaines de mètres les unes des autres, avec une zone industrielle, au loin.

De cette localité dévastée, il ne restait plus qu'une place centrale, avec une grande croix de pierre, l'hôtel, le café, la mairie, et une vingtaine de baraques. Tout le reste s'étalait n'importe comment autour, un garage, des villas, une grande surface, le centre de thalassothérapie, ignoble, et tout à l'avenant, jeté comme une poignée de dominos et relié par des routes et des ronds-points.

Louis préférait la fontaine miraculeuse où il laissait tremper la main, et les démons en granit usé du calvaire. Il resta assis là, sous la pluie, sur un rocher qui dépassait de l'herbe rase. Des petites silhouettes se déplaçaient là-bas, devant les villas, une autre devant la mairie. Le maire peut-être, Michel Chevalier, étiquette incertaine, classé D, divers. Ces divers l'avaient toujours décontenancé. C'étaient souvent des types un peu faiblards, ayant comme rétréci au lavage de l'existence, s'étant abrités dans un centre imprécis, des types dont l'issue n'était pas prévisible. Louis saisissait mal ces hommes flottants. Peut-être le maire se demandait-il chaque jour s'il avait les cheveux bruns ou blonds, s'il était un homme ou une femme, un gars hésitant devant les questions les plus simples. Mais lui-même, après tout, hésitait quand on lui demandait d'où il venait. Ne sait pas, sans importance, fils du Rhin. Les hommes passaient beaucoup de temps à essayer de se piquer le Rhin, ils l'avaient même coupé en deux. Couper de l'eau, il n'y a que les hommes pour imaginer une foutaise pareille. Mais le Rhin est nulle part et n'est à personne, et lui, il était fils du Rhin, c'est son père qui lui avait dit, nationalité indéfinie, le monde était à feu et à sang, il n'allait pas passer la journée là-dessus.

Ceci dit, l'avantage de n'appartenir à personne était de pouvoir être tout le monde. Si ça lui chantait, et ça lui chantait souvent, il pouvait être turc, chinois, berbère, pourquoi pas si ça lui plaisait, indonésien, malien, fuégien, que celui qui n'était pas d'accord le dise, sicilien, irlandais, ou, évidemment, français, ou allemand. Et le plus pratique avec ça était de s'offrir une galerie d'ancêtres aussi vaste que prestigieuse ou minable.

Louis retira sa main de l'eau de la source et la regarda. En l'essuyant sur son pantalon trempé, il pensa pour la millième fois que ça faisait cinquante ans qu'il vivait en France et cinquante ans qu'on l'appelait « l'Allemand ». Les gens n'oubliaient pas, et lui non plus. En se remettant debout, il songea qu'il devrait appeler le vieux. Ça faisait un mois qu'il n'avait pas de nouvelles de son père. Là-bas, de l'autre côté du Rhin, à Lörrach, le vieux s'amuserait de savoir après quoi il courait. Depuis la fontaine, Louis balaya l'étendue de Port-Nicolas. Il savait pourquoi il hésitait : commencer par Pauline ou, plus modérément, par le maire ?

13

En arrivant à dix heures du matin au bunker, Marc Vandoosler avait préparé toutes les réponses possibles à toutes les sollicitations éventuelles de Louis Kehlweiler. Il entra donc calmement, embrassa Marthe et s'étonna de ne pas trouver de mot sur le bureau. Sûrement Louis avait laissé un message pour lui demander de cavaler avec lui à l'autre bout du pays. Ou alors c'était Marthe qui devait faire l'intermédiaire. Mais Marthe ne disait rien. Eh bien, que chacun se taise, c'était tout aussi bien.

Marc n'avait jamais su garder une résolution, bonne ou mauvaise, plus d'une dizaine de minutes. L'impatience lui faisait toujours abattre sa garde et ses bouderies les plus compactes pouvaient être ruinées en quelques instants par le besoin de s'agiter et de faire progresser les questions en suspens. Il n'y avait rien que Marc tolérât plus mal que les questions en suspens. Il s'agita sur sa chaise avant de demander à Marthe si elle avait un message pour lui.

— Pas de message, dit Marthe.

— Pas grave, dit Marc, à nouveau résolu à garder le silence.

— Mais tu sais quoi ? reprit-il. Louis veut m'enrôler comme homme qui court. Eh bien, non, Marthe, je ne suis pas un type fait pour ça. Ne crois pas que je ne sais pas courir, ça n'a rien à voir. Je peux courir très vite si nécessaire, c'est-à-dire assez vite, et surtout, je suis très bon pour escalader. Pas les montagnes, non, ça me fout le cafard et je m'ennuie, mais les murs, les arbres, les palissades. Tu ne dirais pas cela à me voir, n'est-ce pas ? Eh bien, Marthe, je suis très agile, pas fort, mais très agile. On n'a pas besoin que d'hommes forts sur la terre, hein ? Tu sais que ma femme m'a quitté pour un type très costaud ? Très costaud, oui, mais qui serait incapable de tenir droit sur un escabeau, et de plus, ce type...

— T'étais marié, toi ?

— Pourquoi non ? Mais c'est passé maintenant, alors ne m'en parle pas, je t'en prie.

— C'est toi qui en parles.

— Oui, tu as raison. Je disais, Marthe, que je ne suis pas un type fait pour l'armée, quand même ce serait avec Kehlweiler qui enrôle en finesse, en douceur. Je ne suis pas foutu capable d'obéir, les consignes me mettent hors de moi, ça me pile les nerfs. Et l'enquête criminelle, ça m'emmerde, je ne sais pas soupçonner. Comprendre, étudier, déduire, oui, mais soupçonner des vivants, incapable. En revanche, je sais soupçonner les gens morts, c'est mon métier. Je soupçonne le comptable du seigneur de Puisaye de trafiquer les comptes des granges, il doit le truander sur les toisons de moutons. Mais il est mort, tu saisis la grosse différence ? Dans la vie, je soupçonne peu, je crois ce qu'on me dit, je fais confiance. Et puis merde, je ne sais pas pourquoi je parle, je parle sans cesse, je passe ma vie à relater les débris de mes actions, ça me fatigue et ça use les autres. Pour te dire que comme soldat, comme soupçonneur, je suis zéro, c'est tout. Zéro en homme fort, en homme méfiant, en homme puissant, ou en n'importe quelle sorte de surhomme comme semble être ton Ludwig. Kehlweiler ou pas Kehlweiler, je n'irai pas en Bretagne pour faire le chien qui court après un autre chien. Ça me détourne de mon ouvrage.

— Tu es hystérique, ce matin, dit Marthe en haussant les épaules.

— Ah, tu reconnais toi-même que quelque chose cloche.

— Tu bavardes trop pour un homme, ça fait tort à ton image. Écoute mon conseil parce que moi, je m'y connais en hommes.

— Eh bien, je m'en fous de mon image.

— Tu t'en fous parce que tu ne sais pas y faire.

— Peut-être. Et qu'est-ce que ça change ?

— Je t'expliquerai un jour comment ne pas te mettre en charpie dans le bavardage. Tu abuses. Tiens, la prochaine fois que tu voudras te choisir une femme, montre-la-moi d'abord, parce que je m'y connais en femmes. Je te dirai si elle est bonne pour toi, comme ça, si tu abuses ou si tu t'emballes, ça sera pas perdu.

Curieusement, cette idée ne déplut pas à Marc.

— Comment faudrait-il qu'elle soit ?

— Il n'y a pas de règles, ne rêve pas. On en parlera quand tu m'en apporteras une. À part ça, je ne vois pas pourquoi tu t'énerves comme ça, ce matin. Ça fait un quart d'heure que tu racontes ta vie, personne ne sait pourquoi.

— Je te l'ai dit. Je n'ai pas l'intention de partir avec Louis.

— Tu ne trouves pas que le boulot vaut le coup ?

— Mais si, Marthe, bon Dieu ! Et puis ce boulot, je l'ai déjà fait une fois.

— Ludwig a dit que tu t'en étais bien tiré.

— Je n'étais pas seul. Et puis ce n'est pas la question. Je suis cerné d'ex-flics pourris ou de faux juges et je ne veux pas qu'on me tire par un anneau dans le nez, j'ai fait ça toute la semaine, c'est assez.

— Décidément, quand tu ne penses qu'à toi, tu ne comprends rien aux autres.

— Je sais. C'est un problème.

— Montre voir ton nez ?

Sans réfléchir, Marc tendit son visage vers Marthe.

— Il n'y a pas la place pour un anneau là-dedans, c'est trop mince. Crois-moi, je m'y connais en hommes. Et puis, t'avoir tout le temps dans les jambes, ça ne doit pas être un cadeau.

— Ah, tu vois.

— Et personne ne te demande d'accompagner Ludwig.

— Tout comme. Il m'appâte avec une merde de chien, assez efficace, subtil, et puis il me tire jusqu'en Bretagne parce qu'il sait que je ne peux pas abandonner un truc commencé. C'est comme une bouteille de bière, tu l'ouvres, t'es foutu, faut que tu la termines.

— C'est pas de la bière, c'est un crime.

— Je me comprends.

— Ludwig est parti hier. Et parti sans toi, Vandoosler le Jeune. Il t'a laissé à tes études, très respectueusement.

Marthe le regardait en souriant et Marc resta muet. Il avait chaud, il avait trop parlé. Au 1er janvier, il prendrait des résolutions. Il demanda calmement si ce n'était pas l'heure du café, par hasard ?

Ils se firent leur petit café routinier sans un mot. Ensuite, Marthe demanda de l'aide pour son mots croisés. Exceptionnellement, parce qu'il se sentait en léger état de faiblesse, Marc accepta de déroger au travail. Ils s'installèrent tous les deux sur le lit replié en canapé, Marc se cala un coussin dans le dos et en fourra un derrière le dos de Marthe, se leva pour chercher une gomme, on ne peut pas faire un mots croisés sans gomme, renouvela la manœuvre des coussins, ôta ses bottes et réfléchit à la définition du 6 horizontal en dix lettres : « forme d'art ».

— Il y a le choix, dit Marc.

— Ne commente pas, cherche.

14

Avant d'aborder la mairie, Louis prit un petit déjeuner au Café de la Halle qui lui faisait face, de l'autre côté de la place. Il attendait que sa veste sèche un peu. Au premier coup d'œil, Louis avait jugé le café à son goût, pas touché depuis quarante années. Il contenait un flipper d'origine et un billard avec une pancarte en carton crasseux : « Attention, le tapis est neuf ». Toucher une boule pour atteindre l'autre, un système dont la subtilité lui avait toujours plu. Calculer les bandes, les angles, les retours, viser vers la gauche pour atteindre la droite. Très malin. La salle de jeux était vaste et obscure. On ne devait allumer que si on venait jouer, et ce lundi matin, vers onze heures trente, c'était trop tôt. Les petits joueurs du baby-foot avaient les pieds rognés par l'usage. Bon, les pieds, ça recommençait. Il fallait qu'il s'occupe de ce doigt de pied, et non pas qu'il se laisse aller tout de suite à une partie de catéchisme sur ce flipper qui lui tendait les bras.

— On peut voir le maire aujourd'hui ? demanda Louis à la vieille dame en gris et noir qui tenait le comptoir.

La vieille femme réfléchit, posa doucement ses mains fines sur le comptoir.

— S'il est à la mairie, il n'y a pas de raison. Mais dame, s'il n'y est pas...

— Oui, dit Louis.

— Sinon, il vient pour son apéritif vers midi et demi. S'il est sur un chantier, il ne vient pas. Mais s'il n'y est pas, il vient.

Louis remercia, paya, ramassa sa veste encore détrempée et traversa la place. Une fois dans la petite mairie, on lui demanda s'il avait rendez-vous, parce que monsieur le Maire travaillait dans son bureau.

— Pouvez-vous l'informer que je suis de passage et que je souhaite le voir ? Kehlweiler, Louis Kehlweiler.

Louis ne s'était jamais fait faire de cartes de visite, ça le dérangeait.

Le jeune homme téléphona, puis il lui fit signe qu'il pouvait y aller, premier étage, la porte au fond. De toute façon, il n'y avait qu'un étage.

Louis n'avait aucun souvenir du sénateur-maire, hormis son nom et son étiquette divers. Le type qui le reçut était assez épais, un peu mou, de ces visages sur lesquels il faut se concentrer fort pour se les rappeler, mais très élastique. Il marchait en bondissant légèrement, il se retournait tous les doigts de la main avec l'autre, sans rien faire craquer, avec une souplesse dérangeante. Comme Louis observait ce mouvement, le maire mit la main dans sa poche et le pria de s'asseoir.

— Louis Kehlweiler ? Que me vaut l'honneur ?

Michel Chevalier souriait, mais pas tant que ça. Louis était habitué. La visite impromptue d'un émissaire officieux de l'Intérieur ne mettait jamais à l'aise les élus, quels qu'ils fussent. Apparemment, Chevalier n'était pas au courant de son éjection, ou bien cette éjection ne suffisait pas à le rassurer.

— Rien qui puisse vous donner des soucis.

— Je veux bien vous croire. On ne cacherait pas une épingle dans Port-Nicolas. C'est trop petit.

Le maire soupira. Il devait tourner en rond dans cette mairie. Rien à cacher et pas grand-chose à bricoler.

— Alors ? reprit le maire.

— Port-Nicolas est sans doute petit mais il essaime. Je suis venu vous rapporter quelque chose qui pourrait lui appartenir, quelque chose que j'ai trouvé à Paris.

Chevalier avait des gros yeux bleus qu'il ne parvenait pas à plisser, mais c'est ce qu'il voulut faire.

— Je vous montre ça, dit Louis.

Il fourra la main dans la poche de sa veste et rencontra la peau verruqueuse de Bufo qui roupillait là. Merde, il l'avait emmené en balade ce matin au calvaire et il avait oublié de le déposer dans sa chambre d'hôtel en revenant. Ce n'était certes pas le moment de sortir Bufo, car le visage affaissé du maire semblait un peu soucieux. Il trouva la boule de papier journal sous le ventre de Bufo, qui n'avait pas de respect pour les pièces à conviction et qui s'était calé dessus.

— C'est cette petite chose, dit Louis en posant enfin le fragile morceau d'os sur la table en bois de Chevalier. Elle me tracasse au point de m'avoir fait venir jusqu'à vous. Et j'espère m'être tracassé pour rien.

Le maire se pencha, regarda le débris et secoua lentement la tête. Voilà un type patient, plastique, se dit Louis, qui marche au ralenti, que rien n'émeut, et qui n'a pas une tête d'imbécile en dépit de ses gros yeux.

— C'est un os humain, reprit Louis, la dernière phalange d'un pouce de pied, que j'ai eu la malchance de repérer place de la Contrescarpe, sur une grille d'arbre, et qui, pardonnez-moi, monsieur le maire, était contenue dans un excrément de chien.

— Vous fouillez les excréments de chien ? demanda posément Chevalier, sans ironie.

— Une pluie torrentielle s'était abattue sur Paris. Les matières organiques ont été lessivées, l'os est resté sur la grille.

— Je comprends. Le rapport avec ma commune ?

— La chose m'a paru insolite et désagréable, j'y ai donc prêté attention. Impossible d'exclure un accident, ou, en poussant les hasards à l'extrême, le regrettable passage d'un chien lors d'une veillée mortuaire. Mais impossible d'exclure non plus la parcelle égarée d'un meurtre.

Chevalier ne bougeait pas. Il écoutait et il ne contredisait pas.

— Et ma commune ? répéta-t-il.

— J'y arrive. J'ai attendu à Paris. Mais il ne s'est rien passé. Vous savez qu'on ne cache pas longtemps un cadavre dans la capitale. Rien dans sa banlieue non plus, et pas de disparition signalée depuis maintenant douze jours. J'ai donc relevé les mouvements des chiens itinérants, ceux qui mangent ici et éjectent ailleurs, et j'en ai repéré deux. J'ai choisi la piste du pit-bull de Lionel Sevran.

— Continuez, dit le maire.

Il restait mou, mais sa concentration s'accroissait progressivement. Louis s'accouda à la table, le menton posé sur son poing, l'autre main toujours dans sa poche, parce que ce foutu crapaud ne voulait pas se rendormir et bougeait.

— À Port-Nicolas, dit-il, il y a eu un accident sur la grève.

— Nous y voilà.

— Oui. Je suis venu m'assurer qu'il s'agissait d'un accident.

— Oui, coupa Chevalier, un accident. La vieille dame a glissé sur les rochers et s'est brisé le crâne. C'était dans la presse. Toutes les constatations nécessaires ont été faites par la gendarmerie de Fouesnant. Il n'y a aucun doute, ce fut un accident. La vieille Marie se rendait toujours à cet endroit, qu'il pleuve ou qu'il vente. C'était son coin à bigorneaux, elle en ramenait des pleins sacs. Personne n'aurait été lui prendre des bigorneaux, c'était son univers. Elle y est partie, comme d'habitude, mais il pleuvait ce jeudi-là, les algues étaient glissantes, et elle est tombée, seule, dans le noir... Je la connaissais bien et nul ne lui aurait voulu du mal.

Le visage du maire s'assombrit. Il se leva et s'adossa au mur derrière son bureau, mollement, en retournant à nouveau ses doigts. À ses yeux, l'entretien touchait à sa fin.

— On ne l'a retrouvée que dimanche, ajouta-t-il.

— C'est bien tard.

— On ne s'est pas inquiété de son absence le vendredi, elle a congé. Le samedi à midi, personne ne l'a vue au café, on a été voir chez elle et chez ses patrons. Personne. Alors seulement, vers seize heures, on a commencé à chercher, un peu en amateur, on ne s'affolait pas réellement. Personne n'a songé à la grève Vauban. Il avait fait un tel temps depuis trois jours qu'on n'imaginait pas qu'elle serait allée aux bigorneaux. Finalement, les gendarmes de Fouesnant ont été appelés vers vingt heures. On l'a retrouvée le lendemain, en ratissant large. La grève Vauban n'est pas tout près d'ici, c'est à la pointe. C'est tout. Comme je vous l'ai dit, le nécessaire a été fait. C'est un accident. Donc ?

— Donc, l'art commence là où s'achève le nécessaire. Son pied ? A-t-on remarqué quelque chose ?

Chevalier se rassit avec une apparente docilité, en jetant un bref coup d'œil à Kehlweiler. Il ne serait pas aisé de faire sortir Kehlweiler du bureau, et ce n'était pas un homme à éjecter sans précautions.

— Justement, dit Chevalier. Vous vous seriez épargné beaucoup de peine et de kilomètres en me téléphonant, tout simplement. Je vous aurais dit que Marie Lacasta était tombée et que rien n'était arrivé à ses pieds.

Louis baissa la tête et réfléchit.

— Vraiment rien ?

— Rien.

— Serait-ce indiscret de vous demander le rapport d'enquête ?

— Serait-ce indiscret de vous demander si vous êtes en mission ?

— Je ne suis plus à l'Intérieur, dit Louis en souriant, et vous le saviez, non ?

— Je m'en doutais seulement. Vous êtes donc là en franc-tireur ?

— Oui, rien ne vous oblige à me répondre.

— Vous auriez pu me le dire d'entrée.

— Vous ne me l'avez pas demandé d'entrée.

— C'est vrai. Allez jeter un œil au rapport si cela doit vous apaiser. Demandez-le à ma secrétaire et consultez-le, je vous prie, sans quitter son bureau.

Une fois de plus, Louis remballa son bout d'os, dont décidément personne n'avait l'air d'avoir quoi que ce soit à foutre, comme s'il était anodin qu'un pouce de femme traîne sur une grille d'arbre de Paris. Il parcourut attentivement le rapport de gendarmerie, établi le dimanche dans la soirée. Rien sur les pieds, en effet. Il salua la secrétaire et revint dans le bureau du maire. Mais celui-ci était à l'apéritif au café d'en face, expliqua le jeune homme de l'accueil.

Le maire disputait en sautillant une partie de billard, entouré d'une douzaine de ses administrés. Louis attendit qu'il ait fini de jouer et de rater son coup pour s'approcher de lui.

— Vous ne m'avez pas dit que Marie travaillait chez les Sevran, lui chuchota-t-il derrière l'épaule.

— En quoi est-ce important ? chuchota le maire à son tour, l'œil rivé au jeu de son adversaire.

— Mais bon Dieu, le pit-bull ! Il est aux Sevran.

Le maire dit quelques mots à son voisin, lui passa sa queue de billard et entraîna Louis dans un angle de la salle de jeux.

— Monsieur Kehlweiler, dit-il, je ne sais pas ce que vous voulez au juste mais vous ne pouvez pas tordre la réalité. Au Sénat, mon collègue Deschamps m'avait dit grand bien de vous. Et je vous trouve ici à vous préoccuper d'un fait divers, tragique sans aucun doute, mais sans nulle portée qui pourrait susciter l'intérêt d'un homme tel que vous. Vous faites six cents kilomètres pour remettre bout à bout deux éléments qui ne remontent pas ensemble. On m'a dit qu'il était difficile de vous faire renoncer, ce qui n'est pas forcément une qualité, mais devant l'évidence, que faites-vous ?

Un peu de critique et un peu de flatterie, enregistra Louis. Aucun élu n'avait jamais souhaité le voir dans ses terres.

— Au Sénat, continua mollement Chevalier, on dit aussi qu'il vaut mieux des punaises dans ses draps que « l'Allemand » dans ses tiroirs. Pardonnez-moi si cela vous heurte, mais c'est ce qu'on dit de vous.

— Je sais.

— On ajoute qu'il faut alors procéder comme pour les punaises, c'est-à-dire mettre le feu à l'ameublement.

Chevalier rit doucement et jeta un coup d'œil satisfait à son remplaçant au billard.

— Quant à moi, reprit-il, je n'ai rien à brûler, et rien à vous montrer non plus car vous n'êtes plus de la maison. Je ne sais si c'est le désœuvrement qui vous pousse à cette obstination. Oui, le pit-bull appartient aux Sevran, comme Marie leur appartenait aussi, si l'on peut dire. Elle avait été la nourrice de Lina Sevran, elle ne l'a jamais quittée. Mais Marie est tombée sur la grève, et ses pieds n'ont pas été touchés. Faut-il le répéter ? Sevran est un homme chaleureux et très actif pour la commune. Je n'en dirai pas autant de son chien, soit dit entre nous. Mais vous n'avez aucune raison ni aucun droit pour le harceler. D'autant que son chien, sachez-le pour votre gouverne, passe sa vie à s'échapper, à rôder dans la campagne et à avaler des poubelles entières. Vous pourrez passer dix ans de votre vie avant de savoir où ce chien a ramassé ça, si tant est que c'est lui, d'ailleurs.

— On se la termine ? demanda Louis en montrant le billard. Votre adversaire semble quitter le tapis.

— Entendu, dit Chevalier.

Chacun prit du bleu, l'expression professionnelle, et Louis entama la partie, entouré de la douzaine de spectateurs qui commentaient ou gardaient un silence appréciateur. Certains partaient, d'autres arrivaient, ça tournait beaucoup dans ce café. Louis commanda une bière en milieu de jeu, et cela parut contenter le maire qui réclama un muscadet et finit par emporter la partie. Chevalier était dans le port depuis douze ans, ça fait quatre mille parties de billard, ça compte dans une vie. Sur sa lancée, le maire invita Louis à déjeuner. Louis découvrit, derrière la salle de jeux, une vaste pièce qui comptait une quinzaine de tables. Les murs étaient nus, en granit noirci par les feux de cheminée. Ce vieux café aux salles emboîtées plaisait de plus en plus à Louis. Il y aurait volontiers installé son lit dans un coin, près de la cheminée, mais à quoi bon, si Marie Lacasta était morte dans les rochers avec ses deux pieds intacts. Cette pensée le rendit morose. Il ne trouverait pas ce qui allait au bout de l'os qu'il avait recueilli avec tant de soin, et pourtant, bon Dieu, il n'avait pas l'impression qu'il s'agissait d'une anecdote inoffensive.

En s'installant à table, Louis se remémora le conseil de Marthe. Quand tu as un type devant toi qui balance entre te repousser ou t'accepter, assieds-toi face à lui. De profil, tu es imbuvable, mets-toi ça dans le crâne, mais de face, tu as toutes tes chances pour conquérir, si tu veux bien faire l'effort de ne pas faire ta tête d'Allemand. Pour une femme, tu fais pareil, mais en plus près. Louis s'installa face au maire. On discuta billard, et de là, café, de là, gestion communale, de là, affaires et politique. Chevalier n'était pas du pays, c'était un parachuté. Il trouvait rude d'avoir été balancé au bout de la Bretagne mais il s'était attaché au lieu. Louis lui lâcha quelques informations confidentielles susceptibles de lui plaire. Toute l'opération du déjeuner sembla lui réussir et la mollesse soupçonneuse du maire était passée à une mollesse cordiale et bienveillante, entremêlée de chuchotis. Louis était passé maître dans l'art de monter une complicité tout artificielle. Marthe trouvait cela assez dégueulasse, mais utile, bien sûr, toujours utile. Vers la fin du repas, un petit homme gras vint les saluer. Le front bas, la gueule lourde, Louis reconnut sur-le-champ le directeur du centre de thalassothérapie, le mari de sa petite Pauline, c'est-à-dire le salaud qui avait pris Pauline. Il parla chiffres et conduites d'eau avec Chevalier et ils convinrent de se voir dans la semaine.

Cette rencontre avait mécontenté Louis. Après avoir quitté le maire sur une entente cordiale et truquée, il alla traîner dans le port, puis le long des rues vides, ponctuées de maisons aux volets fermés, aérant Bufo qui n'avait pas trop souffert dans le fond de la poche mouillée. Bufo était un type accommodant. Le maire aussi, peut-être. Le maire était bien content que Louis abandonne Port-Nicolas, et Louis ressassait sa désillusion et son congédiement discret. Il appela un taxi depuis l'hôtel et se fit conduire à la gendarmerie de Fouesnant.

15

Marc Vandoosler descendit en gare de Quimper en début de soirée. C'était trop facile aussi. Kehlweiler le faisait cavaler après un chien charognard pendant des jours et ensuite il filait terminer l'histoire sans personne. Non, trop facile. Il n'y avait pas que Kehlweiler pour vouloir terminer les sales besognes. Lui, Marc, n'avait jamais laissé une enquête en suspens, jamais, puisqu'il haïssait toute forme de suspension. Enquêtes toutes médiévales sans doute, mais enquêtes tout de même. Il avait toujours été au bout de ses dépouillements d'archives, même les plus ardus. La lourde étude sur le commerce villageois au XIe siècle lui avait coûté sang et sueur, mais bon Dieu, c'était bouclé. Ici, il s'agissait évidemment d'autre chose, d'un meurtre crasseux, avait suggéré Louis, mais Louis n'avait pas l'exclusivité de la course à la crasse. Et maintenant, le fils de la Seconde Guerre – bien, il faudrait urgemment qu'il cesse de l'appeler ainsi parce qu'un jour ça lui sortirait des lèvres par mégarde –, le fils de la Seconde Guerre se tirait tout seul à la poursuite du chien, du chien dépisté par Mathias en plus. Et Mathias avait été de son avis, fallait suivre le clebs. Cela sans doute, plus que toute autre chose, avait achevé de décider Marc. En hâte, il avait bourré un sac, que Lucien, l'historien de 14-18, s'était empressé de vider en lui reprochant de ne pas savoir plier son paquetage. Bon sang, ce type.

— Merde ! avait crié Marc, tu vas me faire rater le train !

— Mais non. Les trains attendent toujours les combattants valeureux, c'est peint pour l'éternité dans la gare de l'Est. Les femmes pleurent mais, hélas, les trains partent.

— Je ne vais pas gare de l'Est !

— Aucune importance. Au fait, tu oublies l'essentiel.

Lucien, tout en pliant les chemises en petits carrés, avait désigné du regard la pile des comptes du seigneur de Puisaye.

Et en effet, Marc avait été rassuré de pouvoir, dans le train, dormir la tête appuyée sur les registres de Hugues. Le Moyen Âge, c'était le salut. On ne peut s'emmerder nulle part quand dix siècles vous accompagnent. Le génie du Moyen Âge, avait expliqué Marc à Lucien, c'est qu'on n'en verrait jamais le bout, qu'on pouvait encore creuser là-dedans des milliers d'années, ce qui était bien plus réconfortant que de travailler comme lui sur la Grande Guerre qu'il finissait par connaître au jour le jour. Erreur monumentale, avait répondu Lucien, la Grande Guerre est un gouffre, un trou noir de l'humanité, une secousse sismique où gît la clef des catastrophes. L'histoire n'est pas faite pour rassurer l'homme, mais pour l'alerter. Marc s'était endormi entre Lorient et Quimper.

Un taxi l'avait mené jusqu'à Port-Nicolas, et Marc avait vite déserté ce port démantelé, cet habitat dispersé dont un cœur minuscule avait seul subsisté, pour aller traîner sur les grèves. La nuit tombait, avec une demi-heure de retard sur la capitale, et il se cassait la gueule sur les blocs de rochers glissants. La mer montait, Marc suivait sa lisière, calme, satisfait, la pluie coulant de ses cheveux sur sa nuque. Au fond, s'il n'avait pas été médiéviste, il aurait été marin. Mais les bateaux d'aujourd'hui ne lui donnaient pas l'envie de grimper à bord. Pire, les sous-marins. Il avait visité l'*Espadon* immergé dans les eaux de Saint-Nazaire, grosse erreur qui lui avait valu des suées d'angoisse dans la salle des torpilles. Bon alors, marin d'hier. Encore que les gros navires baleiniers ou canonniers ne l'inspiraient guère. Alors marin plus ancien encore, par exemple vers la fin du XVe siècle, partant pour une terre, se gourant de route, arrivant sur une autre. En fait, même marin, il se retrouvait balancé dans le Moyen Âge, on n'échappe pas à son truc. Cette conclusion rendit Marc morose. Il n'aimait pas se sentir enfermé, acculé, destiné, serait-ce par le Moyen Âge. Dix siècles peuvent être aussi étroits que dix mètres carrés de cellule. Ce devait être l'autre raison qui l'avait conduit là où la terre finit, au *Finis Terrae*, au bout du bout, au Finistère.

16

Louis dérangea le maire à son domicile, tard dans la soirée.

Sur le pas de la porte, Chevalier le considéra de ses gros yeux bleus, remuant sans bruit ses lèvres fines et lasses. Il avait l'air de se dire merde, avec fatigue.

— Chevalier, j'ai à nouveau besoin de vous voir.

Foutre Kehlweiler à la porte ? Inutile, il reviendrait demain, il savait cela. Il le fit entrer, il dit que sa femme était déjà couchée, on ne sait pourquoi, et Louis prit le fauteuil qu'on lui désignait en silence. Le fauteuil était aussi mou que son maître, de même que le chien qui était couché sur le sol. Là au moins, la règle s'appliquait. C'était un gros mâle bouledogues, fatigué d'avoir couru les femelles bouledogue, et qui estimait qu'il en avait assez fait, ça suffisait comme ça le métier de chien, qu'on ne compte pas sur lui pour hurler sous prétexte qu'un inconnu pénétrait dans la maison.

— Vous avez là une bête qui sait y faire avec la vie, dit Louis.

— Si ça vous intéresse, dit Chevalier en s'enfonçant dans le canapé, il n'a jamais mordu personne, ni mangé de pieds non plus.

— Jamais mordu ?

— Une ou deux fois, quand il était jeune, et parce qu'on l'avait emmerdé, admit Chevalier.

— Bien sûr, dit Louis.

— Cigarette ?

— Merci, oui.

Les deux hommes restèrent un moment silencieux. Pas d'animosité entre eux, nota Louis, une sorte d'entente convenue, de résignation, d'acceptation mutuelle. Le maire n'était pas un gars désagréable à fréquenter, très calmant, aurait dit Vandoosler le Jeune. Chevalier attendait que l'autre parle, ce n'était pas un type à prendre les devants.

— J'ai été faire un tour à la gendarmerie de Fouesnant, dit Louis. Marie Lacasta s'est tuée en se fracassant le front contre les rochers.

— Oui, on se l'est déjà dit.

— Il lui manque malgré tout la dernière phalange du pouce du pied gauche.

Chevalier ne sursauta pas, il tapota sa cigarette et il dit merde, ce coup-ci il le dit vraiment.

— Impossible... murmura-t-il, ce n'est pas dans le rapport. Qu'est-ce que c'est que cette combine ?

— Je suis navré, Chevalier, c'est dans le rapport. Pas dans celui que vous m'avez montré, mais dans l'autre, celui qui a suivi, établi lundi par le médecin légiste, et dont un double vous a été posté mardi avec la mention « personnel ». Je ne suis pas mandaté, je le sais, mais pourquoi ne m'en avez-vous pas parlé ?

— Mais parce que je ne l'ai pas eu, ce rapport ! Une minute, laissez-moi réfléchir... Il a pu arriver mercredi, ou jeudi. Mercredi, j'ai assisté aux obsèques de Marie Lacasta puis j'ai filé sur Paris. Réunions sur réunions au Sénat jusqu'à samedi. Je suis revenu dimanche, et ce matin, à la mairie...

— Vous n'avez pas ouvert le courrier de la semaine ? Quand je suis venu vous voir, il était presque midi.

Le maire écarta les bras, puis retourna ses doigts.

— Bon Dieu, je n'étais là que depuis onze heures ! Je

n'ai pas eu le temps de regarder le courrier, je n'attendais rien d'urgent. En revanche, l'eau débordait dans l'anse de Penfoul et je voulais m'en occuper avant d'avoir tous les habitants sur le dos. Un traquenard, cette anse, je n'aurais pas dû laisser construire, et par pitié, bon sang, n'allez pas vous fourrer là-dedans !

— Ne vous faites pas de souci, je suis sur autre chose qu'une anse en inondation. Mais j'avais cru comprendre que votre permanence commençait à neuf heures ?

— Ma permanence, c'est au café que je la tiens, à l'apéritif, et tout le monde le sait. Vous croyez que j'ai lu le rapport et que je ne vous en ai rien dit ? Eh bien non, Kehlweiler ! À dix heures, je dormais, que cela vous plaise ou pas. Je n'aime pas me lever, ajouta le maire en fronçant les sourcils.

Louis se pencha et posa l'index sur son bras.

— Je dormais aussi.

Le maire sortit deux verres et versa du cognac. La somnolence matinale de Louis l'avait haussé dans son esprit.

— Pire, ajouta Louis, je fais des siestes. Au ministère, je fermais la porte, je m'allongeais par terre, la tête posée sur un gros traité de droit pénal. Une demi-heure. Il m'arrivait d'oublier le bouquin par terre, personne n'a jamais su pourquoi je consultais la loi sur le tapis.

— Alors ? demanda le maire. Ce deuxième rapport ?

— Les gendarmes ont fait les premières constatations dimanche, comme vous le savez. Le corps avait été roulé par cinq marées successives, il était abîmé, et couvert de vase et de goémon. L'enfoncement du crâne était bien visible, la blessure au pied, non. Pourtant, Marie Lacasta était pieds nus. Il semble qu'elle se chaussait toujours de bottines courtes en caoutchouc, celles de son mari qui étaient trop grandes pour elle.

— C'est exact. Elle enfilait ça pieds nus pour aller à la pêche.

— Il semble que les vagues l'aient déchaussée.

— Oui, pieds nus, c'était dans le premier rapport... On a retrouvé une des bottines à une dizaine de mètres, sur les rochers.

— Et l'autre ?

— L'autre, elle est partie. À l'heure qu'il est, elle doit filer vers New York.

— Dans son premier examen, effectué tard dans la nuit, le médecin généraliste de Fouesnant s'est occupé de la tête, fractures évidentes, et le pied, sali par la vase, ne l'a pas alerté. Le sang avait cessé de couler et la blessure avait été lavée par l'océan. Le médecin a rapidement établi son diagnostic, exact d'ailleurs, mort par enfoncement de la boîte crânienne, os frontal brisé, choc contre un rocher. C'est ce rapport préliminaire qui vous a été adressé. Le légiste n'est venu que le lendemain, il était sur un accident de la route à Quimper, le dimanche soir. C'est le légiste qui a remarqué la phalange manquante. Ses conclusions pour le coup à la tête sont les mêmes que celles de son confrère. Pour le pied, il écrit ceci...

Louis fouilla dans la poche de son pantalon et sortit un papier chiffonné.

— Je résume... absence de la phalange II du doigt I du pied gauche. Le doigt n'a pas été coupé, mais arraché. Le légiste exclut donc toute intervention humaine. Vu le contexte, il suggère le passage d'un goéland. Donc, mort accidentelle, puis charognage animal. Le moment du décès ne peut être fixé avec précision, au plus tard vendredi matin. On a vu Marie jeudi vers quatre heures, elle est donc morte entre jeudi quatre heures trente et vendredi à midi. Marie allait-elle cueillir le bigorneau à l'aube ?

— Ça lui arrivait. Elle était libre du vendredi jusqu'au lundi. Mais enfin, le légiste a conclu à la mort accidentelle, malgré ce détail atroce du pied. Alors, où cela vous mène-t-il ? L'hypothèse du goéland est un peu douteuse, mais pourquoi pas ? Ils sont là par milliers, féroces, braillards, une plaie.

— Chevalier, je n'ai pas trouvé l'os dans le ventre d'un goéland, vous l'oubliez.

— Oui, j'oubliais.

Louis se cala en arrière sur le fauteuil, sa jambe droite et raide étendue devant lui. Le cognac était de qualité, le maire se modifiait sensiblement, il attendait que les réflexions s'organisent dans la tête de l'élu. Mais il aurait aimé savoir si oui ou non Chevalier avait connu le deuxième rapport, s'il avait été surpris ce soir ou s'il avait menti ce matin, espérant que Louis n'irait pas chercher plus avant. Avec un type pareil, impossible de savoir. Le flegme de ses traits, la décontraction de son corps imprécis effaçaient toute perception de ses pensées réelles. On aurait dit que ses pensées se noyaient avant d'atteindre la surface et le jour. Tout chez lui restait en dessous, flottant, entre deux eaux. C'était un gars poissonneux à l'extrême. Ce qui fit comprendre à Louis que les yeux clairs et ronds, qu'il croyait avoir déjà vus quelque part, il les avait vus chez le poissonnier, à l'étalage, tout simplement. Louis jeta un œil au vieux chien pour voir s'il avait des yeux de poisson, mais le bouledogue dormait en bavant sur le dallage.

— Minute, dit soudainement Chevalier. C'est entendu, les faits vous donnent raison, le pit-bull de Sevran peut avoir avalé le doigt de pied de Marie, ce qui est répugnant et ça ne m'étonne pas de ce chien, j'ai souvent mis Sevran en garde. Mais une fois encore, et alors ? Marie est tombée et s'est tuée, et le chien, errant comme à sa détestable habitude et charognard comme pas un – encore que tous les chiens en soient là, c'est leur nature, qu'est-ce qu'on y peut –, est passé sur la grève et a croqué son doigt. Une fois encore, et alors ? Vous n'allez pas traîner un chien aux assises pour avoir mutilé un cadavre ?

— Non.

— Parfait, l'affaire est close. Vous avez trouvé la femme que vous cherchiez et il n'y a plus rien à dire.

Le maire remplit à nouveau les deux verres.

— Une petite chose tout de même, dit Louis. J'ai repéré l'os le vendredi matin, après la pluie de la nuit, mais il était déjà en place sur la grille d'arbre vers une heure du matin, le jeudi soir. Le chien de Sevran est passé là entre deux heures de l'après-midi, où la grille était encore propre, et une heure du matin, où j'ai remarqué cette merde.

— On peut dire que vous avez de bonnes occupations. Toute une vie à l'Intérieur, ça ne vous arrange pas un homme. C'est du tatillonnage, de l'obsession.

— Peu importe, le chien est passé là avant une heure du matin, le jeudi soir.

— Mais tonnerre, bien entendu ! Sevran se rend à Paris tous les jeudis soir ! Il fait cours le vendredi aux Arts et Métiers ! Il part vers six heures du soir pour arriver vers minuit, d'une traite. Il emmène toujours son chien, Lina ne veut pas rester seule avec lui, et soit dit entre nous, je l'approuve.

Chevalier abusait de l'expression « soit dit entre nous », et cela ne convenait pas à sa manière d'être. Il n'était pas homme à confier ce qui flottait sous la surface de ses eaux.

— Donc, continua le maire en finissant d'un trait son cognac, quand Sevran arrive, il sort le chien tout de suite, cette bête, c'est normal. Ceci dit, j'irai toucher à nouveau deux mots de son chien à Sevran. Ronger les cadavres, ce n'est pas tolérable. Il l'attache ou je prends des mesures.

— Ce n'est pas contre le chien qu'il va falloir prendre des mesures.

— Dites, Kehlweiler, vous ne comptez pas rendre l'ingénieur responsable de cette barbarie ?

— L'ingénieur ?

— Sevran. C'est comme ça qu'on l'appelle ici.

— Pas spécialement Sevran, mais quelqu'un, certainement.

— Quelqu'un ? Quelqu'un qui aurait coupé le pied de Marie pour le donner à manger au chien ? Vous ne trouvez pas que vous poussez à plaisir cette histoire ? Le légiste l'a dit, il n'y a pas eu section. Vous vous figurez un être humain attaquant le cadavre avec ses dents ? Vous n'y êtes plus, Kehlweiler.

— Monsieur le maire, remettez-nous un cognac et allez me chercher l'horaire des marées, je vous prie.

Chevalier eut un léger recul. C'était rare qu'on lui donne un ordre, et sur un ton léger qui plus est. Une rapide pensée sur la conduite à tenir, mais non, on l'avait dit, inutile de mettre l'Allemand dehors quand on avait la malchance de l'avoir dans son fauteuil. Il poussa un soupir et se dirigea vers son bureau.

— Servez donc à boire, faites comme chez vous, grogna-t-il.

Louis sourit et remplit les verres. Chevalier revint à pas sautillants et lui tendit l'horaire des marées.

— Merci, mais je l'ai déjà lu. C'est pour vous.

— Je les connais par cœur, les marées.

— Ah bon ? Et si vous savez ça, rien ne vous saute aux yeux ?

— Non, rien ne me saute, alors hâtez-vous, j'ai sommeil.

— Mais enfin, Chevalier, imaginez-vous un chien, ou même un goéland, ôter la botte d'un cadavre pour aller manger le pouce du pied ? Pourquoi le pit-bull n'a-t-il pas croqué plutôt la main, l'oreille ?

— Vous avez lu les rapports, bon sang de tonnerre ! Marie était débottée, pieds nus ! Le chien s'est attaqué au pied par hasard ! Bien entendu qu'il n'a pas retiré la botte, vous me prenez vraiment pour un imbécile...

— Je ne vous tiens pas pour un imbécile. C'est pourquoi je vous pose cette question : si le chien a attaqué Marie pieds nus, et si ce n'est pas le chien qui l'a déchaussée, qui est-ce ?

— Mais la mer, tonnerre de Dieu, la mer ! C'est dans le rapport, encore une fois ! Soit dit entre nous, vous oubliez tout, Kehlweiler !

— Pas la mer, mais la marée, restons précis.

— La marée, c'est pareil.

— À quelle heure est venue la marée montante ce soir-là ?

— Vers une heure du matin.

Cette fois, Chevalier sursauta. Pas un vrai sursaut mais un tressaillement pour poser le verre à cognac sur la table basse.

— Et voilà, dit Louis en écartant les bras. Marie n'a pas été déchaussée par la marée le jeudi soir car la mer descendait et n'est revenue vers elle que sept heures plus tard. Or le pit-bull a recraché son os à Paris avant une heure du matin.

— Je ne comprends plus. Le chien aurait-il tiré sur la botte ? Ça n'a pas de sens...

— Par acquit de conscience, j'ai demandé à voir la bottine, qu'ils avaient encore à Fouesnant. On a eu de la chance, c'est la bottine gauche.

— De quel droit vous l'ont-ils montrée ? dit Chevalier, indigné. Depuis quand les gendarmes déballent-ils leur matériel devant les civils à la retraite ?

— Je connais un ami du capitaine de Fouesnant.

— Félicitations.

— J'ai seulement examiné la bottine, et au microscope encore. Elle ne porte pas de trace de croc, pas même de léger mordillage. Le chien ne l'a pas touchée. Marie était déjà déchaussée quand le pit-bull est arrivé avant six heures.

— Ça peut s'expliquer... Voyons... Elle ôte sa botte, pour retirer un caillou par exemple, et... en déséquilibre, elle tombe et elle se fracasse la tête.

— Je ne crois pas. Marie était une vieille femme. Elle se serait assise sur un rocher pour ôter sa botte. On ne fait pas d'équilibre sur un pied à son âge... Elle était agile, allante ?

— Plutôt non... Très précautionneuse, fragile.

— Donc ce n'est pas la marée, ce n'est pas Marie, ce n'est pas le pit-bull.

— Quoi alors ?

— Qui, voulez-vous dire ?

— Qui ?

— Chevalier, quelqu'un a tué Marie et c'est de cela qu'il va falloir vous occuper.

— Comment voyez-vous la chose ? dit doucement le maire après un silence.

— J'ai été voir les lieux. Vers cinq ou six heures du soir, le jour baisse, mais il ne fait pas nuit noire encore. S'il faut tuer Marie, la grève, même déserte en cette saison, n'est pas l'endroit le mieux approprié, trop à découvert. Imaginez qu'on la tue dans le bois de pins en arrière de la grève, ou dans la cabane Vauban qui la surplombe, d'un coup de pierre sur le front, pour la descendre ensuite par le sentier abrupt qui conduit jusqu'aux rochers ? L'assassin charge la vieille Marie sur son épaule, elle n'était pas lourde.

— Une plume... Continuez.

— Sur son épaule, jusqu'à la grève où il la dépose face contre les rochers. Dans la descente, n'y a-t-il pas toutes les chances que l'une des bottines, trop lâche, ne tombe au sol ?

— Si.

— L'assassin, en disposant le corps, s'aperçoit de la perte de la botte. Il lui faut absolument la retrouver pour permettre de conclure à l'accident. Il ne pouvait pas imaginer que la mer la déchausserait à nouveau. Il remonte le sentier, jusqu'à la cabane ou jusqu'au bois, et cherche dans l'obscurité qui tombe. C'est bourré d'ajoncs et de genêts, et plus en arrière, de pins. Admettons au mieux qu'il, ou elle, mette quatre minutes pour remonter le sentier, quatre minutes pour retrouver la botte, qui est noire, et trois minutes pour redescendre. Cela laisse onze minutes pendant lesquelles le chien de Sevran, errant sur la grève, a largement le temps de croquer un pouce. Vous connaissez ses crocs, une saloperie d'arme, très puissante. Dans le soir tombant, agissant vite, l'assassin rechausse la morte sans s'apercevoir de l'amputation. Remettez-nous un cognac.

Chevalier obéit, muet.

— Si on avait retrouvé Marie tout de suite, et donc bottée, on aurait noté l'amputation aussitôt en la déchaussant à l'enquête, et l'assassinat aurait été patent. Une morte ne s'occupe pas de remettre sa botte après qu'on lui a mangé le pied...

— Continuez.

— Mais la marée, chance pour l'assassin, ôte les bottes de Marie, dépose l'une sur les caillasses, emporte l'autre vers l'Amérique. On la retrouve donc pieds nus, amputée, mais les goélands sont là, tout désignés pour expliquer la chose, plutôt mal que bien. Seulement voilà...

— Seulement le chien de Sevran était passé par là et il a... il a éjecté l'os à Paris le soir même avant la marée montante.

— Je n'aurais pas mieux dit.

— Rien à faire alors, on l'a donc tuée... On a tué Marie... Sevran a pourtant emmené son chien avec lui, vers six heures, comme d'habitude...

— Le chien a eu le temps de trouver Marie avant six heures. Il faudra demander à Sevran si le chien avait fugué avant le départ.

— Oui… évidemment.

— Il n'y a plus le choix, Chevalier. Il faudra prévenir Quimper dès demain. C'est un meurtre, et prémédité, soit qu'on ait suivi Marie jusqu'à la grève, soit qu'on l'ait entraînée là-bas pour accréditer l'accident.

— Alors, Sevran ? L'ingénieur ? C'est impossible. C'est un type charmant, talentueux, très cordial, Marie était avec eux depuis des années.

— Je n'ai pas dit Sevran. Son chien est libre. Sevran et le pit-bull, ça fait deux. Tout le monde connaissait le coin de pêche de Marie, vous l'avez dit.

Chevalier hocha la tête, frotta ses gros yeux.

— Allons dormir, dit Louis. On ne peut rien faire ce soir. Il faudra avertir vos administrés. Si l'un d'eux a quelque chose à dire, qu'il le fasse discrètement. Un meurtrier, ça peut frapper encore.

— Un meurtrier… il ne manquait plus que ça. Sans compter que j'ai un cambriolage sur les bras.

— Ah, tiens ? dit Louis.

— Oui, la cave de l'ingénieur, justement, là où il entrepose ses machines. La porte a été défoncée cette nuit. Vous savez peut-être que c'est un expert, on vient le consulter de loin et ses machines valent cher.

— De la casse ?

— Non, curieusement. Simple visite, semble-t-il. Mais c'est tout de même fâcheux.

— Très.

Louis ne sentait pas l'urgence de s'étendre sur le sujet et quitta le maire. En marchant dans les rues noires, il sentit l'effet du cognac. Il ne pouvait pas s'appuyer ferme sur sa jambe gauche pour faire obtempérer la droite. Il s'arrêta sous un arbre, secoué par le vent d'ouest qui se levait soudainement. Parfois, ce genou coincé le décourageait. Il avait toujours pensé que Pauline était partie parce que sa jambe était foutue. Elle s'était décidée six mois après l'accident. En quelques secondes, Louis revit ce sauvage incendie d'Antibes où la mécanique de son genou était partie en miettes. Il avait coincé les types, après une traque de presque deux ans, mais il avait coincé son genou avec. Marthe, pour l'encourager, lui disait que c'était élégant de boiter, comme de porter monocle, et qu'il pouvait être content de ressembler à Talleyrand, puisque c'était son ancêtre. Ce détail de la boiterie de Talleyrand était l'unique chose que connût Marthe sur cet homme. Mais lui savait bien que boiter n'avait rien de séduisant. Il eut la vague envie de s'attendrir sur son genou. C'est à ça qu'on remarque qu'un cognac est bon et qu'on en a trop bu. Le monde était à feu et à sang, il avait retrouvé la femme qui collait au bout du tragique débris de la grille d'arbre, il avait eu raison, on l'avait tuée, on avait tué une vieille femme, un bout de femme de rien avec un rocher sauvage, il y avait un assassin dans Port-Nicolas, le chien avait trahi le tueur au banc 102, pour cette fois il allait pardonner au chien, ça suffisait comme ça avec son genou, il allait dormir, il n'allait pas passer la nuit à pleurer sur sa boiterie, Talleyrand ne l'avait pas fait, encore que si, à sa manière.

Si on lui avait dit qu'il avait bu trop de cognac, il n'aurait pas discuté, c'était la vérité. Il serait plombé demain pour accueillir les flics de Quimper à l'ouverture de l'enquête. Il aurait fallu savoir si Chevalier avait eu ou non connaissance du deuxième rapport, mais entrer par effraction dans la mairie pour aller examiner l'enveloppe semblait peu concevable. La mairie ne devait pas s'ouvrir comme une boîte à sardines ou la cave de Sevran. Il se remit en marche, tirant son genou, et passa sur la place noire, où le vent d'ouest fonçait autant qu'il le pouvait. La mairie était un petit bâtiment bien fermé. Et pourtant... Louis leva la tête. Là-haut, au premier étage, une petite fenêtre était restée ouverte, son cadre blanc se détachait sur le ciel de nuit.

Une petite fenêtre qui devait être celle des toilettes, certainement pas d'un bureau. Quelle négligence. Et quelle tentation pour un type comme lui. Tentation inutile. Il y avait bien la gouttière pour s'accrocher et les joints creux et assez larges entre les pierres de granit, mais avec ce genou, pas la peine d'y songer. Et la fenêtre était trop étroite pour un corps comme le sien, même s'il n'avait pas eu la jambe du Diable boiteux. Tant pis pour la mairie, tant pis pour Chevalier, il tirerait les poissons hors de la peau de ce type d'une autre manière. Louis se glissa dans son hôtel avec l'image de Marie devant les yeux. La photo qu'il avait vue dans le rapport, une petite vieille qui n'aurait pas touché à un crapaud. Une plume, avait dit le maire. Celui, celle, qui l'avait écrasée à coups de pierre, il lui ferait suer sa crasse et sa certitude. Juré. Il pensa à son père, à Lörrach, là-bas, loin, sur l'autre rive du Rhin. Juré au vieux, il lui ferait suer sa certitude.

Il eut un certain mal à insérer avec la précision nécessaire sa clef dans la serrure de sa porte. C'est le problème avec le cognac. On s'attendrit sur son genou, sur Marie, sur le Rhin et on rate l'introduction de la clef. Pourtant, il avait allumé la faible lumière du couloir.

— Je peux t'aider ? dit une voix derrière lui.

Louis se retourna lentement. Adossé au mur du couloir, Marc souriait, bras croisés, jambes croisées. Louis le considéra un moment, pensa que le rejeton de Vandoosler était bel et bien un emmerdeur et lui tendit sa clef.

— Tu tombes bien, dit-il seulement. Et pas que pour la clef.

Marc ouvrit la porte sans un mot, alluma, et regarda Louis s'étendre de tout son long sur le lit.

— Cinq cognacs bien tassés, dit-il en grimaçant. Du bon, du très bon, l'élu sait recevoir, on n'est pas tombés n'importe où. Assieds-toi. Sais-tu que Marthe m'appelle aussi le Diable boiteux ?

— C'est un honneur ?

— Pour elle, oui. Pour moi, c'est un emmerdement. Toi, tu ne boites pas, tu es petit et mince, juste ce qu'il faut.

— Ça dépend pour quoi.

— Pour la fenêtre des toilettes, ça sera parfait.

— C'est gai. De quoi s'agit-il ?

— Qu'as-tu dit que tu savais faire ? À part ton foutu Moyen Âge, bien sûr ?

— Ce que je sais faire ? À part ça ?

Marc réfléchit un peu. Il ne trouvait pas la question facile.

— Grimper, dit-il.

Louis se redressa d'un seul mouvement sur le lit.

— Alors vas-y. Regarde.

Il entraîna Marc vers la fenêtre de la chambre.

— Tu vois la maison en face ? C'est la mairie. Sur le flanc gauche, la fenêtre des toilettes est restée ouverte. Il y a une gouttière, de bons joints entre les pierres, tout ce qu'il faut. Ce n'est pas facile mais ce sera de la rigolade pour un homme comme toi, si tu ne m'as pas menti. C'est le vent d'ouest qui t'envoie, jeune Vandoosler. Mais il faudrait que je te donne d'autres chaussures. Tu ne pourras pas grimper en bottes de cuir.

— J'ai toujours grimpé en bottes, dit Marc en se cabrant. Et je ne mettrai pas d'autres pompes.

— Et pourquoi ça ?

— Ça me réconforte, ça me consolide, si tu tiens à le savoir.

— Entendu, dit Louis. À chacun ses béquilles et après tout, c'est toi qui grimpes.

— Une fois dedans, je fais quoi ? Je pisse et je m'en vais ?

— Assieds-toi, je t'explique.

Vingt minutes plus tard, Marc se glissait près de la mairie et l'abordait par son flanc gauche. Il souriait en grimpant, coinçant les bouts de ses bottes dans les joints des pierres. Joint après joint, il progressait vite, s'aidant d'une main de la gouttière râpeuse. Marc avait les mains larges et très solides, et ce soir, l'agilité de son corps trop mince mais qu'il pouvait propulser sans effort lui donnait satisfaction.

Louis l'observait depuis la fenêtre de sa chambre. Vêtu de noir, Marc se distinguait à peine dans l'ombre de la mairie. Il le vit faire un rétablissement à hauteur de la fenêtre, s'y engager et disparaître. Il se frotta les mains et attendit sans inquiétude. En cas de pépin, Marc saurait se démerder. Comme aurait dit Marthe, il s'y connaissait en hommes, et Vandoosler le Jeune, avec sa fragilité, sa franchise excessive, son émotivité à niveau variable, sa science de vieil emmerdeur d'historien, sa curiosité de gosse, sa ténacité de roseau pensant, le tout très mélangé, était un type qui valait le coup. Louis avait ressenti une réelle détente à voir brusquement débarquer le médiéviste dans le couloir de l'hôtel, et il n'avait pas été étonné. D'une certaine manière, il l'attendait, ils avaient démarré ça ensemble, et Marc le savait aussi bien que lui. Pour des raisons très différentes des siennes, Marc Vandoosler finissait toujours ce qu'il avait commencé.

Il le vit s'éjecter de la fenêtre vingt minutes plus tard, descendre sans hâte le long de la façade, toucher terre et retraverser la place à pas longs. Louis alla entrouvrir sa porte et deux minutes après, Marc entrait sans bruit et buvait un coup d'eau au lavabo de la petite salle de bains.

— Merde, dit-il en ressortant, tu as mis ton crapaud dans la salle de bains.

— C'est lui qui a choisi. Il a l'air à son aise sous le lavabo.

Marc frotta son pantalon de toile crassé par l'escalade et réajusta sa ceinture d'argent. Austère et clinquant, lui avait dit Vandoosler le Vieux pour le décrire, et c'était vrai.

— Ça ne te les brise pas d'être toujours serré dans ton froc ?

— Non, dit Marc.

— Allons, tant mieux. Raconte.

— Tu avais raison, les toilettes donnaient sur le bureau du maire. J'ai fouillé dans le trieur à courrier. La grande enveloppe de la gendarmerie de Fouesnant était là, annotée « personnel ». Mais elle était ouverte, Louis. J'ai regardé. C'est comme tu as dit, c'est le deuxième rapport, avec les précisions sur le doigt manquant.

— Ah ! dit Louis. Donc il a menti. Crois-moi ou non, c'est un homme qui ment sans que cela se voie. Il est comme la surface mousseuse d'un étang, tu ne distingues pas les poissons en dessous. De vagues mouvements, des ombres ondulantes, et c'est tout.

— Un étang propre, ou un étang sale ?

— Ça...

— Pourquoi a-t-il menti ? Tu te figures l'élu écraser la vieille ?

— On peut se figurer n'importe quoi, on ne connaît personne ici. Il peut y avoir des causes simples à son mensonge. Admets qu'il n'ait pas imaginé de lien entre le doigt manquant et un meurtre, vu qu'il ne pouvait pas envisager que le doigt avait filé jusqu'à la Contrescarpe et que je repérerais la merde avant la marée montante. Vu ?

— Vu. Ne va pas si vite, ça m'énerve.

— Tu souhaites que je parle très lentement ?

— Non, ça m'énerve aussi.

— Qu'est-ce qui ne t'énerve pas ?

— Aucune idée.

— Alors débrouille-toi. Tout ce que le maire sait ce matin, c'est qu'une de ses administrées s'est tuée dans les rochers et que des goélands lui ont sans doute fauché un doigt. Note qu'il ne communique pas le détail à la presse, et pourquoi ? La Bretagne vit du tourisme et Port-Nicolas est une bourgade pauvre, tu as sans doute vu ça. Il n'a aucun avantage à faire de la publicité pour les sales goélands de sa commune. Ajoute à cela...

— J'ai soif. J'ai soif d'eau.

— Tu es emmerdant comme type. Va boire, tu n'as pas besoin de mon autorisation.

— Si ton crapaud me saute dessus ? Je l'ai vu bouger tout à l'heure.

— Tu violes une mairie comme un prince et tu as peur de Bufo ?

— Parfaitement.

Louis se leva et alla remplir un verre au lavabo.

— Ajoute à cela, dit-il en tendant le verre à Marc, qu'un type rapplique dans son bureau et lui sort le doigt manquant de la vieille Marie. Ce n'est pas le doigt qui le contrarie, encore que ça l'intrigue, c'est le type. Aucun élu, sénateur qui plus est, aussi correct soit-il, n'aime à m'avoir dans ses parages. Ces types-là ont des amis, des amis d'amis, des conventions, des pactes, et ils préfèrent ne pas avoir à rencontrer « l'Allemand ». C'est ce qu'il m'a dit, avec des bulles, du fond de son étang.

Louis grimaça.

— Il t'a appelé comme ça ? dit Marc. Il te connaît ?

— De surnom, oui. Je veux une bière, et toi ?

— D'accord, dit Marc, qui avait noté que Louis, à intervalles réguliers, disait « Je veux une bière », péremptoirement.

— Bref, Chevalier a pu mentir pour éviter que je ne m'incruste au port, dit Louis en ouvrant deux bouteilles.

— Merci. Il a pu aussi décacheter le courrier sans le lire. On ouvre, on jette un œil circonspect à l'intérieur, on verra ça plus tard, on passe à la suite. Je fais ça. Les feuillets n'étaient pas froissés.

— Possible.

— Qu'est-ce qu'on fout maintenant ?

— Demain, les flics seront là, ils ouvriront l'enquête.

— Alors, c'est réglé, on repart. On verra la suite dans les journaux.

Louis ne répondit pas.

— Quoi ? dit Marc. On ne va pas rester ici à les regarder faire ? On ne va pas surveiller toutes les enquêtes à travers tout le pays ? Tu as atteint ton but, c'est parfait, l'enquête s'ouvre. Qu'est-ce qui te retient ?

— Une femme que je connais ici.

— Ah merde, dit Marc en écartant les bras.

— Comme tu dis. Je dis juste salut et on repart.

— Dire salut... Et après, on ne sait plus où ça s'arrête, ne compte pas sur moi pour t'attendre, et t'attendre tout seul en plus, comme un niais qui n'a personne à qui dire salut. Non merci.

Marc but quelques longues gorgées au goulot.

— Elle t'intéresse beaucoup, cette femme ? reprit-il. Qu'est-ce qu'elle t'a fait ?

— Ça ne te regarde pas.

— Toutes les histoires de femmes me regardent, mieux vaut que tu le saches. J'observe les autres, ça me cultive.

— Il n'y a rien à cultiver. Elle est partie après que je me suis pété la jambe, et je la retrouve ici, aux côtés d'un épais époux qui barbote dans la thalassothérapie. Je veux voir ça. Je veux dire salut.

— Et quoi d'autre ? Dire salut, lui parler, la reprendre ? Enfoncer l'époux dans la piscine de boue ? Tu sais que ça ne marche pas du tout ? On arrive comme un seigneur du fin fond de la mémoire et on se fait jeter comme un manant dans le cul-de-basse-fosse du quotidien.

Louis haussa les épaules.
— J'ai dit que je voulais dire salut.
— « Salut » ? ou bien : « Salut, qu'est-ce qui t'a pris d'épouser ce type ? » Tu ne t'amuseras pas, Louis, dit Marc en se levant. Avec les femmes perdues, courage, fuyons, c'est mon système, et courage, pleurons, et courage, suicidons-nous, et courage, tâchons d'en aimer une autre, et courage, fuyons, ça recommence, et toi tu vas foutre la pagaille, moi je prends le train demain soir.
Louis sourit.
— Et alors ? dit Marc. Ça te fait marrer ? Tu ne l'aimais peut-être pas tant que ça, au fond. Regarde, tu es calme comme une prairie.
— C'est parce que tu es nerveux pour deux. Plus tu t'énerves, plus je m'apaise, tu me fais beaucoup de bien, Saint Marc.
— N'abuse pas. Tu te sers déjà de ma jambe droite sans demander, comme si c'était la tienne, c'est bien assez. Tu peux en chercher des types serviables qui te prêteront une jambe, comme ça, gratuit. Alors, que tu songes aussi à exploiter mon anxiété naturelle pour en faire ton pain blanc, c'est dégueulasse. À moins, ajouta-t-il après un silence et quelques gorgées, que tu ne me repasses du pain blanc après, c'est à débattre.
— Pauline Darnas, dit Louis en tournant autour de Marc, c'est le nom de cette femme, était très sportive, elle cultivait le quatre cents mètres.
— Je m'en fous.
— Elle a trente-sept ans à présent, elle n'est plus d'âge, elle fait donc le sport dans la rubrique du journal régional. Elle est au journal deux à trois fois par semaine, elle sait pas mal de choses sur les gens d'ici.
— Prétexte idiot.
— Sans doute. Il faut avoir un prétexte idiot pour

cacher une mauvaise pensée. Et puis j'ai un type à examiner.

Marc haussa les épaules et risqua un œil dans le goulot de sa bouteille vide. Incroyable tout ce qu'on peut voir quand on s'enfonce l'œil dans une bouteille vide.

17

Louis réussit à se lever vers neuf heures. Il voulait se dépêcher d'aller dire salut, comme ça ce serait fait, et le plus tôt serait le mieux, puisqu'il ne pouvait pas s'en empêcher. Marc avait raison, il aurait dû éviter, ne pas revoir son visage, ne pas regarder le mari, mais rien à faire, il n'avait jamais connu la sagesse d'éviter, il voulait faire des emmerdements. Pourvu qu'il ne fasse pas de tapage, de ces placides tapages qui mettaient les gens hors d'eux, et tout irait à peu près bien. Pourvu qu'il ne se conduise pas comme un caustique salaud. Tout dépendrait de la tête qu'elle ferait. Tout cela serait de toute façon triste et médiocre, Pauline avait toujours voulu du fric, elle aurait empiré avec les années et ce serait moche à voir. Mais précisément, c'était cela qu'il voulait voir. Voir quelque chose de moche, Pauline confite dans les billets de banque et le jus de poisson, couchant avec le petit homme en fermant les yeux, Pauline sans éclat, sans mystère, engoncée dans les couloirs de ses mauvais penchants. Et quand il aurait vu ça, il n'y penserait jamais plus, ça ferait toujours une case de vidée. Marc se trompait, il n'avait pas l'intention de coucher avec elle, mais de voir à quel point il ne voulait plus coucher avec elle.

Mais attention, se dit-il en sortant de l'hôtel, pas de tapage placide, pas d'ironie vengeuse, trop facile, trop grossier, faire attention à cela, bien se tenir. Il s'étonna de ne voir aucune voiture de flic devant la mairie. Le maire devait encore dormir et les appellerait mollement dans la matinée, et c'était encore ça de gagné pour l'assassin. Le visage de la vieille écrasée sur les rochers, du maire dormant, de Pauline dans le lit du type, le visage d'une ville de cons. Attention, pas de tapage.

Il se présenta à l'accueil du centre de thalassothérapie, tirant sur son mètre quatre-vingt-dix, conscient de se tenir très haut, très droit, et demanda à voir Pauline Darnas, puisque c'était son nouveau nom. Non, ce n'était pas pour une admission, il voulait voir Pauline Darnas. Elle ne recevait personne le matin ? Bien, d'accord, pouvait-on avoir l'amabilité de lui dire que Louis Kehlweiler désirait la voir ?

La secrétaire fit partir le message et Louis s'installa dans un fauteuil jaune, immonde. Il était content de lui, il avait fait les choses bien, poliment, selon les usages. Il dirait salut et il s'en irait sur l'image renouvelée en moche de cette femme qu'il avait aimée. Les flics allaient rappliquer à Port-Nicolas, il n'allait pas passer la nuit là-dessus, dans ce hall luxueux où il n'y avait rien de beau à voir. Salut et au revoir, il avait autre chose à foutre.

Dix minutes passèrent et la secrétaire revint vers lui. Mme Darnas ne pouvait pas le recevoir et le priait de l'en excuser, qu'il repasse une autre fois. Louis sentit les bons usages se pulvériser. Il se leva trop brusquement, manqua perdre l'équilibre sur cette saleté de jambe et se dirigea vers la porte où la pancarte « Privé » le contrariait depuis un bon moment. La secrétaire courut à son bureau pour sonner, et Louis entra dans les appartements interdits. Il s'arrêta sur le seuil d'une vaste pièce, où les Darnas achevaient le petit déjeuner.

Ils levèrent tous les deux la tête, puis Pauline la baissa aussitôt. À trente-sept ans, on ne peut pas espérer qu'une femme soit devenue complètement moche, et Pauline ne l'était pas. Elle portait maintenant ses cheveux bruns coupés court et ce fut la seule différence que Louis eut le temps d'enregistrer. Lui, il s'était levé et Louis le trouva aussi laid qu'il l'avait espéré quand il l'avait aperçu hier à déjeuner. Il était petit, gras, moins que sur la photo, il avait la peau très pâle, presque verte, le front court, les joues et le menton informes, le nez perdu, les sourcils énormes sur des yeux bruns assez vifs. C'était tout ce qu'il y avait de vif à voir, et encore, ses yeux étaient rétrécis. Darnas s'attarda lui aussi à considérer l'homme qui venait d'entrer chez lui.

— Je suppose, dit-il, que vous avez d'excellents motifs pour passer outre à la consigne de ma secrétaire ?

— J'ai des motifs. Mais je doute qu'ils soient excellents.

— À la bonne heure, dit le petit homme en lui proposant de s'asseoir. Monsieur... ?

— Louis Kehlweiler, un vieil ami de Pauline.

— À la bonne heure, répéta-t-il en s'asseyant à son tour. Vous prendrez du café ?

— Volontiers.

— À la bonne heure.

Darnas s'appuya confortablement sur son large fauteuil et regarda Louis en ayant l'air de s'amuser beaucoup.

— Puisque nous avons des goûts communs, dit-il, passons outre aux préliminaires et venons-en directement au but de votre intrusion, qu'en dites-vous ?

À vrai dire, Louis ne s'attendait pas à cela. Il avait plutôt l'habitude de conduire les débats et Darnas prenait un net avantage. Cela ne lui déplut pas.

— Ce sera facile, dit Louis en levant les yeux vers Pauline qui, toujours serrée sur sa chaise, soutenait à présent son regard. En tant qu'ami de votre femme, ancien amant, je le précise en toute humilité, et amant éconduit après huit années, je le signale toute rage contenue, et sachant qu'elle vivait ici, j'ai voulu voir ce qu'elle devenait, à quoi ressemblait son mari, et pourquoi et pour qui elle m'avait laissé ronger ma peine durant deux ans, enfin toutes questions banales que le premier venu se poserait.

Pauline se leva et sortit de la pièce sans dire un mot. Darnas fit un petit mouvement avec ses gros sourcils.

— Bien entendu, dit Darnas, en servant une seconde tasse de café à Louis, je vous suis fort bien, et je comprends que le refus de Pauline vous ait froissé, c'est légitime. Vous examinerez ces questions tous les deux à tête reposée, vous serez plus à l'aise sans moi. Vous voudrez bien l'excuser, votre visite a dû la surprendre, vous la connaissez, une nature très vive. À mon avis, elle ne tient peut-être pas tant que ça à me montrer à ses anciens amis.

Darnas avait une voix très douce, fluette, et il paraissait être aussi naturellement calme que Louis, sans affectation, sans effort. De temps à autre, il secouait lentement ses deux grosses mains comme s'il s'était brûlé, ou comme s'il s'était mouillé et qu'il voulait faire tomber les gouttes d'eau au sol, ou comme s'il voulait remettre tous ses doigts en place, enfin c'était curieux, et Louis trouvait le geste inhabituel et intéressant. Louis regardait toujours ce que les gens faisaient de leurs mains.

— Mais pourquoi vous décider tout d'un coup, en plein mois de novembre ? Il y a autre chose ?

— J'allais vous le dire. C'est le second motif de ma visite, le meilleur, le premier étant de nature évidemment plus vile, plus revancharde, comme vous l'avez remarqué.

— Évidemment. Mais je veux espérer que vous ne ferez pas de mal à Pauline, et quant au mal que vous pourrez me faire, à moi, nous verrons cela en temps utile, et s'il y a lieu.

— C'est entendu. Voici donc ce second motif : vous êtes un des hommes les plus riches du lieu, votre centre de bouillasse marine draine hommes, femmes et ragots en nombre, vous êtes installé ici depuis presque quinze ans, et de plus, Pauline travaille au journal régional. Vous avez donc peut-être des choses pour moi. Depuis Paris, j'ai suivi une bricole qui m'a amené jusqu'à la mort de Marie Lacasta dans les rochers de la grève Vauban, il y a douze jours de ça. Accident, a-t-on dit.

— Et vous ?

— Moi, j'ai dit meurtre.

— À la bonne heure, dit Darnas en secouant les mains. Racontez ça.

— Vous vous en foutiez, de Marie Lacasta ?

— Mais pas du tout. Qu'est-ce qui vous met cette idée en tête ? J'aimais bien cette femme, tout au contraire, très rusée et très gentille. Toutes les semaines, elle venait au jardin. Elle n'avait pas de jardin, comprenez-vous, et cela lui manquait. Je lui avais donc laissé une parcelle dans le parc du centre. Là, elle faisait ce qu'elle voulait, ses patates, ses petits pois, que sais-je ? Ça ne me privait pas, je n'ai pas le temps pour du jardinage et ce ne sont pas les clients de la thalasso qui vont se mettre à biner les pommes de terre en sortant de la piscine, certes non, ce n'est pas le genre. On se voyait souvent, elle apportait des légumes à Pauline, pour la soupe.

— Pauline ? Elle fait de la soupe ?

Darnas secoua la tête.

— C'est moi qui cuisine.

— Et en course ? Son quatre cents mètres ?

— Trions, trions, dit Darnas de sa voix délicate. Vous vous occuperez de Pauline en tête à tête, parlez-moi de ce meurtre. Vous avez raison, je connais tout le monde ici, c'est bien évident. Dites-moi ce qui s'agite.

Louis ne tenait pas à garder les choses au secret. Puisque l'assassin avait pris soin de masquer l'acte en accident, mieux valait tout renverser au plus vite, divulguer et faire grand bruit. Forcer l'assassin à se retourner dans un autre sens que sa planque naturelle, seul espoir de faire jaillir quelque chose, c'est du simple bon sens, solide comme un vieux banc. Louis exposa à Darnas, qui lui semblait tout aussi moche, Dieu merci, mais dont la compagnie lui plaisait beaucoup, à quoi bon le nier, le détail des événements qui l'avaient conduit à Port-Nicolas, la phalange, le chien, Paris, les bottines, la marée montante, l'entretien avec le maire, l'ouverture de l'enquête. Darnas secoua ses doigts gras deux ou trois fois pendant ce récit, qu'il n'interrompit pas une seule fois, même pas pour dire « à la bonne heure ».

— Eh bien, dit Darnas, je suppose qu'on va nous envoyer un inspecteur de Quimper... Voyons, si c'est le grand brun, c'est désastreux, mais si c'est le petit malingre, on a des chances. Le petit malingre, pour ce qu'il m'est arrivé d'en voir – il y a eu un accident au centre il y a quatre ans, une femme morte sous sa douche, un désastre, mais un simple accident, n'allez pas vous mettre martel en tête –, donc le petit malingre, Guerrec, est assez futé. Très soupçonneux en revanche, il n'accorde sa confiance à personne, et cela le retarde. Il faut savoir choisir ceux sur qui s'appuyer, au lieu de quoi on s'enlise. Et puis, il a au-dessus de lui un juge d'instruction qui fait une hantise de l'échec. Aussi le juge a-t-il la garde à vue facile, il fait boucler le premier suspect venu tant il a peur de rater le coupable. Trop de hâte nuit aussi. Enfin, vous verrez ça... Encore que je suppose que vous n'allez pas rester pour l'enquête ? Votre partie est terminée ?

— Juste le temps de voir comment Quimper prend les choses en main. C'est un peu mon œuvre, je veux savoir à qui je confie le soin de poursuivre.

— Comme pour Pauline ?

— On a dit qu'on triait.

— Trions. Que puis-je vous dire sur ce meurtre ? D'abord, Kehlweiler, vous me plaisez.

Louis regarda Darnas, assez stupéfait.

— Si, Kehlweiler, vous me plaisez. Et en attendant de constater le mal que vous me ferez concernant Pauline, que j'aime, toute personne qui l'a bien connue comprend cela aisément, et en attendant que la rivalité millénaire nous dresse l'un contre l'autre et front contre front, et j'ai l'idée désolante que je n'aurai pas le dessus, car vous l'avez noté, que je suis laid, ce qui n'est pas votre cas, en attendant donc ces éventuels instants qui font trembler la vie, je ne tolère pas de savoir qu'on a écrasé la vieille Marie. Non, Kehlweiler, je ne le tolère pas. Et ne comptez pas trop sur le maire pour vous fournir des renseignements sur ses administrés, à vous pas plus qu'aux flics. Il soigne chacun de ses bulletins de vote et passe son existence à tenter de s'épargner des ennuis, je ne le blâme pas, mais il est, comment dire, très flasque.

— Dessus ou jusqu'au fond ?

Darnas tordit les lèvres.

— À la bonne heure, vous avez vu cela. On ne sait pas ce qu'il y a au fond du maire. Il est ici depuis deux mandats, envoyé d'Île-de-France, et après tout ce temps, impossible de saisir quelque chose d'un peu constant chez lui. C'est peut-être le secret pour se faire élire. Le mieux à faire pour pouvoir se retourner en tous sens sans que cela se voie trop, c'est d'être rond, n'est-ce pas ? Eh bien, Chevalier est rond, glissant, vitrifié comme un congre, un chef-d'œuvre dans un certain sens. Il vous fera peu de réponses franches, même si elles vous le semblent.

— Et vous-même ?

— Je sais mentir comme un autre, cela va de soi. Il n'y a que les niais qui ne savent pas. Mais, jardin excepté, je ne vois pas de lien entre Marie et moi.

— Du jardin, elle pouvait aisément entrer dans la maison.

— Et elle le faisait en effet. Je vous l'ai dit, pour les légumes.

— Et dans une maison, on peut en apprendre beaucoup. Elle était curieuse ?

— Ah ! Très curieuse... Comme beaucoup de gens seuls. Elle avait bien Lina Sevran, et les enfants de Lina qu'elle a élevés, mais les enfants sont grands, tous deux à Quimper, au lycée. Alors, elle traînait beaucoup seule, surtout depuis la disparition de son mari, Diego, il y a environ cinq ans, oui, c'est à peu près cela. Deux petits vieux qui s'étaient mariés tard et qui s'aimaient fort, très émouvant, vous auriez dû voir ça. Oui, Kehlweiler, très curieuse, Marie. Et c'est sûrement pourquoi elle a accepté le petit travail malpropre que lui a confié le maire.

— Puis-je sortir mon crapaud de ma poche ? Je ne comptais pas rester si longtemps et j'ai peur qu'il n'ait chaud.

— Je vous en prie, à la bonne heure, dit Darnas, pas plus troublé de voir Bufo sur son sol de marbre que s'il s'était agi d'un paquet de cigarettes.

— Je vous écoute, dit Louis en prenant le pot à eau refroidi et en lançant des gouttelettes sur Bufo.

— Allons parler de ça dans le parc, qu'en dites-vous ? Il y a beaucoup de personnel ici, et comme vous en avez fait l'expérience ce matin, on entre comme dans un moulin. Votre animal sera aussi bien dehors. Vous me plaisez, Kehlweiler, jusqu'à nouvel ordre, et je vous raconte l'histoire des poubelles de Marie, tout à fait entre nous. Il n'y a que Pauline qui le sache aussi. D'autres ont pu l'apprendre, bien sûr, Marie était moins discrète qu'elle ne le pensait. Cela vous intéressera.

Louis se leva, se rassit pour ramasser Bufo, et se releva à nouveau.

— Vous ne pouvez pas vous plier ? demanda Darnas. Cette jambe ? Je vous ai vu boiter en entrant.

— C'est cela. J'ai brûlé mon genou dans une sale enquête. C'est après que Pauline est partie.

— Et selon vous, elle serait partie pour ça ?

— Je le crois. Mais à présent, je ne sais plus.

— Parce que, en me voyant, vous vous dites que Pauline n'est pas très soucieuse des disgrâces physiques ? À la bonne heure, je crois que vous êtes dans le vrai. Mais trions, nous avions dit qu'on triait.

Louis mouilla sa main, prit Bufo, et les deux hommes sortirent dans le parc.

— Vous êtes réellement riche, dit Louis en considérant l'étendue de la pinède.

— Réellement. Alors voilà. Il y a un peu plus de cinq ans, un type s'est fixé dans la commune. Il a acheté une grande villa, blanche, laide, aussi laide que ce centre de thalasso, c'est vous dire. Personne ne sait de quoi il vit, il travaille à domicile. Rien de très spécial à en dire au premier examen, plutôt convivial, joueur de cartes, braillard, vous ne pourrez pas le manquer au Café de la Halle, il y vient tous les jours faire des parties, une grosse tête solide et monotone. Il s'appelle Blanchet, René Blanchet. À mon idée, il va vers les soixante-dix ans. Donc, aucun intérêt particulier, je ne m'en approche guère, à ceci près qu'il s'est mis dans la tête de devenir le prochain maire.

— Ah.

— Il a du temps devant lui, cinq ans, tout peut arriver. Il plaît aux gens. C'est un genre d'intégriste du lieu, Port-Nicolas pour Port-Nicolas et pour personne d'autre, ce qui est assez curieux, lui-même n'étant qu'un tard - venu. Mais ça peut plaire, vous l'imaginez.

— Vous ne l'aimez pas ?

— Il me porte un léger tort. René Blanchet susurre pendant ses parties de cartes que le centre de thalassothérapie draine des étrangers sur Port-Nicolas, des Néerlandais, des Allemands, et pire, des Espagnols, des Latins, et pire encore, des Arabes fortunés. Vous vous figurez mieux l'homme ?

— Très bien.

— Vous-même, vous êtes allemand ?

— En partie, oui.

— Eh bien, Blanchet le verra, ça ne fera pas long feu. Il n'a pas son pareil pour dépister les étrangers.

— Je ne suis pas étranger, je suis fils d'Allemand, précisa Louis en souriant.

— Pour René Blanchet, vous le serez, vous verrez ça. Je pourrais le balayer d'ici, j'en ai les moyens. Mais ce ne sont pas mes méthodes, Kehlweiler, croyez-le ou non. J'attends de voir ce qu'il trafique et je me tiens aux aguets, car la commune ne serait pas marrante avec lui. Mieux vaut cent fois le congre rond. Et c'est ainsi, en le surveillant du coin de l'œil, que j'ai repéré que la vieille Marie le surveillait de même. C'est-à-dire qu'elle surveillait ses poubelles, à la nuit tombée.

— Envoyée par le maire ?

— À la bonne heure. Ici, on sort les poubelles une fois par semaine, le mardi soir. Depuis sept ou huit mois, Marie escamotait les sacs de René Blanchet, les examinait chez elle – ils habitent assez près l'un de l'autre – et reposait le tout refermé, ni vu ni connu. Et le lendemain, Marie se rendait à la mairie.

Louis s'arrêta de marcher et s'adossa au tronc d'un sapin. Il caressait machinalement Bufo du doigt.

— Le maire craint-il que René Blanchet ne cherche à le faire sauter de son siège plus tôt que prévu ? Blanchet aurait-il quelque chose contre lui ?

— Toujours possible, mais on peut aussi concevoir l'inverse. Le maire cherche à savoir qui est ce Blanchet, ce qu'il fait, d'où il vient, et espère peut-être en apprendre assez dans ses poubelles pour ruiner sa candidature le moment venu.

— Oui… Et si Marie a été surprise à fouiller par René Blanchet ? Il l'aurait tuée ?

— Et si Marie en avait appris trop sur le maire, dans les poubelles de Blanchet, il l'aurait tuée ?

Les deux hommes restèrent silencieux.

— Moche, dit enfin Louis.

— Les poubelles, ce n'est jamais glorieux.

— Et les Sevran ? Ça vous dit quoi ?

Darnas écarta les bras et secoua ses mains.

— À part leur saleté de pit-bull, je n'aurais que du bien à en dire. Elle, elle est assez impressionnante, belle sans être jolie, vous l'avez sûrement remarqué, et plutôt silencieuse, sauf quand ses enfants sont là, où elle change du tout au tout, très marrante. Je crois qu'elle s'emmerde ici, tout bonnement. Sevran est un bon compagnon, intelligent, amusant, franc, mais il a un gros problème avec ses foutues mécaniques. Il est passionné par des histoires de leviers, de pistons, d'engrenages, il court le pays après ses sacrées machines, mais remarquez qu'il en vit. C'est ce qu'on pourrait appeler un collectionneur authentique, d'autant plus qu'il en fait son commerce et qu'il les vend, les achète, les revend, et ça fait tourner la baraque, croyez-moi. C'est un des grands spécialistes du pays, très réputé en Europe, on vient le voir de partout. Lina se fiche des machines, et lui les aime trop. Alors, forcément, Lina s'emmerde. C'est plus facile pour une femme de lutter contre une autre femme que contre des machines à écrire. J'avance cette idée en l'air, car en ce qui me concerne, je préférerais que Pauline s'intéresse à des machines, par exemple, plutôt qu'à vous.

— Trions.

Darnas leva la tête et observa le visage de Louis.

— Vous m'examinez ? Quelque chose qui ne va pas ?

— Je me fais une idée, j'évalue le risque.

Darnas plissa ses petits yeux et considéra Louis sans bouger. Finalement, il hocha la tête et dérangea du pied les aiguilles de pin qui tapissaient le sol.

— Alors ? demanda Louis.

— Le danger n'est pas à négliger. Il faut que je réfléchisse.

— Moi aussi.

— Alors à bientôt, Kehlweiler, dit Darnas en lui tendant la main. Soyez sûr que je vous suivrai pas à pas, pour l'enquête comme pour Pauline. Si je peux vous aider pour la première et vous desservir pour la seconde, ce sera avec grand plaisir. Vous pouvez compter sur moi.

— Merci. Vous n'avez aucune idée de ce que Marie aurait pu trouver dans les poubelles ?

— Hélas, non. Je l'ai vue faire, c'est tout. Le maire doit être le seul informé, ou Lina Sevran, peut-être, Marie l'a élevée comme sa gosse. Mais avant d'obtenir des renseignements de l'un ou l'autre, il vous faudra passer beaucoup d'heures au Café de la Halle.

— Lina Sevran vient au café ?

— Tout le monde vient au café. Lina y est souvent, pour voir son mari au billard, pour voir les amis. C'est le seul endroit où ça bavarde, l'hiver.

— Merci, répéta Louis.

Il s'éloigna vers la sortie du parc en tirant sa jambe droite, et il sentait dans son dos Darnas qui l'observait, qui devait juger si oui ou non le boiteux avait une chance. C'était en tout cas la question que Louis se posait sur lui-même. Il n'aurait pas dû revoir Pauline, c'était évident. Elle n'avait pas changé, sinon de lieu et de nom, et maintenant, un léger chagrin lui embarrassait la tête. Et elle l'avait fui, en plus. Ce qui était normal, à considérer qu'il s'était comporté comme un mufle. Le plus embêtant avec tout cela, c'est que Darnas lui plaisait aussi. Si c'était lui qui avait tué Marie, ça pourrait arranger les choses, évidemment. Darnas avait été bien empressé à lui fournir des pistes, intéressantes d'ailleurs. Une petite pluie se mit à tomber, ce qui fit plaisir à Bufo. Louis ne hâta pas le pas, il ne le faisait presque jamais, et respira l'odeur des pins qui sortait avec l'humidité. L'odeur des pins, c'était très bien, il n'allait pas penser à cette femme toute la journée. Il voulait une bière.

18

Le centre de thalassothérapie était assez loin du Café de la Halle et Louis marchait lentement sur une petite route vide, sous une pluie froide qui commençait à détremper l'herbe des bas-côtés. Son genou lui faisait mal. Il avisa une borne en pierre et s'y posa avec Bufo pour quelques instants. Pour une fois, il essayait de ne pas réfléchir. Il passa sa main sur son front pour en essuyer l'eau et il vit Pauline devant lui. Le visage n'était pas conciliant. Il voulut se remettre debout.

— Reste assis, Ludwig, dit Pauline. Puisque c'est toi qui as fait le con, c'est toi qui restes assis.

— Bien. Mais je n'ai pas envie de parler.

— Non ? Alors qu'est-ce que tu es venu foutre chez moi, ce matin ? Entrer comme ça, parler comme tu l'as fait ? Pour qui te prends-tu, nom de Dieu ?

Louis regardait l'herbe se mouiller. Autant laisser parler Pauline quand elle était en colère, c'était le meilleur moyen pour que ça se tasse. Et de toute façon, elle avait entièrement raison. Et Pauline parla pendant cinq longues minutes, et elle l'engueula avec l'énergie qu'elle savait mettre dans un quatre cents mètres. Mais au bout des quatre cents mètres, il faut bien s'arrêter.

— Tu as tout dit ? demanda Louis en levant le visage. Bon, c'est bien, je suis d'accord, tu as raison en tous points, inutile que tu poursuives. Je voulais te rendre visite, ce n'était pas grave et ce n'était pas indispensable de me faire mettre à la porte. Te rendre visite, rien de plus. Maintenant c'est fait, c'est bien, ce n'est pas la peine de crier des heures, je n'ai plus l'intention de te déranger, parole d'Allemand. Et Darnas n'est pas si mal que ça. Pas mal du tout même, et plus que ça encore.

Louis se remit debout. Son genou détestait la pluie.

— Tu as mal ? demanda sèchement Pauline.

— C'est la pluie.

— Tu n'as pas pu faire arranger cette jambe ?

— Non, pas de regrets, c'est resté tel qu'après ton départ.

— Pauvre con !

Et elle partit. Franchement, se dit Louis, ce n'était pas utile qu'elle se soit donné la peine de le rattraper. Enfin si, elle l'avait engueulé, elle avait eu raison. Il voulait une bière.

De loin, Marc arrivait à vélo.

— J'ai loué ça pour la journée, dit-il en freinant près de Louis. J'aime ça. Tu as fini avec la femme ?

— Complètement fini, dit Louis. Nos rapports sont tendus et inexistants. Le mari est très intéressant, je vais te raconter ça.

— Tu vas où ?

— Boire une bière. Voir au café où en sont les flics.

— Monte, dit Marc en lui désignant le porte-bagages.

Louis réfléchit une demi-seconde. Avant, il pouvait faire du vélo, il ne s'était jamais fait transporter. Mais Marc, qui était déjà en train de retourner la bécane pour la remettre dans la bonne direction, ne mettait visiblement aucune intention blessante dans sa proposition. Il voulait aider, un point c'est tout. Marc n'était pas comme lui, il n'était jamais blessant.

Il freina cinq minutes plus tard devant le Café de la Halle. En route, il avait eu le temps en criant dans le vent et la pluie de raconter à Louis qu'après avoir abandonné provisoirement le seigneur de Puisaye, il avait été louer un vélo pour faire un tour du pays et qu'il avait trouvé là, en face du camping, en face de la grande surface commerciale, un truc hallucinant. Une espèce de machine de quatre mètres de hauteur, une immense et magnifique masse de ferraille et de cuivre, organisée dans ses plus petits détails, bourrée de leviers, d'engrenages, de disques, de pistons, et le tout ne servant strictement à rien. Et comme il restait hébété devant ce machin hors du commun, un type du coin était passé et il lui avait montré comment ça marchait. Il avait donné un coup de manivelle en bas, et l'énorme machine s'était mise à bouger, pas un piston qui ne bougeait pas, ça avait grimpé en tous sens en haut de ces quatre mètres d'articulations, redévalé par les flancs, et tout cela pour quoi ? Je te le donne en mille, avait gueulé Marc la tête tournée vers le porte-bagages, tout cela pour qu'au bout, un levier s'abatte sur un rouleau de papier et imprime : *C'est très possible. Souvenir de Port-Nicolas*. Et le type a dit qu'on pouvait prendre le papier, que c'était pour moi, gratuit, qu'il y en avait cent un modèles différents. Après ça, Marc avait fait tourner plein de fois la manivelle, fait trembler l'immense machine à rien et recueilli plein de petites maximes et souvenirs de Port-Nicolas. Il avait eu, dans le désordre, *Vous brûlez. Souvenir de Port-Nicolas*, puis *Point trop n'en faut. Souvenir de Port-Nicolas*, puis *Pourquoi non ? Souvenir de Port-Nicolas*, puis *Idée ingénieuse*, puis *Pourquoi tant de haine ?* puis *Non, c'est froid* et d'autres dont il ne se souvenait pas. Une machine unique. Pour son dernier coup de manivelle, Marc avait saisi le principe, il fallait se poser une question dans sa tête et actionner l'oracle. Il avait hésité entre : « Aurai-je terminé à temps l'étude des comptes du seigneur de Puisaye ? », qu'il avait trouvée mesquine, et : « Une femme m'aimera-t-elle ? », mais il avait préféré ne pas savoir la réponse si c'était non, et avait opté pour une question simple et qui n'engage à rien telle que : « Dieu existe-t-il ? »

— Et tu sais ce qu'elle m'a répondu ? ajouta Marc, à l'arrêt devant le Café de la Halle et toujours enfourché sur sa bicyclette : *Reformulez la question. Souvenir de Port-Nicolas*. Et tu sais quoi ? Ce bel appareil à rien, c'est Sevran qui l'a fait. Il y a la signature, *L. Sevran – 1991*. J'aurais aimé faire un truc pareil, une énorme et magnifique imbécillité qui fournit des réponses vaseuses à des questions idiotes ou informulées. Suffit les rêves, regarde, les flics sont là.

— Bien, on va les attendre. Ou plutôt non, tant pis pour la bière, on va chez les Sevran. Puisque tu en parles et puisque les flics sont en retard, allons leur parler avant eux. Vas-y, démarre.

19

Chez les Sevran, on se mettait à table. Quand Lina vit arriver les deux hommes détrempés et apparemment décidés à rester, elle n'eut pas d'autre choix que d'ajouter deux assiettes. Louis présenta Marc, qui ne pensait soudain plus qu'à une chose, éviter le pit-bull s'il entrait dans la pièce. Il parvenait à se raisonner devant les chiens ordinaires, mais un pit-bull, et un pit-bull qui bouffait les pieds des morts, ça lui coupait les jambes en deux.

— Alors ? dit Sevran en s'installant à table, c'est toujours ce chien qui vous préoccupe ? Vous voulez une adresse ? Vous vous êtes décidé, pour votre amie ?

— Je me suis décidé. Et je souhaitais vous en parler avant.

— Avant quoi ? demanda Sevran en versant dans chaque assiette deux louches de moules.

Marc détestait les moules.

— Avant que les flics ne viennent vous rendre visite. Vous ne les avez pas vus ce matin, devant la mairie ?

— Ça y est, dit Lina, je t'avais bien dit que ce chien avait fait une connerie.

— Je n'ai vu personne, dit Sevran. J'ai travaillé sur ma dernière machine, une belle pièce, une Lambert 1896, en très bon état. Les flics pour Ringo ? Ça ne va pas un peu trop loin, non ? Qu'est-ce qu'il vous a fait à la fin ?

— Il a permis de reconstituer quelque chose d'essentiel. C'est grâce à lui qu'on sait que Marie n'est pas tombée dans les rochers. Elle y a été assassinée. C'est pour ça que les flics sont là. Je suis désolé pour vous deux.

Lina ne se sentit pas bien. Elle regarda Kehlweiler en se tenant à la table, comme une femme qui ne veut pas tomber devant tout le monde.

— Assassinée ? dit-elle. Assassinée ? Et c'est le chien qui…

— Non, le chien ne l'a pas tuée, dit Louis rapidement. Mais… comment dire… il est passé par la grève, aussitôt après le meurtre, et, je suis navré, il a avalé un des doigts de son pied.

Lina ne poussa pas un cri mais Sevran se leva brusquement et alla tenir sa femme par les deux épaules, derrière sa chaise.

— Calme-toi, Lina, calme-toi. Expliquez-vous, monsieur… pardonnez-moi, j'ai oublié votre nom.

— Kehlweiler.

— Expliquez-vous, monsieur Kehlweiler, mais faites vite. La mort de Marie nous a fait un choc pénible. Elle avait élevé ma femme et mes enfants, donc vous le comprenez, Lina supporte très mal qu'on en parle. De quoi s'agit-il ? En quoi le chien…

— Je fais vite. Marie a été trouvée sur la grève, elle était pieds nus, vous le savez, on dit que la mer l'a déchaussée. Et, chose qui ne fut pas mentionnée dans le journal, il lui manquait un doigt du pied gauche. Les goélands, a-t-on pensé. Mais Marie a perdu ce doigt avant que la mer n'arrive sur elle. Quelqu'un l'a tuée, le jeudi soir, l'a descendue sur la grève, et la bottine trop large de Marie est tombée. L'assassin a achevé le travail sur les rochers, est remonté chercher la botte manquante. Ce temps a suffi au chien pour arracher le pouce du pied nu. Le meurtrier n'en a rien vu, la nuit tombait, il a replacé la chaussure et trois nuits se sont écoulées avant que l'on ne retrouve Marie.

— Mais comment pouvez-vous affirmer tout cela ? demanda Sevran. On a des témoins ?

Il tenait toujours Lina par les épaules. Plus personne ne pensait à bouffer.

— Aucun témoin. On a votre chien.

— Mon chien ! Mais pourquoi lui ? Il n'est pas le seul à traîner, que diable !

— Il est le seul à avoir rejeté dans ses excréments l'os du pied de Marie, jeudi soir, avant une heure du matin, place de la Contrescarpe, à Paris.

— Je ne comprends rien, dit Sevran, rien !

— C'est moi qui ai retrouvé cet os, moi qui ai remonté sa piste jusqu'ici. Je suis navré, mais c'est votre chien. En l'occurrence, il a rendu service. Sans lui, on n'aurait jamais pu suspecter un meurtre.

Soudain Lina cria, échappa aux mains de son mari et courut hors de la pièce. Il y eut un grand vacarme à côté et Sevran se précipita.

— Vite, leur cria-t-il, vite, elle adorait Marie !

Ils rattrapèrent Lina quinze secondes plus tard. Elle était simplement dans la grande cour, face au pit-bull qui grognait. Lina tenait une carabine à la main, elle recula, épaula, visa.

— Lina ! Non ! hurla Sevran en courant vers elle.

Mais Lina ne se retourna même pas. Dents serrées, elle fit partir les deux détonations et le chien sursauta et retomba au sol, ensanglanté. Elle jeta l'arme sur le cadavre du chien, sans un mot, le maxillaire tremblant, ne jeta pas un regard aux trois hommes qui l'entouraient et rentra dans la maison.

Louis l'avait suivie, laissant Marc auprès de Sevran. Elle avait repris sa place à table, devant son assiette pleine. Les mains tremblaient, et son visage était si contracté qu'elle ne semblait plus du tout belle. Il y avait en cet instant une telle rigidité dans ses traits que tout le tressaillement de son corps n'aurait pu attendrir personne. Louis lui versa du vin, poussa le verre vers elle, lui tendit une cigarette allumée et elle prit les deux. Elle le regarda, respira, et de la douceur réapparut sur son visage.

— Il a payé, dit-elle tout en inspirant entre les mots, cette saloperie de chien de l'enfer. Je savais bien qu'un jour ou l'autre il nous ferait du mal, à moi ou aux enfants.

Marc revenait dans la pièce.

— Que fait-il ? demanda Louis.

— Il enterre le chien.

— Bien fait, dit Lina. Bien fait, bon débarras. J'ai vengé Marie.

— Non.

— Je sais, je ne suis pas idiote. Mais je n'aurais pas passé une minute de plus avec cette saleté.

Elle les regarda tour à tour.

— Quoi ? Ça vous choque ? Vous allez pleurer sur cette saleté de chien ? J'ai rendu service à tout le monde en l'abattant.

— Vous avez du sang-froid, dit Louis. Vous ne l'avez pas raté.

— Tant mieux. Mais ce n'est pas du sang-froid d'abattre un chien qui vous fait peur. Et cette bête m'a toujours fait peur. Quand Martin était plus jeune – Martin, c'est mon fils –, le chien lui a sauté au visage. Il a toujours la cicatrice sur le menton. Hein ? Il était joli, le chien, hein ? J'ai supplié Lionel de nous en débarrasser. Mais non, il n'a rien voulu savoir, il a promis d'éduquer le chien, il a dit qu'il vieillirait, et que Martin l'avait emmerdé. Jamais la faute du chien, toujours la faute des autres.

— Pourquoi votre mari gardait-il Ringo ?

— Pourquoi ? Parce qu'il l'avait trouvé petit, à moitié mort dans un fossé. Il l'avait recueilli, soignoté et le chien avait guéri. Lionel est capable de s'attendrir sur une vieille machine à écrire rouillée quand elle se remet à marcher, alors je vous laisse imaginer quand le chiot s'est jeté dans ses bras. Il a toujours eu des chiens. Je n'ai pas eu le courage de lui retirer. Mais ce coup-ci, ma Marie, non, je ne peux plus le supporter.

— Qu'est-ce que va dire Lionel ? demanda Marc.

— Il va être triste. Je lui en achèterai un autre, quelque chose de gentil.

Sevran revint à cet instant dans la pièce. Il posa une pelle terreuse contre le mur et se rassit à table, pas du tout à sa place. Il se frotta le visage, les cheveux, se mit de la terre partout, se releva, alla se laver les mains à l'évier. Puis il posa la main sur l'épaule de sa femme, comme tout à l'heure.

— Je vous remercie tout de même d'être venus avant la police, dit-il. Mieux valait ça devant vous que devant eux.

Louis et Marc se levèrent pour partir et Lina leur fit un faible sourire. Sevran les rejoignit sur le pas-de-porte.

— Je vous en prie, dit-il, est-ce qu'il serait possible...

— De ne pas en parler aux flics ?

— Évidemment... Quel effet ça va leur faire d'apprendre que ma femme a tiré ? Ce n'était que sur un chien, mais vous savez, les flics...

— Qu'allez-vous raconter s'ils veulent voir le pit-bull ?

— Qu'il a fugué, que je ne sais pas où il est. On dira qu'il n'est jamais revenu. Pauvre chien. Ne jugez pas Lina à la hâte. Marie l'a élevée, elles ne se sont pas quittées depuis trente-huit ans et elle allait s'installer chez nous. Depuis la disparition de Diego, son mari, Marie tournait en rond chez elle et Lina avait décidé de la prendre avec nous. Tout était prêt... La mort de Marie lui a foutu un coup terrible. Alors... un meurtre, en plus... et le chien par là-dessus... elle a perdu pied. Il faut la comprendre, Kehlweiler, elle a toujours eu la frousse de ce chien, pour ses enfants surtout.

— Il avait mordu Martin ?

— Oui, oui... il y a trois ans, c'était encore un jeune chien, et Martin l'avait un peu cherché. Alors ? Qu'est-ce que vous allez dire aux flics ?

— Rien. Les flics se débrouillent, c'est leur métier, c'est leur sort.

— Merci. Si je peux aider, pour Marie...

— Réfléchissez, tous les deux, quand vous aurez réglé entre vous l'affaire du chien. À quelle heure êtes-vous parti, ce jeudi soir ?

— L'heure ? Je pars toujours vers six heures, à peu près.

— Avec le chien ?

— Toujours. C'est exact, ce soir-là, il n'était pas à la maison, il s'était fait la malle une fois de plus. Une fois de trop, n'est-ce pas ? Je rageais, parce que je n'aime pas arriver trop tard à Paris, je veux avoir le temps de dormir avant mon cours du lendemain. J'ai pris la voiture et j'ai tourné dans le pays. Je l'ai retrouvé beaucoup plus près que la grève Vauban, il arrivait en courant vers le village. Je l'ai attrapé, je l'ai engueulé, et en voiture. Je ne pouvais pas deviner... ce qu'il venait de faire... n'est-ce pas ?

— Je vous l'ai dit, Sevran, en l'occurrence, votre pitbull a rendu service. Sans lui, personne n'aurait su qu'on avait tué Marie.

— C'est vrai, il faut tâcher de voir les choses sous cet angle... Il a rendu service. Mais au fait, vous n'avez même pas déjeuné ?

— Ce n'est pas grave, dit Marc précipitamment. On s'arrangera.

— Je vais voir Lina. Elle doit déjà regretter, penser à m'acheter un nouveau chiot, je la connais.

Marc le salua, se disant que ce n'était pas le jour pour lui poser des questions sur sa fabuleuse machine à rien, qu'il repasserait, et reprit son vélo. Il le poussa lentement pendant que Louis marchait à côté de lui.

— Tu as remarqué son visage quand elle a tiré sur le clebs ? demanda Marc.

— Oui, on ne voyait que cela.

— C'est bizarre comment quelqu'un de beau peut devenir horrible. Et puis tout à l'heure, elle était à nouveau normale.

— Que penses-tu d'elle ? Tu aimerais coucher avec elle si elle te le proposait ?

— Tu es drôle. Je ne me suis pas posé la question.

— Tu ne t'es pas posé la question ? Mais qu'est-ce que tu fous de ta vie ? Il faut toujours se poser la question, Marc, bon sang.

— Ah bon. Je ne savais pas. Et toi, tu t'es posé la question ? Ce serait oui ou non ?

— Eh bien, ça dépend. Avec elle, ça dépend des moments.

— À quoi ça te sert de te poser ce genre de question si tu ne sais pas y répondre mieux que cela ?

Louis sourit. Ils marchèrent un moment silencieux.

— Je veux une bière, dit Louis brusquement.

20

Marc et Louis déjeunèrent au comptoir du Café de la Halle. La salle sentait fort les habits mouillés, la fumée et le vin ; Marc aimait cette odeur, ça lui donnait sur-le-champ envie de travailler dans un coin, mais il avait laissé le seigneur de Puisaye sur la table de nuit de sa chambre, à l'hôtel.

C'était un peu tard pour déjeuner, on ne rouvrirait la salle que si le maire se décidait à venir, mais il n'était pas encore sorti de son bureau. Tout le monde à présent savait que les flics étaient là-haut avec lui, tout le monde savait que Marie Lacasta avait été assassinée. La secrétaire de mairie avait fait passer le mot. Et tout le monde savait que c'était le grand type là-bas, celui qui boitait, qui avait apporté l'affaire depuis Paris, on ne s'expliquait pas précisément comment. On s'attardait au café, on attendait le maire, on passait et repassait près du comptoir pour jeter un œil sur les deux hommes venus de Paris. Et en attendant, on buvait et on jouait. Pour l'occasion, la patronne du café, la très petite dame aux cheveux gris et fins, habillée en noir, avait ôté la toile qui recouvrait pour l'hiver le second billard, le billard américain. Attention, le tapis est neuf, elle avait dit.

— La table, trois crans derrière nous vers la fenêtre, tu vois ? dit Louis. Non, ne te retourne pas, regarde dans la glace du bar. Le petit homme gras avec les sourcils bas, tu vois ? Bien, c'est le mari de Pauline. Comment tu trouves ?

— C'est la même question que tout à l'heure ? Pour coucher avec ?

— Non, imbécile. Qu'est-ce que tu en dirais ?

— À fuir si nécessaire.

— C'est là qu'est l'astuce. Le type est d'une finesse supérieure, et c'est à peine si ça se remarque sur sa gueule.

— Et la fille qui est avec lui ? C'est celle à qui tu voulais dire salut ?

— Sa femme, oui.

— Je comprends. Pour moi, c'est d'accord, je veux bien dormir avec elle.

— Personne ne te demande ton avis.

— Tu as dit qu'il fallait toujours se poser la question, j'applique la consigne.

— Je te dirai quand l'appliquer. Et puis merde, Vandoosler, ne me tracasse pas avec ça, on a autre chose à foutre.

— Qui connais-tu d'autre ici ? dit Marc en examinant la salle enfumée tout au long de la glace du bar.

— Personne. D'après les registres de la mairie, il y a trois cent quinze votants à Port-Nicolas. C'est petit, mais pour un meurtre, ça fait pas mal de monde.

— La femme est morte le jeudi après quatre heures et avant six heures. C'est une petite tranche horaire et les flics ne devraient pas avoir trop de mal pour les alibis.

— C'est une petite tranche horaire mais c'est une vaste lande. Personne ne traîne vers la pointe Vauban en novembre sous la pluie. Entre la pointe et le centre du bourg, il n'y a que des routes silencieuses et des maisons vides. C'est un pays désert et mouillé. Ce jeudi-là, il faisait un temps de merde. Ajoute à cela que vers cinq ou six heures, la moitié des gens du coin vont et viennent entre ici et Quimper où ils ont un boulot, et revenir de Quimper en voiture n'a jamais fourni d'alibi à personne.

Les autres pêchent, et rien n'est plus fluctuant qu'un pêcheur, ni plus mobile qu'une barque. Si on arrive à mettre quarante personnes hors de cause, ce sera déjà bien. Il en restera deux cent soixante-quinze. Ôte les trop âgés, il en restera deux cent trente.

— Mieux vaut partir de Marie, alors.

— Il n'y avait pas que les Sevran dans la vie de Marie. Il y avait son mari, Diego, disparu, je n'ai pas encore saisi s'il était mort ou s'il était parti. Il y avait son bout de jardin dans le parc de Darnas, ce qui nous ajoute les Darnas et tout le personnel du centre de bouillasse, quatorze personnes en saison creuse. Il y avait ses fouilles dans les poubelles de René Blanchet, ses visites régulières à la mairie, et tout ce qu'on ne connaît pas encore. Marie était liée avec beaucoup de monde, c'est le problème avec les gens d'esprit curieux. La patronne d'ici, la petite femme en noir qu'on appelle Antoinette, dit que Marie venait se reposer ici deux fois par jour, sauf quand elle ne venait pas.

— Elle buvait quoi ? T'as posé la question ? Il faut toujours poser la question.

— Des grogs en hiver, du cidre en été, des petits muscadets en toute saison. Marie partageait ses balades entre la pointe Vauban, où personne n'allait se risquer à lui piquer ses malheureux bigorneaux, et le port, où il y avait toujours un peu de passage. Les gars qui partent, les gars qui reviennent, les discussions sur le grain qui va venir ou ne pas venir, ceux qui réparent le matériel sur la jetée, ceux qui trient les bestioles dans les cages... Tu as vu le port ?

— Ça pêche vraiment ?

— Si tu avais ouvert les yeux, tu aurais vu deux grands chalutiers à l'ancre au loin. Ils font la haute mer jusqu'en Irlande. La plupart des types qui sont ici dans la salle sont du port, les absents sont dans des bureaux à Quimper. Le gars qui entre, tu le vois ? Mais bon Dieu, cesse de te retourner à chaque fois que je te montre quelqu'un !

— Je suis comme ça, instinctif, faut que je bouge.

— Eh bien, apprends aussi à voir sans remuer un cil. Bon, ce type, c'est celui qui nettoie l'église, il ne fait que ça, je l'ai vu l'autre jour près du vieux calvaire, une sorte de faux curé. Qu'est-ce que tu en penses ?

Marc se baissa un peu pour jeter un œil dans la glace du bar.

— Non plus, je ne veux pas coucher avec lui.

— On la boucle, voilà Darnas.

Darnas s'accouda près de Louis et tendit la main à Marc.

— Vandoosler, dit Marc.

— À la bonne heure, dit Darnas avec une voix fluette. Des nouvelles des flics ?

Marc n'aurait pas pensé qu'un cou aussi épais pouvait produire un timbre aussi léger.

— Ça discute encore avec le maire, dit Louis. Ça va être un chemin de croix pour les alibis. Vous-même, vous êtes pourvu ?

— J'ai réfléchi à cette fin de jeudi. Au début, ça va tout seul, j'étais à deux heures au garage pour prendre livraison d'une BMW.

— Je vous en prie.

— Tout le plaisir est pour moi. Je l'ai essayée sur route un bon moment mais il faisait un temps affreux. J'ai garé, et puis j'ai travaillé, seul dans mon bureau. Pauline m'a appelé pour dîner.

— Nul, dit Louis.

— Oui.

— Et Pauline ?

— Désastreux. Elle était au journal le matin, rentrée de Quimper vers trois heures, sortie courir.

— Sous la flotte ?

— Pauline court tout le temps.

— Ça va être un chemin de croix, répéta Louis. Tous ces gens derrière nous, qui est-ce ?

Darnas jeta un rapide regard sur la salle et revint à Louis.

— Dans le coin gauche, Antoine, Guillaume et leur père Loïc, tous trois pêcheurs, et Bernard, le type du garage, très efficace. À la table suivante, le tout jeune homme, Gaël, contemplatif irréfutable, et en face de lui, le gars fragile à la quarantaine, c'est Jean, il s'occupe de l'église, il nettoie, il met de la graisse dans la serrure, il tapote les pierres, un peu à côté des choses, toute dévotion au curé. Ensuite, Pauline Darnas, ma femme, vous avez eu l'honneur de connaître, je ne vous présente pas, passons, trions. Table derrière, Lefloch, le plus farouche pêcheur du pays, pourfendeur de toutes les tempêtes, patron du chalutier *Belle de Nuit*, avec, en face de lui, sa femme et le futur amant de sa femme, Lefloch n'est pas encore au courant. Avec eux, le patron du chalutier *L'Atalante*. Table du coin droit, la gérante de la grande surface, sa fille Nathalie, que drague Guillaume de la table du coin gauche, et Pierre-Yves, qui drague Nathalie qui s'en fout. Debout dans l'angle... Attention, Kehlweiler, le voilà, l'intégriste de Port-Nicolas, le postulant à la mairie...

— René Blanchet, glissa Louis à Marc, le type des poubelles, et ne te retourne pas.

Louis fixait la glace par-dessus son verre et Marc fit de même pour voir entrer un type compact aux cheveux gris, qui fit grand bruit en ôtant son ciré et en tapant ses bottes au sol. Dehors, le temps ne s'arrangeait pas, le vent d'ouest apportait grain sur grain. Louis suivait les gestes de René Blanchet, qui serra des mains, embrassa des femmes, fit un signe de tête à Pauline et s'appuya au comptoir. Louis déplaça Marc pour mieux le voir. Les Sevran entraient aussi et s'installaient, et Marc décida d'aller à leur table, puisque Louis le poussait, ce qui l'énervait. Maintenant, l'espace était libre entre Louis et René Blanchet. Louis détailla la figure rougie, il nota les yeux pâles, le nez rond, important, les lèvres fendillées, assez râpeuses, qui serraient un bout de cigare éteint, l'oreille petite, au lobe comme taillé en biseau, la nuque dans le prolongement du crâne, sans courbure, le tout dans des plis de visage assez brutaux. La vieille Antoinette lui avait porté un verre. Loïc, le pêcheur de la table du coin gauche, l'avait rejoint.

— Il paraît qu'on a tué Marie, dit Loïc, tu es au courant ? Elle ne serait pas tombée toute seule.

— On m'a dit ça, dit Blanchet. Pauvre vieille chose.

— La police est là, t'as vu ? C'est Guerrec qui va s'en occuper.

— Guerrec ? Il va foutre tout le pays en taule, ça ne va pas être long.

— Ça me fera les poissons pour moi tout seul, tiens… Le maire, ça fait trois heures qu'il cause là-haut.

— Pendant qu'il fait son boulot, au moins, il ne dort pas.

— Tu y crois, toi ? Tu penses qu'on l'aurait poussée ? Paraît que c'est vrai.

— Je crois ce que je vois, Loïc, et je pense ce que je pense.

Darnas fit un signe à Kehlweiler, avec un soupir. Mais Kehlweiler était tendu. Il serrait son verre et jetait de continuels coups d'œil sur sa droite. De la table où il s'était installé avec les Sevran, à côté de Lina, Marc surveillait cela. Louis était immobile, le corps rigide, sauf ces très rapides mouvements de tête.

— Paraît que c'est vrai, répéta Loïc.

— Ça dépend qui le dit, dit Blanchet. Il paraît que c'est vous, est-ce exact, monsieur ?

Blanchet s'était tourné vers Louis.

— J'ai fait le voyage tout exprès, répondit Louis d'une voix aimable.

— Et pour dire quoi, au juste ?

— Ce qu'on vient de vous dire, que Marie Lacasta a été assassinée.

— À quel titre avancez-vous une telle accusation ?

— Simple citoyen… Un chien a eu la délicatesse de venir déposer sa vérité à mes pieds. Je me suis servi et je partage.

— Les gens de ce pays sont honnêtes, continua Blanchet à voix haute. Vous mettez la pagaille dans Port-Nicolas. Vous nous accusez d'avoir massacré une vieille femme et le maire ne dit pas le contraire. Moi si. Les gens de Port-Nicolas ne sont pas des assassins, mais malgré cela et grâce à vous, ils seront l'objet de soupçons intolérables.

Des voix mêlées, un murmure de soutien suivit les paroles de Blanchet. Darnas grimaça. Ceux qui n'étaient pas encore acquis à la cause de Blanchet pouvaient basculer, Blanchet avait saisi l'opportunité au vol et l'exploitait sans retard.

— Voulez-vous savoir mon avis ? continua Blanchet. L'affaire de Marie est une manœuvre, en accord avec le maire, et j'en aurai le fin mot. Vous m'aurez devant vous pour défendre ces gens, monsieur… Désolé, je n'ai pas retenu votre nom, il m'a semblé compliqué à prononcer.

— Attention, dit doucement Sevran à Marc. Blanchet cherche la cogne. Il va peut-être falloir s'en mêler, Kehlweiler n'est pas du pays, il n'aura pas grand monde avec lui. Ce sont des gens corrects, sauf quand ils cessent de l'être.

— Ne vous en faites pas, chuchota Marc, Louis est armé.

— Armé ?

— Sa langue.

— Blanchet sait parler aussi, murmura Sevran en secouant la tête. C'est même le haut-parleur du pays. C'est un gars néfaste, avec des sacs toujours prêts de phrases toutes faites, et il possède l'art dramatique de convaincre. Il est beaucoup plus malin qu'il ne s'en donne l'apparence.

Louis s'était à son tour légèrement tourné vers Blanchet, et, à sa satisfaction, Marc nota qu'il le dépassait aisément de taille. Il avait tiré son corps en hauteur, il le tenait très droit et, à ses côtés, Blanchet avait l'air d'un pot. Un avantage sans nul mérite, mais un avantage tout de même. Louis regardait l'homme fixement, et son profil, en cet instant austère et vaguement méprisant, n'avait rien d'engageant.

Le murmure s'intensifiait dans la salle. Des gens se levaient, d'autres quittaient la salle de jeux pour venir tendre le cou vers le comptoir.

— Tout le monde ne peut pas porter un nom simple, monsieur Blanchet, dit Louis d'une voix lente, dans laquelle Marc entendit toute une gamme d'amabilités dangereuses. Mais je suis sûr qu'avec un léger effort, intelligent comme vous le paraissez, vous réussirez à le prononcer. Ça n'a que trois syllabes.

— Kehlweiler, énonça Blanchet, les lèvres en avant.

— Compliments, vous avez le don des langues étrangères.

— C'est qu'en France, on nous a donné une longue formation, et on a bonne mémoire, même après cinquante ans.

— Et je vois que vous avez saisi l'occasion de vous cultiver.

Blanchet serra les dents, hésita, et avala un coup de blanc.

— Vous restez longtemps parmi nous ? reprit-il. Ou en avez-vous fait assez à ces gens qui ne vous ont rien demandé ?

— Puisque vous me le proposez, il est possible que je m'attarde. Il me semble en effet que je n'en ai pas fait assez pour Marie Lacasta qui n'avait rien demandé, et qu'on a écrasée à coups de pierre. Et pour être franc, vous me distrayez, beaucoup, et je me plais dans ce café. Ça m'amusera de mieux vous connaître. Madame Antoinette, pouvez-vous me remettre une bière ?

Louis était demeuré d'apparence placide, mais René Blanchet n'essayait pas de garder son calme, au contraire.

— Il va foncer, maintenant, murmura Sevran. C'est son système.

Antoinette posa une bière sur le comptoir et Blanchet appliqua ses doigts sur la veste de Kehlweiler en faisant un signe au large patron de *L'Atalante*. Mais le patron-pêcheur hésitait.

— Monsieur Blanchet, dit Louis en détachant les doigts qui tenaient son épaule, restez décent, ne me collez pas. Nous nous connaissons à peine mais je viendrai vous voir, soyez-en sûr. C'est la grande maison blanche après la mairie ? Un peu plus loin sur la droite ?

— C'est moi qui choisis mes invités, monsieur Kehlweiler. Ma porte ne vous est pas ouverte.

— Qu'est-ce qu'une porte ? Un symbole, tout au plus... Enfin, comme vous voudrez, chez vous ou ailleurs, mais je vous en prie, laissez-moi boire cette bière en paix, vous me la chauffez.

Marc souriait, et finalement, hormis quelques visages indifférents, l'assistance avait cessé de prendre parti pour prendre plaisir.

— C'est vrai, intervint soudain Antoinette, très susceptible sur la qualité des services du Café de la Halle. Ne chauffe pas la bière de monsieur et ferme-la un peu, René. Enfin quoi, merde, si Marie a été tuée, si c'est bien vrai, eh bien que monsieur fasse ce qu'il a à faire, je vois pas pourquoi qu'on lui reprocherait. S'il y a une mauvaise bête dans le coin, autant le savoir, c'est pas un coin meilleur que les autres. Tu nous les brises.

Marc regarda Sevran d'un air étonné.

— Elle parle toujours comme ça, dit Sevran en souriant. On ne dirait pas, hein ?

— Antoinette, dit Louis, vous êtes une femme de bon sens.

— J'ai fait la criée à Concarneau et je connais le monde. Les poissons, des fois, il y en a un de pourri, et ça peut arriver dans n'importe quel port, à Port-Nicolas comme ailleurs, c'est tout.

— Antoinette, dit Blanchet, tu ne...

— Ça suffit, René, va haranguer dans la rue, moi, j'ai ma clientèle à satisfaire.

— Et tu prends n'importe qui, comme clientèle ?

— Je prends les hommes qu'ont soif, c'est un péché ? Il ne sera pas dit qu'Antoinette n'aura pas servi un homme qu'a soif, d'où qu'il vienne, tu m'entends, d'où qu'il vienne !

— J'ai soif, dit Louis. Antoinette, remettez-moi une pression.

Blanchet haussa les épaules et Marc le vit modifier sa tactique. Il posa une grosse tape sur le bras d'Antoinette et en soupirant, avec l'air d'un vaincu bonasse et conciliant qui a perdu aux dés et qui n'en fait pas une histoire, emporté mais brave gars, il alla poser son cul et son verre de blanc à la table des pêcheurs. Antoinette alla ouvrir une fenêtre pour aérer la salle enfumée. Marc admirait cette petite femme toute maigre, toute ridée dans sa robe noire.

— Voilà l'endormi, dit Blanchet à Guillaume.

Le maire entrait au café, il était trois heures. Il salua distraitement et d'un pas de danseur fatigué, sans dire un mot, il entraîna Louis dans l'arrière-salle, comme on ramasse ses affaires au passage. Louis fit signe à Marc de le suivre.

— Une seconde, Chevalier, j'ai trois mots urgents à dire à Vandoosler.

Marc trouva Louis singulièrement tendu. Il considéra

cette crispation en tâchant de la comprendre, n'y repérant ni colère, ni exaspération, ni nervosité. C'était comme une raideur qui décapait son visage, lui ôtant ses ombres et ses flous, ne laissant à voir que les courbes saillantes. Plus de charme, plus de tendresse, plus de nuance ni d'imprécision. Marc se demanda si ce n'était pas la tête qu'on a quand on vous fait violemment mal.

— Marc, il faut qu'on me rapporte quelque chose de Paris.

— Moi ?

— Pas toi, j'ai besoin que tu coures ici.

— Quelque chose du bunker ? Pourquoi pas Marthe ?

— Pas Marthe, elle se cassera la gueule dans le train, elle perdra le truc ou je ne sais quoi d'autre.

— Vincent ?

— Vincent garde le banc 102 et il ne le lâchera pas. Je n'ai personne de mobile. Comment s'appelle ton collègue, pas celui qui fait du bruit, l'autre ?

— Mathias.

— Libre ?

— Pour le moment, oui.

— Fiable, extrêmement fiable ?

— Le chasseur-cueilleur est sûr comme un aurochs, en beaucoup plus avisé. Mais tout dépend si la chose l'intéresse.

— Il faut m'apporter un paquet de feuilles agrafées, dans une chemise jaune étiquetée M, et ne le perdre sous aucun prétexte.

— On peut toujours lui proposer.

— Marc, moins on comprend ce dossier, mieux on se trouve, dis-le-lui.

— Bien. Les consignes pour le trouver ?

Louis tira Marc dans un coin de la pièce. Marc enregistrait en hochant la tête.

— Va, dit Louis. Si Mathias peut et dès qu'il peut, et merci à lui. Et préviens Marthe de sa visite. Va, grouille.

Marc n'essaya pas de comprendre. Trop d'hermétisme, inutile de se cabrer, mieux valait attendre que ça se dissolve tout seul. Il chercha une cabine téléphonique isolée et appela le café de la rue Chasle à Paris, qui servait de point de communication. Il attendit cinq minutes et c'est son oncle qu'il eut en ligne.

— C'est Mathias que je veux, dit Marc. Qu'est-ce que tu fous au téléphone ?

— Je me renseigne. Raconte.

Marc soupira et lui exposa brièvement la chose.

— Un dossier M, dis-tu ? Dans le bunker ? Quel rapport ?

— Un rapport avec l'assassin, que veux-tu que ce soit ? Je crois que Louis a mis le doigt sur un truc, il a la gueule décapée.

— Je vais te chercher Saint Matthieu, dit Vandoosler le Vieux, mais si tu le peux, ne vous foutez pas trop là-dedans.

— J'y suis déjà.

— Laisse Kehlweiler courir ses lièvres, laisse-le courir seul.

— Impossible, dit Marc, je sers de jambe droite. Et on n'a qu'un lièvre, à ce qu'il semble.

Vandoosler marmonna et quitta le téléphone. Dix minutes après, Marc avait Mathias en ligne. Comme le chasseur-cueilleur comprenait vite et parlait peu, Marc en avait terminé trois minutes plus tard.

21

Donc, il y a un minable qui a mis le nez dedans. À cause de ce con de chien. Et à présent, les flics sont là. C'est sans importance, je m'en fiche, tout était prévu en cas d'embrouille. Pas si bête. Le petit rechigné, Guerrec, ira où on lui dira. Il a l'air de l'homme qui n'en fait qu'à sa tête. Il est comme tout le monde, il en a seulement l'air. Avec une petite poussée, il ira où on voudra, comme une fourmi. Le rechigné ne fera pas exception. On raconte beaucoup de niaiseries sur l'intelligence de la fourmi. Mais ce n'est qu'une esclave abrutie, rien d'autre. Il suffit de poser le doigt devant sa route pour qu'elle tourne. Ainsi de suite jusqu'à ce que la lumière change. Le résultat est infaillible. Elle ne sait plus où est la maison, elle est perdue, elle meurt. Je l'ai fait des tas de fois. Guerrec, pareil. Il n'y aura qu'à lui poser le doigt devant. Ce n'est pas à la portée du premier venu. Un assassin ordinaire, qui se tasse à l'arrivée du premier flic, qui n'a jamais songé à l'histoire de la fourmi et du soleil, se ferait épingler dans les deux jours.

Pas si bête. Et l'homme qui s'est ramené de Paris avec sa merde de chien va connaître sa douleur s'il ne décramponne pas. Il ne va pas décramponner. Il veut être partout, tout voir tout savoir tout pouvoir. Pour qui se prend-il, ce minable ? Moins minable que les autres, prendre garde. N'importe, je connais la catégorie. L'humaniste galonné, il n'y a pas plus borné. S'il veut mettre le feu partout pour dératiser, il va prendre un coup d'extincteur. Ce sera rapide et précis. Il partira dans le décor sans avoir le temps de voir venir. Je tiens le fil. Quand on se sera occupé de la petite andouille, je me farcirai le poète. Ce sera grand. Au fond, si je n'avais pas fait autre chose, j'aurais fait assassin. Je le suis déjà, je me comprends, mais j'aurais fait assassin de métier. J'ai le génie de la chose. Et tuer décontracte l'intérieur. Prendre garde, ne rien donner à voir. Faire ce qu'il y a à faire. De temps à autre, prendre l'air pensif, s'intéresser. Veiller à tout laisser tomber mollement, les yeux, les joues, les mains.

22

Pendant que Marc hésitait entre aller chercher le seigneur de Puisaye sur la table de nuit et donner un tour de manivelle à la grande machine de Port-Nicolas – histoire d'obtenir une réponse à « comment tirer la Terre hors du système solaire quand le Soleil explosera dans cinq milliards d'années ? » –, le maire avait fermé la porte de l'arrière-salle du Café de la Halle et rendait compte à Louis de son entrevue avec l'inspecteur de Quimper, Guerrec. Guerrec avait épuisé le maire de questions sur Marie Lacasta, il avait pris le registre des habitants de la commune et il voulait voir Kehlweiler pour son témoignage et pour récupérer l'os.

— Ils sont à la gendarmerie de Fouesnant. Ensuite, il démarrera les interrogatoires.

— Et pourquoi vous me racontez ça ? demanda Louis.

— Guerrec me l'a demandé. Il veut vous interroger avant ce soir. Je transmets.

— Il a un plan, une idée ?

— Guerrec ne voit qu'une seule chose à retenir dans la vie de Marie, c'est la disparition de son mari Diego, il y a cinq ans.

— L'homme est mort ?

— On ne sait pas, on ne l'a pas revu, mort ou vif. Son fusil était abandonné sur le port et une barque manquait. Ce qu'il y a de certain, c'est que Marie en parlait le moins possible et qu'elle l'attendait toujours. Elle n'avait pas touché à un seul objet de son bureau.

— Ils s'étaient mariés tard ?

— Ils avaient bien tous deux soixante ans.

— Il l'avait connue ici ?

Le maire fit un petit bond impatient. C'est agaçant de ressasser des histoires banales que tout le monde connaît par cœur. Mais Guerrec l'avait engagé à ne pas braquer Kehlweiler, on pourrait en avoir besoin, il connaissait l'homme par ouï-dire, il s'en méfiait.

— Il avait rencontré Marie chez Lina, évidemment, quand elle habitait encore à Paris. Du temps du premier mari de Lina, Marie travaillait chez eux, elle s'occupait des deux enfants, c'est simple.

— Comment s'appelait ce premier mari ?

— Un professeur de physique, cela ne vous dira rien. Marcel Thomas.

— Et Diego connaissait aussi Lina ?

— Mais non, bon sang, Diego travaillait avec Sevran, c'est pour cela.

— Le rapport avec Lina ?

Le maire s'assit et se demanda comment ce type pouvait avoir fait tout ce qu'on racontait sur lui, alors qu'il n'était pas foutu capable de saisir l'histoire de Diego et Marie.

— Sevran, scanda le maire, était un vieil ami du couple, de Marcel Thomas surtout. Ils collectionnaient tous les deux des machines et l'ingénieur n'allait jamais à Paris sans passer les voir, lui et sa collection. Diego travaillait pour Sevran. Donc il l'accompagnait chez Lina. Donc Diego a connu Marie chez eux.

— Qu'est-ce qu'il faisait pour Sevran, Diego ?

— Il sillonnait la France à la recherche de machines. Sevran avait connu Diego végétant dans la brocante et il l'avait pris à son service. Bref, Diego a épousé Marie deux mois après que Sevran a épousé Lina. Ils sont tous venus s'installer ici.

Louis s'assit à son tour, patient. Il se demandait comment on pouvait raconter une histoire aussi mal. Chevalier avait décidément un esprit confus.

— Lina avait divorcé pour épouser Sevran ?

— Mais, bon sang, non, c'était après l'accident. Son mari est tombé du balcon, un malaise. Elle était veuve.

— Ah. Racontez-moi ça.

— Veuve, quoi. Son mari est tombé de la terrasse. Je ne sais l'histoire que par Marie, car Lina ne supporte pas qu'on en parle. Elle et Marie étaient seules avec les enfants. Lina lisait dans sa chambre, Thomas en fumait une dernière sur la terrasse. Lina se reproche encore de l'avoir laissé seul alors qu'il avait beaucoup bu. C'est idiot, comment aurait-elle pu prévoir ?

— C'était où dans Paris ? Vous le savez ?

Chevalier soupira encore.

— Dans le 15e, rue de l'Abbé-Groult. Ne me demandez pas le numéro, bon sang, je ne le sais pas.

— Ne vous agitez pas, Chevalier. J'essaie juste de me rendre compte, pas de vous emmerder. Donc, Lina se retrouve veuve, avec les deux enfants, et Marie. Ensuite ?

— Un an plus tard, elle se tourne vers l'ami Sevran, et elle l'épouse.

— Bien sûr.

— Elle avait les enfants à nourrir, pas de travail, plus de fric. Son mari ne lui laissait que des machines, très belles d'ailleurs, dont elle ne savait que faire. Elle s'est remariée. Je suppose pourtant qu'elle aimait l'ingénieur, j'en suis presque sûr. Il l'a vraiment sortie de là. Bien, peu importe, tout le monde s'est marié et Sevran a installé la troupe ici. Et voilà que Guerrec s'intéresse à ce Diego, dont finalement on ne sait rien, pas plus que Sevran qui l'avait trouvé en train de vendre trois bricoles sur une foire de province. J'ai dit à Guerrec tout le bien que je pensais de Diego, un homme sûr, trop sentimental, mais bien, et courageux, il se levait tous les jours à six heures. Il a manqué à tout le monde quand il a disparu. Quant à Marie… il y a quinze jours encore, elle l'attendait.

— C'est triste.

— Très. Et, entre nous soit dit, très emmerdant pour la commune, très.

— Par quoi Guerrec va-t-il commencer ?

— Par vous, puis les Sevran, puis tout le monde… Lui et son adjoint vont se donner un mal de chien pour les alibis, et cela ne donnera pas grand-chose. Tout le monde tourne dans tous les sens dans ce pays.

— Ils vous ont demandé le vôtre ?

— Pour quoi faire ?

— Ils vous l'ont demandé ?

— Non, bien sûr que non.

— Alors, ça va venir.

— Bon, vous voulez me foutre dans la merde ? C'est votre distraction dans l'existence ?

— Et vous, vous ne croyez pas que vous avez foutu Marie dans la merde ? René Blanchet ? La fouille de ses poubelles ? C'est votre distraction ?

Le maire fit une petite moue, retourna ses doigts en arrière sans un craquement, mais ne bougea pas sur sa chaise. Incroyable, ce type, vraiment un étang, une flaque. Louis avait toujours été intrigué par l'élément liquide. On le verse dans une tasse, c'est plat. On penche la tasse, le liquide s'incline, mais sa surface reste plate, toujours plate. Même à l'envers et tordue dans tous les sens, l'eau reste plate. Le maire était comme ça. Il aurait fallu le porter à une température inférieure à zéro pour le saisir. Mais Louis était certain que même s'il réfrigérait le maire, il s'arrangerait pour geler en surface et gêner toute visibilité.

— Il fait froid l'hiver ici ? demanda-t-il.

— Rarement, répondit Chevalier machinalement. C'est exceptionnel qu'on ait des gelées.

— Tant pis.

— Comment avez-vous appris l'histoire de Marie et des poubelles de Blanchet ? Vous l'avez lue dans du cristal ou dans une merde de chien ?

— C'est bien vous qui lui aviez commandé ces petites inspections ?

— C'est moi. Je ne l'ai pas forcée et je la dédommageais.

— Qu'est-ce que vous cherchiez ?

— C'est Blanchet qui me cherche, ne confondez pas. Il est décidé à me rafler la mairie. Je suis bien implanté mais tel que je sens l'homme, il n'hésitera pas devant la saleté des moyens. Je voulais savoir ce qu'il me prépare.

— Les poubelles vous ont appris des choses ?

— Qu'il mange du poulet deux fois par semaine et pas mal de raviolis en boîte. Qu'il vient d'on ne sait où. Pas de famille, pas de parti, pas d'affinités politiques connues, rien. Un passé venteux, insaisissable.

Chevalier fit une grimace.

— Ses papiers, il les brûle. C'est en m'apercevant de cela que j'ai eu l'idée de faire chercher Marie, dans l'espoir qu'il en échapperait des bouts. Parce qu'un type qui brûle ses papiers, hein ? Un type qui ne veut pas de femme de ménage, sous aucun prétexte, hein ? Mais Blanchet est méticuleux, il nettoie ses poulets jusqu'à l'os, il racle ses boîtes de raviolis, il fume ses cigares jusqu'à se brûler les doigts, et ses papiers, il n'y en a pas un qui réchappe. Ses poubelles, c'est une quintessence de poubelle, c'est du déchet sans corps ni âme, et des cendres, rien que des cendres. Si vous trouvez cela normal, moi pas.

— D'où est-il ? Est-ce qu'on sait ça, au moins ?

— Du Nord-Pas-de-Calais.

— Vous en êtes sûr ?

— C'est ce qu'il dit.

Louis fronça les sourcils.

— Alors, Marie ? reprit-il.

— Je sais bien, dit le maire. S'il l'a vue fouiller ses poubelles… S'il l'a tuée… Ce serait ma faute. Je le sais, je ne vous ai pas attendu pour y penser. Mais je me figure mal un assassin à Port-Nicolas, pas même lui.

— On l'a tuée, Chevalier, bon Dieu, remuez-vous un peu le sang et secouez-vous ! Et sur vous-même, Marie avait-elle trouvé quelque chose ? Par où Blanchet comptait-il vous attaquer ?

— Si je l'avais su, Kehlweiler, je n'aurais pas fait chercher.

— Par où, à votre idée ?

— Est-ce que je sais, moi ? Il peut inventer n'importe quoi ! Dix fausses factures, quinze détournements, dix-huit maîtresses, une vie quintuple, quarante enfants… Ce n'est pas le choix qui manque… Au fait, Kehlweiler, quand partez-vous ? Sitôt que vous aurez vu Guerrec ?

— En toute logique, oui.

Impossible de voir si Chevalier était soulagé ou non.

— Et en réalité, non, ajouta Louis.

— Vous n'avez pas confiance ? Il n'est pas mal, Guerrec. Qu'est-ce qui vous retient ?

— Trois trucs. Et puis je veux une bière.

Chevalier haussa les épaules. Il accompagna Louis au bar. La salle ne s'était pas vidée, c'était une journée différente, on attendait les flics. La distribution des places avait évolué, au gré des déplacements et des conversations. Marc était revenu et s'était installé entre Lina et Pauline. Il hésitait. S'il avait été Pauline, il aurait épousé Sevran plutôt que Darnas – mais chacun se débrouille –, encore que Sevran avait les fesses trop basses et les épaules étroites, une forme de fille en quelque sorte, disposition rare et qui méritait selon Marc qu'on en tienne compte. Mais soyons bon prince, cela se voyait à peine, et Sevran donnait quelques signes d'agitation qui valaient une prime dans l'esprit de Marc, par solidarité.

L'ingénieur allait et venait entre le comptoir et les tables, apportant à boire, desservant les verres, faisant le boulot d'Antoinette, interrompant à tout bout de champ son historique de la firme Remington, son petit visage clair et vieilli se débattant entre de jolis sourires francs et de fugitives grimaces quand il jetait un regard anxieux à Lina. Paradoxalement, Darnas, qui avait l'air d'une tortue de mer en sucre fondu, ayant attaché de-ci de-là au fond de la casserole, faisait beaucoup plus viril que l'ingénieur. Il souriait paisiblement en écoutant Sevran, il avait posé ses deux grosses pattes sur ses cuisses, il les remuait de temps à autre pour les égoutter – du sucre fondu, pensa Marc –, et les remous du café et de ceux qui s'y réfugiaient pénétraient sans se serrer dans son regard minuscule. Lina, grande et belle femme aux lèvres étirées et parfois éclatantes, qui décidément inquiétait un peu Marc, échangeait des bouts de mots avec Pauline Darnas, par-dessus ses épaules. Marc baissait le dos à chaque fois pour les laisser passer. Il but une gorgée pour distraire son silence. Ça faisait une demi-heure qu'il n'arrivait pas à placer un seul mot avec Pauline, et il se sentait étriqué. Marthe aurait décrété que c'était une ânerie que d'aller se coincer entre deux femmes, on ne peut parler à l'une sans tourner le dos à l'autre, c'est disgracieux, il faut se placer de face. Louis lui fit signe.

— Alors ? Qu'est-ce qui se décide ? demanda Louis à voix basse.

— J'ai réfléchi, je préfère dormir avec Pauline, mais je lui déplais.

— Ne me fais pas chier, Marc. Alors ? Saint Matthieu ?

— Il arrive ce soir, 22 h 21 à Quimper.

Louis eut un bref sourire.

— Parfait. Retourne faire la conversation et écoute tout ce qui se passe quand je serai avec Guerrec.

— Je n'ai pas de conversation. Je suis à l'étroit.

— Mets-toi de face, c'est ce que dirait Marthe. Sevran, ajouta Louis à voix haute, un billard ?

Sevran sourit et accepta aussitôt. Les deux hommes s'éloignèrent dans le fond de la salle.

— Billard français, américain ? demanda Sevran.

— Américain. Je ne suis pas assez concentré pour trois boules. J'ai quarante mille boules en tête, cela va me faire du bien.

— Moi aussi, dit Sevran. Pour être franc, je commençais à m'emmerder. Je ne voulais pas que Lina reste seule après ce qui s'était passé à midi, et le mieux était encore de l'amener ici. Pourtant, j'ai cette sacrée machine qui m'attend, j'aurais préféré m'en occuper pour oublier mon chien. Mais ce n'était pas le moment. Lina va mieux déjà, votre ami la distrait. Il fait quoi dans la vie ?

— C'est un historien. Il ne s'occupe que du Moyen Âge.

— Sans blague ?

— Sans blague.

— Je ne voyais pas les historiens du Moyen Âge comme ça.

— Lui non plus, je le crains. Il a deux bouts qui n'arrivent pas à se rejoindre.

— Ah, oui ? Et qu'est-ce qu'il fait au milieu ?

— Il s'affole, il étincelle ou bien il rigole.

— Ah oui ? C'est fatigant, dites-moi. À vous l'honneur, Kehlweiler, tirez.

Louis pointa, tira, et entra la boule 6. D'une oreille, il écoutait ce qui se passait au bar.

— Finalement, disait Guillaume, pourquoi on s'emmerde ? On sait pas qui a tué Marie ? Il n'y a qu'à demander la réponse à la machine, pas vrai, l'ingénieur ?

— Et tu sais ce qu'elle va te répondre ? dit un type de l'autre bout de la salle.

— Vous entendez ? dit Sevran en riant. C'est ma

machine, une énorme machine cinglée que j'ai construite près du camping, vous l'avez vue ? Elle distribue des petits messages. Je n'aurais jamais pensé qu'ils l'adopteraient. J'espérais un petit scandale local, mais après quelques mois de méfiance, ils se sont mis à l'idolâtrer. C'est que ma machine a réponse à tout... On vient de loin pour la consulter, pire qu'une déesse, en fait. Si le tour de manivelle était payant, on serait devenus riches à Port-Nicolas, sans blague !

— Oui, dit Louis en surveillant les coups de Sevran, qui jouait fort bien lui aussi. Marc m'en a parlé. Il lui a déjà posé je ne sais combien de questions.

— À vous. Il n'empêche que la machine a failli faire des dégâts. Un soir, dit-il en baissant la voix, un gars lui a demandé si sa femme le trompait, et cette grosse imbécile de ferraille a trouvé amusant de répondre oui. Le gars a pris cela comme vérité divine, il a failli bousiller le rival.

— Et la machine avait dit vrai ?

— Même pas ! dit Sevran en riant. L'épouse a souffert le martyre pour faire ravaler sa calomnie à la machine ! Un vrai drame... Et ça n'a pas été le seul. Il y en a qui sont devenus de vrais maniaques. Au premier petit dilemme, allez, un coup de manivelle... Elle m'a dépassé, ma machine, sans blague.

— Vous vouliez quoi, au juste ?

— Construire, mécaniser l'inutile. Je voulais faire un monument à la gloire de la mécanique ! Et pour célébrer la beauté de la mécanique, je voulais que la machine ne serve à rien, son seul intérêt étant de marcher, de fonctionner, et qu'on puisse dire en la contemplant : « Ça marche ! » Gloire au fonctionnement, et gloire au dérisoire et à l'inutile ! Gloire au levier qui pousse, à la roue qui tourne, au piston qui pistonne, au rouleau qui roule ! Et pour quoi faire ? Pour pousser, pour tourner, pour pistonner, pour rouler !

— Et finalement, la machine inutile s'est mise à servir, n'est-ce pas ?

Louis, distrait par le discours de l'ingénieur, se détendait et entrait boule sur boule. Sevran, appuyé à la queue de billard, s'amusait, oubliait le chien mort.

— Exactement ! Une usine à questions insatisfaites ! Je vous assure qu'on vient de deux cents kilomètres à la ronde pour la consulter ! Pas pour la voir, Kehlweiler, pour la consulter !

Louis emporta la première partie et Sevran demanda une revanche et un petit blanc. Depuis le bar, on se rassemblait peu à peu autour du tapis de billard pour surveiller la progression du jeu. On allait et venait, on commentait, on demandait aussi à l'ingénieur qu'est-ce qu'elle allait répondre, la machine. Il pleuvait toujours autant dehors. Vers cinq heures, il ne restait plus à Louis que la boule 7 à faire entrer.

— Elle lui résiste, la 7, dit une voix.

— La dernière, toujours, dit un autre. C'est salaud, le billard américain. Au début, il y a des boules partout, faut vraiment jouer comme un bœuf pour pas en rentrer une. Et puis après, ça se corse, et on s'aperçoit qu'on est plus con qu'on croyait. Tandis qu'avec le billard français, on sait tout de suite qu'on est con.

— C'est plus dur mais c'est plus franc, le billard français, dit une autre voix.

Louis souriait. Il rata la 7 pour la troisième fois.

— Qu'est-ce que je te dis qu'elle veut pas y aller, la 7 ? répéta la voix.

Sevran pointa et rentra la 7 par une double bande.

— Bien joué, dit Kehlweiler. Il est presque cinq heures. Vous avez le temps pour la belle ?

Lina avait pris place près du billard, sur le banc des spectateurs. Sevran lui jeta un rapide regard.

— Je vais rejoindre Lina, je passe à qui veut.

Sevran s'assit près de Lina, passa un bras sur son

épaule, sous l'œil attentif de Marc qui regardait toujours comment faisaient les autres avec les femmes. Il lui semblait que lui n'aurait pas mis son bras ici, mais là. C'était plus doux. Darnas, lui, ne tenait pas Pauline. Pauline tenait toute seule, semble-t-il. Louis entama la partie avec le patron de *La Belle de Nuit*, Lefloch. Là, c'était plus facile, le large type se défendait bien, mais mieux contre le vent d'ouest que contre un tapis vert. Antoinette lui rappela de faire attention au tapis et de ne pas poser les verres sur le rebord, merde.

— Voilà les flics, dit soudain Marc.

— Continuez, dit Louis au pêcheur, sans lever la tête.

— C'est vous qu'ils veulent ? demanda Lefloch.

— Il paraît, dit Louis, penché sur le tapis, un œil à moitié clos.

— Aussi, fallait pas que vous la rameniez. Il y a du vrai dans ce qu'a dit René tout à l'heure. Qui sème le vent récolte la tempête, mon gars.

— Si c'est vrai, l'année sera bonne.

— Peut-être bien, mais Port-Nicolas, c'est pas vos oignons quand même.

— Vous allez bien en mer d'Irlande, vous, Lefloch.

— C'est pas la même chose, c'est pour la pêche au gros, j'ai pas le choix.

— Eh bien, moi, c'est pareil, c'est pour la pêche au gros. On fait le même boulot, j'ai pas le choix, je suis le poisson.

— C'est sûr, ça ?

— S'il te le dit, intervint Sevran.

— Alors bon, admit Lefloch, tout en se grattant une joue avec la queue de billard. Alors, si c'est pareil, d'accord, c'est autre chose, je dis plus rien. À vous de jouer.

Le lieutenant Guerrec était entré dans la salle de jeux et regardait sans impatience visible la partie qui se déroulait. Lefloch avait le côté du visage bleu, là où il s'était gratté, et Louis, depuis une heure et demie qu'il jouait, avait les cheveux qui retombaient en mèches sombres sur le front, la chemise à moitié sortie du pantalon, les manches relevées jusqu'aux coudes. Assis, debout, verres de muscadet en main, cigarette aux lèvres, une douzaine d'hommes et de femmes s'étaient immobilisés autour du billard, délaissant la partie pour inspecter les flics de Quimper. Guerrec était très petit, avec une tête maigre et des traits difficiles, un regard voilé, des cheveux vaguement blonds, courts, rares. Louis posa la queue de billard en travers du tapis et lui serra la main.

— Louis Kehlweiler, heureux de vous connaître. Vous permettez que j'achève ? C'est que j'en ai déjà perdu une.

— Faites, dit Guerrec sans sourire.

— Pardonnez-moi, mais j'avais un ancêtre très joueur. J'ai ça dans le sang.

C'est bon, pensa Louis, le type est malin, il n'use pas de son autorité de plein fouet. Il attend, il contourne, il ne se laisse pas irriter pour des broutilles.

Louis battit Lefloch dix minutes plus tard, promit une revanche, enfila son pull, sa veste, et suivit le flic. Cette fois-ci, Guerrec l'emmena à la mairie. Louis s'aperçut qu'il quittait à regret les salles enfumées de vapeur, de sueur et de tabac du Café de la Halle. Ce lieu était entré en lui, et dans l'immense cohorte des cafés qui structuraient sa mémoire et sa vie intérieure, le Café de la Halle avait inexplicablement pris place aux premiers rangs de son affection.

23

C'est en discutant avec le flic, qui était un homme prudent, pas désagréable, mais pas très distrayant, que Louis trouva le papier dans sa poche gauche. Guerrec était en train de lui expliquer que Diego, Diego Lacasta Rivas, était un Espagnol, et qu'avant l'âge de cinquante ans, où il avait commencé à travailler pour Sevran, on ne savait rien de lui. Il allait falloir mettre l'Espagne en branle et ça ne l'enchantait pas. Mais pour disparaître sans laisser de traces, il fallait que Diego ait eu des raisons sérieuses, sans doute connues de Marie qui l'attendait toujours. Qui sait s'il n'était pas revenu ? Qui sait s'il n'avait pas tué Marie ? Tout en écoutant, Louis avait enfoncé la main dans sa poche et trouvé le papier. Une boulette froissée qui n'aurait pas dû y être puisqu'il avait refilé la boule de journal avec l'os à Guerrec. Il la déplia sans interrompre l'inspecteur.

— Kehlweiler, dit Guerrec, vous écoutez ou quoi ?

— Lisez cela, lieutenant, mais n'y posez pas vos doigts, j'ai déjà mis mes empreintes partout.

Kehlweiler tendit à Guerrec une petite bandelette de papier blanc chiffonné, déchiré sur ses bords. Les courtes lignes étaient tapées à la machine.

Il y avait un couple
à la cabane Vauban,
mais tout le monde la boucle.
Qu'est-ce que vous attendez
au lieu de perdre votre temps
à rater la 7 ?

— D'où vient-il, ce poème ? demanda Guerrec.

— De ma poche.

— Encore ?

— Ce coup-ci, je n'y peux rien. On a dû glisser ce papier dans ma veste tout à l'heure, au café. Il n'y était pas quand je suis entré au bar à trois heures.

— Elle était où, votre veste ?

— Près du billard, à sécher sur une chaise.

— Le papier était en boule ?

— Oui.

— C'est quoi cette histoire de 7 ?

— Une boule de billard, la n° 7. Je l'ai jouée trois fois en fin de partie sans la rentrer.

— C'est mal rédigé.

— Mais c'est clair.

— Un couple… murmura Guerrec. S'il y avait un couple illégitime dans la cabane ce soir-là, Marie a pu les surprendre et l'un des deux a pu la tuer. Ça tient debout, cela s'est déjà vu, et pas plus tard qu'il y a quatre ans à Lorient. Seulement… pourquoi un mot anonyme ? Et pourquoi l'auteur ne nomme-t-il pas le couple ? Pourquoi s'adresse-t-il à vous ? Pourquoi dans le café ? Pourquoi cette boule 7, qu'est-ce qu'elle vient faire là ?

— Un chien dans le jeu de quilles, dit Louis doucement.

— Des pourquoi inutiles… continua Guerrec comme pour lui-même, en haussant les épaules. On touche là aux replis tortueux des faiseurs de lettres anonymes, à leurs motivations tordues, à leurs moyens sinueux, illogiques… L'avidité, la lâcheté, la violence, la faiblesse… Même chose, pas plus tard qu'il y a six ans à Pont-l'Abbé. Mais l'accusation peut être vraie.

— La cabane Vauban est un endroit judicieux pour un couple. Ça fait un toit et c'est loin de tout. Le risque d'être vu est minime.

— Même en sachant que Marie Lacasta venait pêcher sur cette grève ?

— Elle ne devait sûrement pas entrer dans la cabane, question de réputation. Dans ces vieilles cabanes en pierre, on n'y va que pour pisser ou pour se rencontrer, tout le monde sait ça, et pas plus tard qu'il y a quatre mille ans dans le monde entier. Mais ce jeudi-là, exceptionnellement, Marie a pu y jeter un œil. Et c'est l'engrenage.

— Et l'auteur du papier ? Il y était aussi ?

— Ça ferait beaucoup de monde sur place pour un soir de meurtre, je ne crois pas à ce genre de coïncidence. Mais il pouvait savoir qu'un couple se retrouvait à la cabane. Il apprend le meurtre, il fait le rapprochement, il nous le suggère. Il ne parle pas parce qu'il a peur. Vous avez lu : « tout le monde la boucle ». Soit l'auteur dramatise, soit il y a dans ce couple un personnage menaçant, ou simplement influent, à ne pas déranger, et tout le monde la boucle.

— Pourquoi s'adresser à vous ?

— Ma veste était accessible et c'est un bon relais vers vous.

— Un couple… murmura à nouveau Guerrec. Un couple… tu parles d'un renseignement… C'est ce qu'il y a de plus répandu sur terre. Surveiller la cabane ne donnerait rien, ils n'y reviendront pas. Questionner les gens ne donnerait rien, qu'à semer une pagaille sans nom et ne rien apprendre. Ce qu'il nous faudrait, c'est l'auteur du billet. Les empreintes, il faut voir les empreintes…

— Il n'a pas couru le risque d'en laisser. C'est pour cela qu'il, ou elle, a mis le papier en boule.

— Oui ?

— Il ne pouvait pas garder des gants dans le café sans se faire remarquer. Pour glisser le truc dans ma veste, le plus simple était de froisser le message en boule en le tenant dans un mouchoir, poing fermé, et de le laisser tomber dans ma poche. Le papier est petit, c'est facile de le tenir dans sa main repliée, le bras ballant près du corps.

— Il vous a vu perdre la 7, il est sorti après... C'était quand, la 7 ?

— Tout à la fin de ma partie avec Sevran, avant cinq heures.

— Puis il revient, le billet prêt, le bras ballant. Qui avez-vous vu entrer et sortir dans cet espace de temps ?

— Impossible de vous faire un compte rendu des allées et venues. Je regardais mon jeu avec Lefloch et je ne connais pas encore assez les gens d'ici. Il y avait pas mal de monde au bar, et autour de la table de jeu. On vous attendait. Ça sortait, ça traînait, ça rentrait.

— Restent les caractères de la machine.

— Pour cela, vous avez un spécialiste sur place, autant s'en servir.

24

Sevran s'était concentré quelques minutes sur le billet que le lieutenant avait déplié devant lui à l'aide de deux pinces. Troublé, attentif, on aurait dit qu'il tâchait d'identifier sur une photo un visage entrevu.

— Je la connais, finit-il par dire à voix basse, oui, je la connais. C'est une frappe lente, molle, douce. Si je ne fais pas erreur, la machine est même chez moi. Venez.

Les deux hommes pénétrèrent à sa suite dans la pièce aux machines, une vaste salle où, sur des tables et des étagères, s'alignaient deux bonnes centaines d'engins noirs aux formes inattendues. Sevran se glissa sans hésitation entre les tables et s'assit devant une bécane noir et or à cadran.

— Mettez ça, dit Guerrec en lui tendant une paire de gants, et tapez doucement.

Sevran hocha la tête, enfila les gants, prit un feuillet et le glissa dans le rouleau.

— Celle-ci, dit-il, la Geniatus 1920. Le texte à taper, c'est quoi au fait ?

— *Il y avait un couple*, à la ligne, *à la cabane Vauban*, à la ligne, *mais tout le monde la boucle*, récita Guerrec.

Sevran tapa les premiers mots, tira la feuille et l'examina.

— Non, dit-il avec une grimace, c'est presque ça mais ce n'est pas ça.

Il se leva brusquement, mécontent de sa contre-performance, contourna d'autres tables en bois et prit place devant une petite machine oblongue dont il était difficile d'imaginer la fonction.

Sevran tapa une nouvelle fois le début du message, non pas sur un clavier, mais en faisant pivoter une roue jusqu'à la lettre choisie. Il procédait sans même regarder le disque métallique, connaissant par cœur l'emplacement de chacune des lettres. Il tira la feuille et sourit.

— On y est. Ça sort de celle-là, la Virotyp 1914. Montrez-moi l'original, inspecteur.

L'ingénieur rapprocha les deux feuilles.

— C'est la Virotyp, aucun doute. Vous voyez ?

— Oui, dit Guerrec. Tapez donc le texte en entier, pour vérifier au labo.

Pendant que Sevran actionnait à nouveau le disque de la Virotyp, Guerrec examinait la grande pièce. La table de la Virotyp était la plus proche de la porte, tout en étant à l'abri des fenêtres. Sevran vint lui remettre le second modèle.

— Cette fois, lui dit Guerrec, pourriez-vous y déposer vos empreintes ? N'y voyez pas d'offense.

— J'y vois, dit Sevran, que c'est ma maison, ma machine, et que je suis en première ligne.

Il ôta ses gants et prit le papier des deux mains en y pressant les doigts avant de le remettre à nouveau à l'inspecteur.

— Kehlweiler, restez ici, j'appelle mon adjoint pour le relevé des empreintes.

Sevran demeura avec Louis, le visage à la fois soucieux et intrigué.

— On peut entrer facilement ici ? demanda Louis.

— Dans la journée, oui, par le mur du jardin, par exemple. La nuit, ou quand nous sommes absents, on branche l'alarme. Je dois dire que cet après-midi, après avoir enterré Ringo, j'ai amené Lina se distraire au café et je n'ai pas pensé à brancher le système, j'avais autre chose en tête. En fait, on oublie souvent.

— Vous n'avez pas peur pour vos machines ?

Sevran haussa les épaules.

— C'est invendable si on n'est pas de la partie. Il faut trouver les acheteurs, connaître les collectionneurs, les réseaux, les adresses...

— Ça vaut combien ?

— Ça dépend des modèles, de leur rareté, de leur état de marche. Celle-là, par exemple, cinq cents francs, mais celle-là, je peux en avoir vingt-cinq mille. Qui pourrait le savoir ? Qui saurait choisir la bonne ? Il y a des bécanes qui n'ont l'air de rien et qui sont très recherchées. Celle-là, au fond, avec son levier inversé, vous la voyez ? C'est le premier modèle de Remington, 1874, et elle est unique à ce jour, avec son levier malpratique. Remington les a toutes reprises quelque temps après leur sortie pour inverser le levier gratuitement pour tous les acquéreurs. Mais ce modèle-là avait été rapporté d'Amérique en France, et Remington ne lui a pas couru après pour lui changer le levier. Alors, la machine est quasi unique. Qui peut savoir des choses pareilles ? Un collectionneur, oui, et encore, il faut un type calé. Et nous ne sommes pas beaucoup dans le milieu, personne n'oserait me la faucher, ça se saurait tout de suite, un coup à se griller sur le marché, autant dire un suicide. Alors, vous voyez, ça ne risque pas grand-chose. Et j'ai fixé chaque machine à son socle par des pattes de métal. Il faut de l'outillage et du temps pour démonter tout cela. À part ma cave, qu'on a forcée avant-hier soir, je n'ai jamais eu d'ennui, et encore, on ne m'a rien pris.

L'adjoint entra et Guerrec lui désigna la Virotyp, la porte, les fenêtres.

Puis il remercia brièvement l'ingénieur avant de partir.

— Je ne pense pas qu'on trouvera d'autres empreintes que celles de Sevran, dit Guerrec en revenant vers la mairie avec Kehlweiler. Certes, n'importe qui a pu venir taper le billet, mais Sevran est tout de même en situation délicate. Et pourtant, je ne le vois pas s'intéresser aux couples cachés. Je ne vois pas non plus l'intérêt qu'il aurait eu à taper le billet sur une de ses propres bécanes.

— Laissez tomber. Sevran n'a pas pu taper le truc. Il n'a pas quitté le café pendant que je jouais contre Lefloch, il était encore là quand je vous ai suivi à la mairie.

— C'est certain ?

— Certain.

— Qui d'autre est resté ?

— Sa femme, il me semble, mais je ne l'ai pas surveillée quand elle était au bar, Lefloch, Antoinette, Blanchet…

— Cette histoire de boule 7 me dérange. C'est gratuit, inutile, ça n'a pas de sens et ça doit pourtant en avoir un.

— Celui qui m'a passé ce billet ne veut pas qu'on le repère. En parlant de cette boule, il nous oblige à penser qu'il figurait parmi les trente personnes présentes au café pendant ma partie avec Sevran. Bien. Et s'il n'y était pas ?

— Comment aurait-il su pour la 7 ?

— De dehors, par la fenêtre. Il attend, il écoute, il note le premier détail un peu signifiant et le met en exergue pour attester sa présence dans la salle. Personne ne regardait par la fenêtre, elle était embuée, il pleuvait à verse.

— Oui, possible. Il, ou elle, pouvait donc être dedans, jusqu'à la boule 7, ou bien dehors. Avec ça, on n'avancera pas. C'est se donner bien du mal pour ne pas se faire repérer.

— Soit il a une grande trouille de l'assassin, soit c'est lui.

— Lui qui ?

— Lui, l'assassin. Ce n'est pas la première fois qu'un meurtrier balancerait un bouc émissaire. Il faut faire gaffe, Guerrec, il se peut qu'on nous conduise droit à l'erreur. Il y a une ordure dans le coin, de premier ordre, c'est comme cela que je le sens.

Guerrec tordit sa gueule maigre.

— Vous torturez les choses, Kehlweiler. On voit que vous n'avez pas l'habitude des lettres anonymes. C'est courant, abominablement courant. Pas plus tard qu'il y a six ans, à Pont-l'Abbé. Ce ne sont pas les assassins qui écrivent ce genre de billet, ce sont des trouillards, des étroits, des minables.

— Un assassin qui prémédite son coup et écrase une vieille femme, ce n'est pas un minable ?

— Si, mais c'est un minable qui agit. Les auteurs de billets sont des minables passifs, des impuissants, des inhibés, des incapables de se faire entendre. Un fossé entre deux mondes. Ça ne peut pas être la même personne, ça ne peut pas coller.

— Si vous voulez. Tenez-moi au courant, des empreintes, des alibis, de l'Espagne. Si c'est possible, et si vous acceptez le coup de main.

— J'ai tendance à travailler seul, Kehlweiler.

— Alors, on se croisera peut-être.

— Vous avez provoqué cette enquête, c'est exact, mais vous n'avez pas droit à y intervenir. Désolé de vous le rappeler, mais vous n'êtes plus qu'un homme parmi les autres et comme les autres.

— Entendu, je m'en arrangerai.

Louis revint à l'hôtel à sept heures, sans trouver Marc. Il s'installa sur son lit avec le téléphone. Il composa le numéro du commissariat du 15e arrondissement, secteur Abbé-Groult. À cette heure, Nathan devait encore être à son bureau.

— Nathan ? Ici Ludwig. Content de te trouver.

— Comment vas-tu, l'Allemand ? Ta retraite ?

— Je flâne en Bretagne.

— T'as de quoi faire là-bas ?

— Il y a du poisson, nécessairement. Il y a aussi du vieux poisson. Marcel Thomas, rue de l'Abbé-Groult, tombé de son premier étage il y a douze ans de cela, peux-tu m'éclairer ?

— Ne coupe pas, je vais chercher le dossier.

Nathan revint en ligne après dix minutes.

— Bon, dit-il. Le gars est tombé, classé accident.

— Je sais. Mais les détails ?

Louis entendit Nathan feuilleter les pages.

— Rien de notable. On est un 12 octobre au soir. Le couple Thomas avait reçu deux amis à dîner, Lionel Sevran et Diego Lacasta Rivas, repartis vers vingt-deux heures à leur hôtel. Restaient sur place le couple, les deux jeunes enfants et Marie Berton, la gouvernante. Personne n'est entré dans l'appartement après vingt-deux heures, confirmation des voisins. La chute s'est produite à minuit. Interrogatoires... Les collègues... Les voisins... J'en passe, j'en passe. L'épouse a subi des jours d'interrogatoire. Elle était au lit, elle lisait, on n'a rien pu trouver contre elle, ni contre Marie Berton, dans sa chambre aussi. L'une ne pouvait pas se déplacer sans que l'autre l'entende. Personne n'a bougé de sa chambre avant l'accident, avant le cri du mari. Soit les deux femmes se soutenaient, soit elles disaient vrai. Interrogatoire de Lionel Sevran aussi, endormi à l'hôtel, et de Diego Lacasta, idem, un gars prolixe, vu la longueur des pages. Attends, je parcours... Lacasta était très remonté, défendant les deux femmes de toute son âme. Ensuite, confrontation et reconstitution, une semaine plus tard. Attends... L'inspecteur note que chacun maintient ses dépositions, la femme en larmes, la gouvernante aussi, Sevran secoué, et Lacasta à peu près muet.

— Tu avais dit prolixe ?

— La semaine précédente, oui. Le gars en avait peut-être marre. Bref, suicide exclu, meurtre improbable ou indécelable. La balustrade du balcon était très basse, le type avait beaucoup bu. Conclusion de mort par accident, autorisation d'inhumer et classement.

— L'inspecteur qui a mené l'enquête ?

— Sellier. Il n'est plus là, il est passé capitaine.

— Dans le 12e, oui, je connais. Je te remercie, Nathan.

— Tu as une suite à l'histoire ?

— Deux mariages, un disparu et une morte. Qu'est-ce que tu en penses ?

— Que ce n'est pas très normal. Bonne pêche, Ludwig, mais fais gaffe. Tu n'as plus personne derrière toi. Fais cela finement et suis à la lettre les conseils de tempérance placide de ton crapaud. Je ne peux pas te dire mieux.

— Je l'embrasse pour toi et j'embrasse tes filles.

Louis sourit en raccrochant. Nathan avait fait sept filles magnifiques, une prouesse de conte de fées qui l'avait toujours ravi.

Sellier, lui, avait fui son bureau. Louis le trouva chez lui.

— Alors, c'est un meurtre, ce bout d'os, dit Sellier après avoir écouté avec attention le résumé de Louis. Et les acteurs de l'affaire Marcel Thomas sont sur place ?

Sellier parlait en faisant traîner la voix, en homme qui prend le temps de se rappeler le passé méthodiquement.

— C'est Guerrec qui mène l'enquête, ici. Vous le connaissez ?

— Un peu. Assez chiant, pas bavard, pas riant, mais sans coups tordus, pour ce que j'en sais. Sans miracle non plus. Des miracles, je n'en fais pas non plus.

— Pendant les interrogatoires pour l'affaire de Marcel Thomas, rien de particulier ?

— J'essaie de me souvenir mais je ne vois pas. Si c'était un meurtre, je me suis foutu dedans. Mais il n'y avait pas de prise, vraiment.

— Une des deux femmes pouvait-elle se déplacer en silence jusqu'à la terrasse ?

— Vous pensez si j'ai vérifié. C'était du vieux parquet au point de Hongrie, je le revois très bien, ce sacré parquet. Pas une lame qui ne grinçait pas. Si l'une des deux a tué, c'est avec la complicité de l'autre, pas d'autre solution.

— Et elles n'ont reçu personne dans la maison après le départ de Sevran et Lacasta ?

— Personne, ça a été établi formellement.

— Comment se fait-il que vous vous souveniez si bien de l'histoire ?

— Oh… à cause des doutes. Les doutes, ça s'accroche dans l'existence. Il y a des tas d'affaires que j'ai bouclées, meurtriers épinglés, et qui se sont effacées de ma tête pour faire de la place. Mais celles qui trimballent des doutes se coincent dans un angle.

— D'où venaient les doutes ?

— De Diego Lacasta. Il a fait volte-face. Un type chaleureux et jacasseur, qui se démenait comme un bel Espagnol enflammé pour blanchir les deux femmes, la gouvernante surtout. Ça ne m'étonne pas qu'il l'ait épousée, il l'aimait à s'en crever les yeux. Et quand il est revenu avec son patron une semaine plus tard pour la reconstitution, il se taisait comme un bel Espagnol sombre et fier. Il ne défendait plus personne, il laissait les choses aller leur cours, dans un silence ombrageux. J'ai pensé que c'était sa nature ibérique qui lui faisait ça, à l'époque j'étais plus jeune et plus catégorique. Il n'empêche qu'à cause de lui, je me souviens de cette reconstitution pleine de larmes, du parquet qui grinçait, de son visage fermé. Il était ma seule flamme dans cette affaire et la flamme avait viré au noir. C'est tout. Il ne faut pas grand-chose pour douter, mais je parle pour moi.

Louis resta bras croisés sur son lit pendant cinq minutes après avoir raccroché. Se lever, aller bouffer quelque chose.

En sortant de sa chambre, il ramassa un message glissé sous la porte qu'il n'avait pas remarqué en entrant.

« Si tu me cherches, je suis à la machine, des questions en suspens. Fais gaffe à ta saloperie de crapaud, il fait le con dans la salle de bains. Marc. »

Louis demanda du pain et deux bananes à l'hôtelier et partit à pied vers la machine. Il marchait lentement. Guerrec ne lui plaisait pas, trop sec comme type. René Blanchet ne lui plaisait pas. Le maire, plus inoffensif, ne lui plaisait pas. Le billet anonyme ne lui plaisait pas. Darnas lui plaisait, alors que c'était celui-là qu'il aurait voulu démolir. Pas de chance. Avec Sevran, on pouvait s'entendre, à condition de ne pas parler chien, mais le chien était mort. Côté femmes, le visage de la vieille Marie lui plaisait, le poursuivait même, mais on l'avait tuée. Lina Sevran commençait aussi à lui hanter la tête. Elle avait tué le chien, et ce geste n'avait rien de banal, quoi qu'en dise son mari qui avait fait beaucoup d'efforts pour la protéger. Il semblait la protéger tout le temps, la main posée sur ses épaules, la protéger, l'apaiser, ou la retenir. Quant à Pauline, elle lui plaisait encore, pas de chance non plus. Parce que Pauline n'avait pas l'air de vouloir s'approcher, raide de défi ou d'on ne sait quoi d'autre. Bien, il avait dit qu'il la laisserait en paix, autant faire un effort pour tenir sa promesse. C'est beau de promettre, ça se fait sans difficulté, mais ensuite il faut tenir, c'est assez emmerdant. En ce moment, Mathias devait être dans le train, avec la chemise jaune. Penser à ce dossier lui demandait un effort. C'était une pensée lourde, mordante, qui lui donnait un fond de mal de tête.

De loin, il aperçut la masse noire et bizarre de la haute machine dont Marc lui avait parlé. En se rapprochant, il entendit des vibrations sourdes, des cliquètements, des grincements. Kehlweiler secoua la tête. Marc devenait un adepte de la machine à rien. Quelle question imbécile avait-il encore posée ? Et quelle machine pourrait jamais venir à bout des contrastes inconciliables de Vandoosler le Jeune, de son émotivité versatile en butte à ses concentrations studieuses ? Louis n'aurait su dire encore ce qui l'emportait chez ce type, de ses plongées profondes et calmes, ou de ses affolements de baigneur sur le point de se noyer. Est-ce qu'il l'aurait décrit en mince cétacé, routier des profondeurs, résolu dans ses chemins, ou en jeune chiot essoufflé se débattant à la surface des vagues ?

Marc était debout, il lisait le message que venait de lui délivrer la machine à la flamme de son briquet, et en même temps, il chantonnait. Il n'avait pas l'air de se débattre. Ce n'était pas la première fois que Kehlweiler l'entendait chanter. Il s'arrêta à quelques mètres pour voir et entendre. N'auraient été l'assassinat de cette vieille femme qui le mettait en rage et les dures pensées qui s'attachaient au dossier jaune qui roulait vers lui, il aurait apprécié la scène. La nuit était froide, la pluie avait cessé, la machine, stupéfiante, avait interrompu ses grincements, et dans la nuit, seul, Vandoosler le Jeune chantait.

— *Adieu la vie, adieu l'amour, adieu toutes les femmes*
C'est pas fini, c'est pour toujours, de cette guerre infâme
C'est à Craonne, sur le plateau, qu'on doit laisser not'peau
Car nous sommes tous condamnés, c'est nous les sacrifiés.

— Que t'a répondu la machine ? demanda Louis en l'interrompant.

— Que cette machine aille se faire voir, dit Marc en froissant le message. Elle ne fait que foutre la merde dans la vie, dans le Moyen Âge et dans le système solaire. Tu vas voir. Pose une question, mais à haute voix, sinon ça ne marche pas.

— À haute voix ? C'est le règlement ?

— C'est moi qui l'invente, pour savoir à quoi tu penses. C'est assez rusé, non ?

— Que veux-tu savoir ?

— Pour l'essentiel, ce que tu penses du meurtre, ce que tu espères de Pauline Darnas, ce que tu attends du dossier M pour lequel tu esclavagises Mathias. Pour l'accessoire, ce que tu penses de l'explosion du Soleil et de moi.

Kehlweiler se rapprocha de la machine.

— On va lui demander. C'est là qu'on tourne ?

— C'est cela. Cinq tours, bien fort. Je te ramasse la réponse au bout.

La machine fit grincer tous ses rouages et Louis observa le phénomène avec intérêt.

— Ça t'épate, hein ? Tiens, voilà ton message. Lis-le toi-même, je ne fouille pas dans la correspondance des autres.

— Il fait sombre, je n'ai pas mon briquet, je n'ai pas mon crapaud, je n'ai rien. Lis-le-moi.

— *Restons calmes. Souvenir de Port-Nicolas*. Qu'est-ce que je te disais ? Tu vois comme c'est énervant ? Rester calme, et puis quoi encore ?

— Attendre. Je n'ai de réponse à aucune des questions que tu m'as posées. Je ne comprends pas l'histoire de Marie Lacasta, je crains de comprendre celle de Pauline, et pour le dossier M, on attend ton chasseur-cueilleur. Il y a eu du neuf dans ma poche, un billet piteux qu'on a glissé dedans quand on était au café. *Il y avait un couple à la cabane Vauban, et tout le monde la boucle*, etc. Ce n'était pas toi par hasard ?

— Foutre quelque chose dans ta poche ? Prendre le risque de toucher ton sale crapaud ? Perdre une occasion de parler ? C'est absurde. Donne-moi les détails.

Les deux hommes revinrent vers l'hôtel en marchant lentement. Louis expliquait à Marc l'histoire du papier froissé, et en même temps, il regardait sa montre.

25

Dès que Mathias arriva à l'hôtel, Kehlweiler lui prit le dossier des mains et s'enferma dans sa chambre.

— Ça fait déjà une demi-heure que je ne peux plus lui tirer une phrase complète, dit Marc à Mathias. Tu l'as regardé, ce dossier ?

— Non.

Marc n'avait pas besoin d'ajouter : « Tu es sûr que tu ne l'as pas regardé ? » parce que quand Mathias disait oui, ou non, c'était réellement oui ou non, pas la peine d'explorer plus à fond.

— Tu as une grande âme, Saint Matthieu. Moi, il me semble que j'aurais risqué un œil.

— Je n'ai pas pu tester mon âme, le dossier était rivé à l'agrafeuse. Je vais voir la mer.

Marc prit son vélo et accompagna Mathias vers la grève. Mathias ne fit pas de commentaires. Il savait que Marc, même à pied, aimait pousser un vélo si l'occasion s'en présentait. Ça lui faisait office de cheval, de destrier de seigneur, de roncin de paysan, ou de cavale d'Indien, c'était selon. Marc avait noté que malgré le froid, Mathias était resté résolument pieds nus dans ses sandales monastiques, habillé en dépit de tout raffinement, le pantalon de toile serré à la taille par une corde rustique, le pull à même la peau, mais il ne fit pas de commentaires non plus. On ne pourrait pas modifier le chasseur-cueilleur. Dès qu'il le pouvait, Mathias ôtait tous ses vêtements. Quand on lui en demandait la raison, il disait que les habits le serraient.

Poussant son vélo à pas rapides pour pouvoir suivre Mathias qui avait des jambes immenses, Marc détaillait la situation locale pendant que Mathias écoutait en silence. Marc aurait pu résumer le tout en cinq minutes mais il aimait les détours, les nuances, les détails, les impressions fugitives, les dentelles de mots, toutes élaborations du discours que Mathias appelait simplement bavardage. Marc en était à présent à reprendre à grands traits les carrés les plus sombres de l'échiquier, soit, disait-il, l'humeur mélancolique de Lina Sevran, les deux coups de fusil dans la gueule du chien, l'état de flottation du maire, la masse plombée de René Blanchet, les petites mains de Marie dans les poubelles de ce vieux con, la disparition de l'Espagnol Diego, la dénonciation versifiée d'un couple de l'ombre dans la cabane Vauban, le visage décapé de Kehlweiler depuis qu'il avait réclamé ce dossier M, ses vieux débris d'amour vexé, l'intelligence forcenée de Darnas dans le corps d'une brute aux doigts délicats, et Mathias l'interrompit brusquement.

— Ta gueule, dit-il en saisissant le cadre du vélo pour arrêter les pas de Marc.

Mathias s'était immobilisé dans le noir. Marc ne fit pas d'objection. Il n'entendait rien dans le vent, ne voyait rien, ne sentait rien, mais il en connaissait assez sur Mathias pour savoir qu'il s'était mis aux aguets. Mathias avait une manière à lui de se servir de ses cinq sens comme autant de capteurs, testeurs, décodeurs et Dieu sait quoi. Marc aurait volontiers vendu Mathias en place de diverses inventions tels détecteur d'ondes sonores, piège à pollen, lecteur à infrarouges et autres combines complexes pour lesquelles Mathias aurait fait parfaitement l'affaire sans avoir à débourser un rond. Il estimait que le chasseur-cueilleur, l'oreille collée au sable du désert, pouvait entendre passer le Paris-Strasbourg, encore qu'on ne sache pas très bien à quoi ça pourrait servir.

Mathias lâcha le cadre du vélo.

— Cours, dit-il à Marc.

Marc vit Mathias s'élancer devant lui dans la nuit sans qu'il ait compris après quoi il fallait courir. Les capacités animales de Mathias – primitives, disait Lucien – le déconcertaient et lui cassaient ses discours. Il posa son vélo à terre et courut derrière ce foutu préhistorien qui filait silencieusement et plus vite que lui, sans se préoccuper du bord tout proche de la falaise. Il le rattrapa deux cents mètres plus loin.

— En bas, dit Mathias, en lui désignant la grève. Descends t'occuper de lui, je fais les environs, il y a quelqu'un.

Mathias repartit aussi vite et Marc regarda le rivage. Il y avait une forme sombre en bas, quelqu'un qui avait dû se casser la gueule, une chute de six à sept mètres. Tout en s'accrochant aux rochers pour descendre, il entrevoyait la possibilité que quelqu'un ait balancé le type depuis le sentier. Il toucha le sol et courut vers le corps. Il le tâta doucement, le visage crispé, repéra le poignet, chercha le pouls. Ça battait, doucement, mais le type ne bougeait pas, ne gémissait même pas. Marc, en revanche, avait le sang aux tempes. Si on avait basculé ce gars, ça avait dû se faire il y avait une minute, en quelques mouvements brefs que Mathias avait entendus. La course de Mathias avait dû empêcher le meurtrier d'aller terminer le travail et maintenant, Mathias était après lui. Marc ne donna pas cher de la peau de ce gars. Qu'il se planque ou qu'il cavale, il avait peu de chances d'échapper à la poursuite du chasseur-cueilleur et Marc ne se faisait aucun souci pour Mathias, sentiment de sécurité illogique car Mathias était tout aussi vulnérable qu'un autre et n'avait pas trente mille ans de bouteille, contrairement à ce qu'on pouvait espérer. Marc n'avait pas osé bouger la tête du gars par terre, au cas où, les cervicales. Il en savait juste assez là-dessus pour savoir qu'il ne devait rien faire. Mais il avait réussi à écarter les cheveux et à trouver son briquet. Il l'alluma plusieurs fois avant de reconnaître celui que Darnas avait décrit comme un rêveur définitif, le jeune type de dix-sept ans qui était au café tout à l'heure, attablé avec l'ersatz de curé à la peau blanche. Il n'était pas sûr du nom, Gaël, peut-être bien. En touchant les cheveux, Marc avait touché du sang, et l'estomac contracté, il tenait sa main loin de lui. Il aurait voulu aller la laver dans la mer mais il n'osait pas quitter le jeune homme.

Mathias l'appela doucement du haut du sentier. Marc escalada les sept mètres de l'aplomb rocheux, se hissa sur le bord et essuya aussitôt sa main dans l'herbe mouillée.

— Ce doit être Gaël, souffla-t-il. Il est vivant, pour l'instant. Reste là, je file chercher du secours.

C'est seulement à ce moment que Marc vit que Mathias, silencieux, tenait quelqu'un dans l'ombre.

— Tu sais qui c'est ? demanda juste Mathias.

Pas la peine d'allumer son briquet. Par une clef de bras, Mathias maintenait Lina Sevran.

— La femme de l'ingénieur, dit Marc à voix sourde. Tu l'as trouvée où ?

— Pas loin, planquée dans un groupe d'arbres. Je l'ai entendue respirer. Ne t'inquiète pas, je ne lui fais aucun mal.

Lina Sevran ne bougeait pas, ne pleurait pas, ne disait rien. Elle tremblait, comme à midi après avoir descendu le chien.

— Dépêche-toi, dit Mathias.

Marc courut vers son vélo, le remonta d'un coup de pied et fonça vers le bourg.

Il ouvrit brutalement la porte de la chambre de Kehlweiler, sans frapper. Louis ne dormait pas et leva le visage en rassemblant rapidement des papiers étalés sur la table, de vieux papiers sortis du dossier jaune, couverts de notes et de croquis. Marc, essoufflé, lui trouva à peu près la même tête que tout à l'heure, c'est-à-dire, à son idée, la tête d'un Goth du bas Danube prêt à en découdre avec les Huns. Pendant un instant, Marc vit passer devant ses yeux une mosaïque de Constantinople qui figurait une belle tête de barbare aux cheveux sombres entremêlés sur le front blanc.

— D'où tu sors ? demanda Louis en se levant. Tu t'es battu ?

Marc se jeta un coup d'œil. Ses habits étaient salis et détrempés par l'escalade et il y avait encore du sang sur sa main.

— Grouille, appelle des secours. Le jeune Gaël est en tas en bas de la falaise, il saigne de partout. Juste après la croix de bois, Mathias est là-bas.

Cinq minutes plus tard, Marc refaisait le même chemin en entraînant Louis à pas rapides.

— C'est Mathias qui a entendu quelque chose, dit Marc.

— Marche moins vite, parle moins vite. Et toi, tu n'as rien entendu ?

— Je ne suis pas chasseur-cueilleur, dit Marc en élevant la voix. Je suis un type normal, civilisé, éduqué. Mes yeux ne voient pas dans le noir, mes oreilles ne perçoivent pas les battements de paupières, mes narines ne reniflent pas les micromiasmes de la sueur. Tandis que Mathias entend encore les aurochs qui défilaient devant la grotte de Lascaux, alors imagine-toi le résultat. Au Sahara, il t'annonce le Paris-Strasbourg, tu te figures si c'est pratique.

— Mais calme-toi, bon sang. Donc, Mathias entend, et ensuite ?

— Ensuite ? Il court, on trouve Gaël – je crois que c'est Gaël – balancé deux cents mètres plus loin, et pendant que je veille le pauvre gars, Mathias repart aussi sec pour ramener sa proie.

Louis s'arrêta sur le sentier.

— C'est vrai, dit Marc, je n'ai pas eu le temps de tout te dire. Mathias a ramené Lina Sevran qui se planquait tout près.

— Nom de Dieu ! Et vous en avez fait quoi ?

— Mathias la tient, ne t'en fais pas.

— Elle peut lui échapper ?

Marc haussa les épaules.

— À la baraque, c'est Mathias qui porte les stères de bois. Mais sans faire mal au bois car Mathias aime le bois. Moi, je porte les petits sacs-poubelles. Regarde, ça clignote là-bas, les secours sont sur place.

Louis entendit Marc respirer profondément.

Mathias était toujours debout sur la falaise, tenant Lina Sevran d'une seule main. En bas, des hommes s'activaient autour du corps de Gaël.

— Ça donne quoi ? demanda Marc.

— Je ne sais pas, dit Mathias. Ils ont descendu brancard et matériel.

— Et Guerrec ? dit Marc. Faut prévenir Guerrec.

— Je sais, dit Louis en regardant Lina. On n'est pas à cinq minutes. On a le temps de se dire trois mots avant. Amène-la par là, Mathias.

Mathias poussa doucement Lina en arrière de la falaise.

— Guerrec va venir, lui dit Louis.

— Je ne l'ai pas poussé, murmura Lina.

— Pourquoi, poussé ? Il aurait pu tomber tout seul.

Lina baissa la tête et Louis la lui releva.

— Il est tombé tout seul, dit Lina.

— Mais non. Vous savez qu'on l'a poussé et vous venez presque de le dire. Gaël est d'ici, il connaît la falaise caillou par caillou. Pourquoi vous planquiez-vous dans le coin ?

— Je me promenais. J'ai entendu un cri, j'ai eu peur.

— Mathias n'a pas entendu de cri.

— Il était loin.

— Il n'y a pas eu de cri, dit Mathias.

— Si. Gaël a crié. J'ai eu peur, je me suis mise à l'abri.

— Si vous aviez peur, vous ne vous promèneriez pas seule dans la nuit. Et quand on entend le cri de quelqu'un qui tombe, on va voir, on va aider, non ? Pas de quoi se cacher en tous les cas. Sauf si on a poussé.

— Je ne l'ai pas poussé, répéta Lina.

— Alors, voua avez vu quelqu'un pousser.

— Non.

— Lina, reprit Louis encore plus doucement, Guerrec va venir. Il est flic. Un type chute en bas d'une falaise treize jours après la mort de Marie. On vous retrouve sur place, planquée dans les arbres. Si vous ne trouvez rien de mieux à dire, Guerrec va faire son métier de flic.

Marc regardait le groupe. Lina tremblait encore, et Louis ne faisait plus sa tête de Goth mérovingien.

— Et vous, reprit Lina, vous faites votre métier de quoi ? Je sais qui vous êtes, la femme du maire me l'a dit. Je ne vois pas la différence avec Guerrec.

— Moi, je la vois. Mieux vaut me parler.

— Non.

Louis fit un signe à Mathias et il emmena Lina à l'écart. Elle tremblait tout en ayant l'air de n'avoir rien à foutre de quoi que ce soit et ça n'allait pas ensemble.

Une heure plus tard, les lieux étaient déserts. Les gendarmes de Fouesnant étaient passés, Guerrec était passé. Il était reparti avec Lina Sevran à son domicile. Gaël avait été emmené, inconscient, à l'hôpital de Quimper.

— Je veux une bière, dit Louis.

Les trois hommes s'étaient regroupés dans la chambre de Kehlweiler. Marc refusa d'aller chercher les bières parce que Louis les avait rangées dans la salle de bains avec Bufo. Louis rapporta trois bouteilles. Marc regardait dans le goulot.

— Lina Sevran, dit-il doucement, l'œil collé à la bouteille, couche avec Gaël. C'est le couple de la cabane Vauban. Marie les surprend, elle la tue. Pourquoi ?

— Peur du divorce, dit Mathias.

— Oui, elle a besoin du fric de l'ingénieur. Ensuite, elle tue l'amant fragile, pour qu'il la boucle.

— Sors de cette bouteille, dit Louis. Si elle couche avec Gaël, pourquoi ne pas attendre que l'ingénieur soit à Paris ? Pourquoi aller s'emmerder dans une cabane glacée à cinq heures quand on peut trouver un bon lit à huit heures ?

— On peut trouver des raisons. Elle était là quand Gaël est tombé. Et elle a flingué le chien.

— J'y pense, dit Louis.

— Qu'est-ce qu'elle t'a dit ?

— Je ne lui ai plus parlé de la falaise, ni du chien. Je lui ai parlé de son premier mari. Il est mort en tombant du balcon, tu te rappelles ?

— Un accident, non ?

— Une chute, comme celle de Gaël. Si c'est un meurtre, il est simple et parfait.

— Qu'est-ce qu'elle en dit ?

Louis haussa les épaules.

— Elle dit qu'elle ne l'a pas poussé, comme pour Gaël. Et elle tremble plus fort que jamais. Il me semble qu'elle a cette histoire en horreur. Je l'ai travaillée sur Diego Lacasta qui, dans cette affaire, était passé en une semaine de la défense vibrante d'un torero au mutisme d'un homme blessé. Elle confirme, elle ajoute même que Diego semble l'avoir constamment soupçonnée. Avant l'accident, il était bavard et confiant avec elle, et il s'est démené à l'enquête. Puis, changement à vue, regards fuyants, silence et défiance. Elle dit que sans la confiance absolue de Marie, de Sevran et des enfants, elle ne s'en serait pas sortie.

— Elle sait où est Diego ?

— Non, mais elle est sûrement satisfaite d'en être débarrassée. Il pesait sur elle comme un vieux fantôme taciturne.

Marc souffla dans sa bouteille.

— Et le vieux fantôme a disparu aussi, dit-il.

— Oui, dit Louis.

Louis marcha dans la petite chambre et alla se planter devant la fenêtre. Il était plus de deux heures du matin. Mathias s'endormait sur un des deux lits.

— Faudrait savoir qui est le couple, dit enfin Louis.

— Tu penses qu'il y en a vraiment un ?

— Oui. Une fois qu'on l'aura, on verra si c'est du solide ou si c'est un leurre. Et si l'auteur du billet versifié est un simple dénonciateur ou un assassin qui nous agite un chiffon rouge. Il doit y avoir ici quelqu'un capable de nous fournir le nom de la maîtresse de Gaël.

— Darnas ?

— Non. Darnas devine, il ne sait pas. Il nous faut quelqu'un qui ait l'œil sur toutes les combines pour son propre profit.

— Le maire ?

— Chevalier n'est pas brillant, mais ce n'est pas un rat d'égout. S'il était capable de s'informer, il n'en serait pas réduit à faire fouiller les poubelles de ses adversaires. Non. Je pense à cette raclure de Blanchet.

— Il ne te rendra pas le service de te documenter.

— Et pourquoi non ?

Louis se retourna. Il resta quelques secondes immobile puis attrapa sa veste, l'enfila lentement.

— Tu m'accompagnes ?

— Où vas-tu ? dit Marc mollement.

— Chez Blanchet, où veux-tu que j'aille ?

Marc sortit brusquement l'œil de sa bouteille. Il avait une marque rouge sur la paupière.

— À cette heure ? T'es dingue ?

— On n'est pas là pour protéger le sommeil de ce type. Deux meurtres, ça va bien comme ça. Ça tourne à l'éradication dans ce bourg.

Louis passa dans la salle de bains, renonça à prendre Bufo, ramassa les papiers sur la table et les fourra dans sa poche intérieure.

— Grouille-toi, dit Louis. T'as pas le choix, parce que si je me fais étendre par Blanchet pendant que tu roupilles à l'hôtel, tu te tortureras la cervelle de remords spectraux jusqu'à la fin des temps, et ça t'empêchera de faire ton Moyen Âge.

— Blanchet ? Tu le soupçonnes ? Tu fais ça comme ça, à la gueule, parce qu'il a une tronche de pisse-froid ?

— Et tu trouves cela normal, toi, de pisser froid ? Et pourquoi tu parles de sa pisse ? T'en sais quelque chose de sa pisse ?

— Tu m'emmerdes ! cria Marc en se mettant debout.

Louis se planta devant Marc et l'examina calmement. Il lui sortit le col de sa veste, lui redressa les épaules, lui leva le menton.

— Comme ça, c'est mieux, murmura-t-il. Prends l'air dangereux, voir. Allez, prends l'air dangereux, on ne va pas y passer la nuit !

Marc regrettait. Il aurait dû rester au tiède dans le XIIIe siècle dans la baraque dans la chambre dans Paris. Le Goth mérovingien était cinglé. Néanmoins, il essaya de prendre l'air dangereux. S'il avait été un homme, ça aurait été facile comme tout, et justement il était un homme, ça tombait bien.

Kehlweiler secoua la tête.

— Pense à quelque chose de moche, insista-t-il. Je ne

te parle pas de bouffe ou de crapaud, quelque chose à grande échelle.

— Le massacre des Albigeois par Simon de Montfort ?

— Si tu veux, soupira Louis. Voilà, ce n'est pas mal, presque crédible. Pendant tout le temps de notre visite, pense à ce Simon. Prends-le, ajouta Louis en montrant Mathias endormi. Ce ne sera pas de trop.

26

Louis frappa plusieurs coups à la porte de Blanchet. Marc était tendu, des petits muscles bougeaient tout seuls dans son dos. Tous les éléments du massacre des Albigeois lui défilaient dans la mémoire, il serrait sa bouteille de bière, un doigt enfoncé dans le goulot. Mathias n'avait pas posé de question, il se tenait dans l'ombre, géant, nu-pieds dans ses sandales, immobile et dispos. Il y eut du bruit derrière la porte. Elle s'entre-bâilla, bloquée par une chaîne.

— Laissez entrer, Blanchet, dit Louis. Gaël a été balancé de la falaise, on va en parler.

— Qu'est-ce que j'en ai à foutre ? dit Blanchet.

— Si vous voulez votre place de maire, vous avez intérêt à vous en mêler.

Blanchet dégagea la porte, hostile, méfiant, intéressé.

— S'il est mort, je vois pas l'urgence.

— Justement, il n'est pas mort. Il pourra parler s'il sort de la vase. Vous voyez l'ennui ?

— Non. Je n'y suis pour rien.

— Emmenez-nous ailleurs. On ne va pas rester debout dans cette entrée toute la nuit. Elle est moche, cette entrée.

Blanchet secoua la tête. Le coup de l'homme bonasse, comme tout à l'heure, de mauvais poil mais bon bougre, dans le fond. Marc pensa que la taille de Mathias et le regard gothique de Louis étaient pour quelque chose dans sa résignation. Blanchet les poussa dans un petit bureau, désigna des chaises, et s'installa derrière une grande table à pieds dorés.

Louis s'assit face à lui, bras croisés, longues jambes allongées.

— Eh bien ? dit Blanchet. On a poussé Gaël ? Si vous n'étiez pas venu ici foutre la merde, on n'en serait pas là. C'est vous qui l'avez sur la conscience, monsieur Kehlweiler. C'est un bouc émissaire que vous venez chercher ?

— Il paraît qu'il y avait un couple à la cabane Vauban. Je cherche le nom de la maîtresse de Gaël. Allez, vite, Blanchet, le nom.

— Je suis censé le savoir ?

— Oui. Parce que vous ramassez tout ce que vous pouvez trouver, au cas où, ça peut servir, pour faire tourner les bulletins de vote. Ça me décevrait beaucoup que vous ne sachiez pas.

— Vous vous gourez, Kehlweiler. Je veux la mairie, je ne m'en cache pas, et je l'aurai. Mais je l'aurai propre. Pas besoin de ces petites histoires.

— Si, Blanchet. Tu chuchotes, tu distilles à droite, tu diffames à gauche, tu discrédites, tu suppures, tu dresses les uns contre les autres, tu doses, tu calcules, tu combines, tu alchimises et, quand le mélange est prêt, tu te fais élire. Depuis Port-Nicolas, tu vises plus gros. Je te trouve trop vieux pour le métier, tu devrais dételer. Alors, le nom de la maîtresse de Gaël ? Dépêche-toi, ça fait deux morts, je voudrais sauver le troisième, si ça ne t'ennuie pas.

— Surtout si c'est toi, pas vrai ?

— Ça peut être moi.

— Et pourquoi je vous aiderais ?

— Si tu n'aides pas, je fais à ta façon, je distille tout demain. Moi aussi, je sais raconter de bonnes histoires.

Un futur maire qui n'aide pas la justice, cela fera crade.

— Tu ne m'aimes pas beaucoup, Kehlweiler ?

— Pas beaucoup, non.

— Alors pourquoi tu ne me colles pas ces meurtres sur le dos ?

— Parce que ce n'est pas toi, je regrette.

Blanchet sourit. Il rit presque.

— T'es vraiment une tête de nœud, Kehlweiler. La maîtresse de Gaël, c'est ça que tu cherches ?

Blanchet se mit à rire doucement.

— S'il n'y a que des gars comme toi pour faire avancer ta justice, on ne va pas s'affoler dans les volières.

Marc se crispait, Louis perdait l'avantage. Et puis cette lutte d'homme à homme lui semblait piteuse et l'emmerdait. Une véritable danse convenue. En une minute, ils étaient passés du vouvoiement glacé au tutoiement agressif. Il ne voyait pas en quoi tout ce raffut était nécessaire en plein milieu de la nuit pour un simple petit renseignement. Il jeta un œil à Mathias, mais Mathias, qui était resté debout adossé au mur, n'avait pas l'air de se marrer. Il attendait, bras le long du corps, regard attentif sous ses cheveux blonds, en chasseur-cueilleur préparé à sauter sur l'ours qui dérange sa caverne. Marc se sentit seul et repensa aux Albigeois.

Blanchet se pencha en avant.

— Tu n'as même pas remarqué, surhomme, que Gaël était pédé comme un phoque ? Tu me fais rire... Tu cherches un assassin et t'es pas foutu de distinguer une poule d'un coq !

— Bon. Alors, le nom de l'homme ?

— Parce que t'appelles ça un homme ? rigola Blanchet.

— Oui.

— Épatant, Kehlweiler, épatant ! Homme compréhensif, respectueux, généreux de ses sentiments et économe de ses jugements ! T'es content de toi ? T'es flatté ? C'est avec cet attirail, avec ton grand cœur et ta jambe de victime que tu fais le beau dans les ministères ?

— Dépêche-toi, Blanchet, tu me fatigues. Le nom de l'homme ?

— Même pour ça, t'as besoin de moi ?

— Oui.

— Voilà qui est mieux dit. Je vais te le donner, ton renseignement, Kehlweiler. Tu pourras le refiler à Guerrec et ça ne vous mènera nulle part. C'est Jean, le merdeux crayeux qui cajole l'église à la païenne, le serviteur dévot du curé, t'avais pas remarqué ?

— Donc, Jean et Gaël, c'est cela ? À la cabane ? Les jeudis ?

— Et les lundis, si ça t'intéresse. Le reste du temps, dévotions et culpabilités, résolutions le dimanche, et on remet ça le lundi sans confession. T'es soulagé ? Alors va faire tes grandes œuvres et coffre-le. Moi, je t'ai assez vu et je vais dormir.

Il était content, Blanchet, finalement. Il s'était bien marré, il s'était fait la gueule de Kehlweiler. Il se leva et contourna le bureau d'un pas satisfait.

— Minute, dit Kehlweiler sans bouger. J'ai pas fini.

— Moi, oui. Si je t'ai donné le nom de Jean, c'est parce que Gaël a été balancé et non pas parce que tu m'impressionnes. Je ne sais rien sur ces meurtres et si tu restes chez moi, j'appelle les flics.

— Minute, répéta Louis. Tu ne vas pas appeler les flics pour un petit renseignement de plus. Je veux simplement savoir d'où tu es. Ce n'est pas bien méchant ? Donnant donnant, moi je suis du Cher. Et toi, Blanchet ? Du Pas-de-Calais ?

— Du Pas-de-Calais, oui ! cria Blanchet. Tu vas me faire chier longtemps ?

— Tu serais pas plutôt de Vierzon ? Je t'aurais plutôt vu par là, dans les environs. Enfin, Vierzon, quoi.

On y arrive, pensa Marc. Où, il n'aurait pas su dire,

mais on y arrivait. Blanchet s'était interrompu dans son mouvement autour de la table.

— Si, Blanchet, si, fais un effort... Vierzon... Tu sais, dans le Centre... Te fais pas plus crétin qu'un autre, je sais que c'est loin, mais fais un effort... Vierzon, sur le Cher... Non ? Rien à faire ? Tu ne remets pas ? Tu veux de l'aide ?

Kehlweiler était tout blanc, mais il souriait. Blanchet reprit rapidement position dans son fauteuil, derrière son bureau.

— Pas de blague, Blanchet. J'ai là deux gars que je n'ai pas amenés pour la décoration, t'aurais tort de les mésestimer. Celui de droite a le cerveau prompt et des mains de brute, il n'a pas besoin d'outillage pour t'éclater le crâne. Celui de gauche a la lame rapide, c'est un fils d'Indien. Tu piges ?

Louis se leva, contourna le bureau à son tour, ouvrit le tiroir en butée contre le ventre de Blanchet, fouilla rapidement sous les paperasses, sortit un flingue, vida le chargeur. Il leva la tête et regarda Marc et Mathias qui étaient maintenant tous deux debout contre le mur, l'un à gauche, l'autre à droite, bloquant la porte. Mathias était parfait, Marc avait presque l'air dangereux.

Il sourit, hocha la tête et revint à Blanchet.

— T'es de Vierzon ou faut que je te pisse dessus pour que tu parles ? Ah... cette histoire de pisse, ça te fait bouger la mémoire, t'as une paupière qui tremble, ça te revient. Rien de tel que les valeurs premières.

Louis s'était placé derrière Blanchet, maintenant le dos de son fauteuil à deux mains. Blanchet ne bougeait pas, il avait un œil qui clignotait tout seul et la gueule serrée.

— On t'appelait le Pisseur, d'ailleurs. Et ne me sors pas tes cartes d'identité, j'en ai rien à foutre. Tu t'appelles René Gillot, sans signe distinctif, yeux marron, nez rond, tête de con, mais l'œil du dessinateur remarque les dents du bonheur, un rond sur la joue droite où la barbe ne pousse pas, des lobes d'oreilles taillés triangulaires, des petites choses, comme tout un chacun son lot, il suffit de s'en souvenir. René dit le Pisseur, raclure de chef de milice de Champon, près Vierzon. C'est là, dans un coin de forêt, que tu tiens ton officine, il y a cinquante-trois ans de ça, t'as dix-sept ans, t'as des couilles de con et tu t'y prends jeune. C'est de là qu'avec ton petit vélo, tu te rends à la Kommandantur pour déverser par spasmes réguliers tes dégueulis de dénonciation. C'est là, en 42, qu'un soldat allemand qui tient la porte, un planton, un boche anonyme et vert-de-gris, te voit aller et venir. Faut se méfier des plantons, René, ça s'emmerde toute la journée alors ça regarde, ça écoute. Surtout un planton qui guette la première occasion de se tirer, pas facile, crois-moi, quand t'as le casque sur la tête. Je sais, je t'emmerde avec mes histoires, c'est vieux tout cela, plus vieux que moi-même, j'ai même pas connu, c'est démodé. Mais c'est pour te faire plaisir. Car je sais bien qu'il y a des vieux trucs qui te tracassent, tu te demandes encore par quel miracle certains de tes dénoncés se sont tirés juste à temps. T'as soupçonné deux de tes camarades, et, je t'alourdis la conscience tout de suite, tu les as descendus pour rien.

Louis lui prit la tête et la tourna vers lui.

— Et le soldat allemand, René ? Tu n'y as jamais pensé ? Le jour hebdomadaire de la remise des volailles, au marché, il n'était pas bien placé pour lâcher dans les caquètements les informations glanées à la Kommandantur ? Il ne savait pas le français, mais il avait appris à dire : « C'est demain à l'aube, il faut partir avant. » Tu saisis à présent ? Ah… tu revois sa gueule maintenant, au soldat, des mois durant t'es passé devant… L'image est un peu floue ? Eh bien, regarde-moi, René, ça va te faire la netteté, il paraît que je lui ressemble beaucoup. Voilà, tu y es, et avec un effort, tu te souviendras de son nom,

Ulrich Kehlweiler. Il sera content de savoir que je t'ai trouvé, si, je t'assure.

Louis lâcha brusquement le fauteuil et le menton de Blanchet qu'il écrasait entre ses doigts. Marc ne le quittait pas des yeux, il sentait des tressaillements dans son ventre, qu'est-ce qu'il fallait faire si Louis étranglait le vieux ? Mais Louis repassa de l'autre côté du bureau et s'assit d'une fesse sur la grande table.

— Tu te souviens du foin quand le soldat Ulrich a disparu ? Toutes les maisons y sont passées. Tu sais où il était ? Ça va te faire rire. Dans la caisse du bois de lit de la fille de l'instituteur. Ingénieux, tu ne trouves pas ? Et puis ça crée des liens. Le jour dans la caisse, avec la peur, la nuit dans le lit, avec l'amour. C'est comme ça que je suis là. Et puis Ulrich et la jeune fille se réfugient dans le petit noyau de résistance. Mais je voudrais pas te lasser avec mes histoires de famille, j'en arrive à ce qui t'intéresse vraiment, la nuit du 23 mars 1944 dans ta maison forestière où tu viens de boucler, avec l'aide de tes dix-sept miliciens, douze membres du réseau de résistance et sept juifs qui se planquaient avec. Peu importe la quantité, tu t'en fous, t'es content de toi. Tu les attaches, tu leur pisses dessus, tes copains suivent, tu leur offres les femmes. Ma mère, qui est du lot, tu l'auras compris, passe sous le gros blond qui s'appelait Pierrot. Vous torturez tout le monde pendant des heures, tu t'amuses bien, si bien que vous êtes tous bourrés comme des coings et que deux femmes arrivent à se faire la malle – eh oui, connard, sinon je serais pas là pour te le dire. Tu t'en aperçois un peu tard et tu décides de passer aussitôt aux choses sérieuses. Tu embarques tout le reste dans la grange, tu ligotes et tu fous le feu.

Louis a frappé sur la table. Marc le trouve livide, gothique et dangereux. Mais Louis se reprend, Louis respire. Blanchet, lui, ne respire presque plus.

— Pour la jeune fille, ça se termine bien, elle se tire, elle retrouve le soldat Ulrich, et ils s'aiment tout au long de la vie, t'es content pour eux, j'espère ? Pour l'autre femme, elle est âgée, tes miliciens la rattrapent et l'abattent dans les bois, aussi simple que ça. Des preuves ? C'est ça que tu te dis ? Tu espères que l'histoire s'efface d'un coup de manche, d'un coup de carte d'identité ? Demande à Vandoosler si l'histoire s'efface, pauvre ordure. J'avais vingt ans quand ma mère me l'a refilée, l'histoire, avec les croquis qui allaient avec. De jolis portraits au trait fin, elle a toujours eu le don du dessin, tu ne pouvais pas te douter. Je t'aurais reconnu entre mille, mon pauvre René. Avec ses croquis et ses descriptions, je n'ai rattrapé que sept de tes petits camarades, au détour de mes balades, mais pas un qui savait le nouveau nom du chef-pisseur. Et puis tu vois, je te retrouve là, t'énerve pas, il n'y a pas de hasard. Ça fait vingt-cinq ans que je sillonne le pays au cul de meurtriers en maraude, à ce rythme-là, ce n'est plus du hasard, c'est de la prospection, je t'aurais retrouvé, un jour ou l'autre. Tu vas me filer les noms, adresses et qualités des neuf autres qui me manquent encore, s'ils ne sont déjà morts. Mais si, tu as ça quelque part, ne me déçois pas, et surtout, ne me fâche pas. Comme ça, ça sera une affaire enfin réglée, et grouille-toi, j'ai pas que ça à foutre dans la vie. Et alors ? T'as peur ? Tu crois que je les zigouille les uns après les autres, tes vieux miliciens ? Je ne leur pisse même pas dessus. Mais si nécessaire je les désamorce, je les démine, je les neutralise, comme je vais faire avec toi. J'attends la liste. Et puis René, tant qu'on y est, je ne suis pas passéiste, crois pas, on va aussi s'occuper de l'actuel. T'es pas resté inerte depuis tes pissées mortelles de jeune homme. Aujourd'hui, tu veux une mairie, et de là tu vises ailleurs. Tu ne fais pas ça tout seul, donc moi, tout simple, je veux la liste de tes nervis contemporains. Toute la liste, tu m'entends bien ? Les subadultes, les adultes, et les vieux cons, tous âges tous sexes toutes fonctions. Quand je démine, je fais ça méticuleusement, j'arrache tout le plant de carottes. Et ajoute-moi ta caisse noire, ça me servira. Tu hésites ? T'as bien saisi que le vieil Ulrich Kehlweiler vit toujours et qu'il te reconnaîtra au tribunal ? Donc tu bloques la machine, tu me passes tes listes, tes paperasseries, tes réseaux, tous tes paquets de merde ou je te fais plonger au trou pour crime contre l'humanité. Idem si une seule des crevures de ta troupe d'aujourd'hui bouge un doigt. Idem si tu touches à mon vieux, ça va sans dire. Idem si tu cherches à te barrer, complètement inutile.

Louis cessa de parler. Blanchet gardait la tête baissée, le regard collé sur ses genoux. Louis se tourna vers Marc et Mathias.

— On n'a plus rien à faire ici, on y va, dit-il. Blanchet, oublie pas ma commande. Ta retraite, ton armée de connards sous l'éteignoir, tes listes, ta caisse. Ajoute le dossier que tu as ficelé contre Chevalier. Je passerai prendre le colis dans les deux jours.

Une fois dans la rue, les trois hommes marchèrent en silence vers la place. Louis passait sans cesse la main dans ses cheveux, qui s'étaient collés en mèches noires sur la sueur de son front. Personne n'eut l'idée d'entrer à l'hôtel, et ils poursuivirent au-delà, vers le port, où ils s'installèrent sur les casiers de bois. Le bruit du vent d'ouest, des vagues et des cordages tenait lieu de conversation. On attendait que les cheveux de Louis sèchent, sûrement. Ça sonna la demie de trois heures à l'église, puis à la mairie, avec du retard. Ce double gong parut tirer Louis de sa sueur et d'une immense fatigue.

— Marc, il y a quelque chose qui te fait souci, dit-il soudainement. Raconte.

— Ce n'est pas le soir. Il y a des instants dans la vie où on ravale son dérisoire.

— Fais comme tu veux. N'empêche que cela fait une heure que tu as le doigt coincé dans le goulot de cette bouteille et que tu ne peux plus le sortir. C'est stupide, mais il faudrait intervenir.

Avec une pierre, Mathias et Louis s'occupèrent de casser délicatement la petite bouteille de bière qui pendait à la main de Marc. Louis jeta les éclats dans la mer, pour pas qu'on se blesse.

27

Jean, si mou si blanc que les gendarmes ne pressèrent pas le pas pour aller le saisir pour garde à vue au mercredi matin, se défila par la fenêtre et prit deux cents mètres d'avance. Il fila au réflexe vers son refuge et se barricada dans l'église.

Ce qui fait qu'à neuf heures du matin, six gendarmes cernaient l'édifice. Les matinaux du Café de la Halle, alertés, déambulaient et commentaient, attendant d'assister aux manœuvres d'extirpation. Ces manœuvres se discutaient entre Guerrec et le curé, qui refusait qu'on éclate un vitrail du XVIe siècle, qu'on enfonce la porte en bois sculpté du XIVe siècle, ou qu'on touche en quoi que ce soit à la maison de Dieu, point terminé. Non, il n'avait pas les clefs, Jean était dépositaire du seul jeu de la commune. Le curé mentait avec résolution. Et qu'on ne compte pas sur lui pour aider à apeurer cet homme désespéré qui avait choisi la protection du Seigneur. Il pleuvait à nouveau, tout le monde était trempé. Guerrec restait impassible, tordant son petit visage, examinant mentalement chacun des murs de l'impasse socio-religieuse où il était coincé. On entendait Jean qui sanglotait hystériquement dans l'abside.

— Lieutenant, dit un gendarme, je vais chercher l'outillage, on dézingue la serrure et on gicle cette brebis hors de là.

— Non, dit le curé. La serrure est du XVIIe siècle et on ne touche pas à l'homme.

— Dites, vous voulez pas qu'on tourne des siècles sous la flotte pour un pédé d'assassin ? On la replacera votre serrure. On y va, inspecteur ?

Guerrec regarda le gendarme, se prépara à lui foutre une gifle et retint son geste. Il en avait marre, Guerrec. Il avait passé la nuit au pied du lit du jeune Gaël, avec les parents, attendant un mot, un regard, qui ne venaient pas.

— Essayez d'entrer, dit Guerrec au curé, et parlez-lui. Je renvoie tous les gendarmes, je reste à proximité.

Le curé s'éloigna sous la flotte et Guerrec alla se poser, seul, sous un arbre.

Louis, qui n'avait pas plus dormi que Guerrec, surveillait la scène depuis le calvaire, assis près de la fontaine à miracles, la main trempant dans l'eau. Depuis qu'il avait reconnu le Pisseur au bar du Café de la Halle – il savait bien que ce café serait charitable avec lui –, ses pensées s'étaient trouvées poissées de crasse et de douleur. Il n'avait plus suivi l'affaire du chien que dans le malaise et le brouillard. À présent, la blessure était à vif mais la crasse était partie, il lavait la main qui avait touché cette crevure, il avait appelé le père, à Lörrach, il avait appelé Marthe, à Paris. Restait à déminer l'exterminateur local ; le môme était toujours entre vie et mort à Quimper et malgré la garde d'un flic, Louis savait qu'à moins de faire vite, une main habile pouvait parvenir à débrancher les tuyaux, ça s'est fait, ça s'est vu, flic ou pas flic, pas plus tard qu'il y a dix ans à Quimper, aurait dit Guerrec. Ses pensées revenaient à l'époux basculé du balcon, au mutisme de Diego, à sa disparition, au visage en fuite de Lina Sevran, aux deux coups de fusil sur le chien, à l'attention protectrice de l'ingénieur.

Trempé comme il l'était, ça n'aurait rien changé qu'il mette directement son genou dans la source.

Louis avait posé Bufo au bord de la fontaine.

— Bouffe, Bufo, bouffe, c'est tout ce que je te demande.

Louis remaillait ses pensées, chapitre après chapitre, un œil sur son crapaud.

— Écoute-moi en bouffant, ça peut t'intéresser. Chapitre un, Lina évacue son mari par le balcon. Chapitre deux, Diego Lacasta pige que Lina a tué et ferme sa gueule pour ne pas peiner Marie, qu'il aime. Tu me suis ? Et comment pige-t-il ça, Diego ? Entre l'enquête à Paris et le retour en Bretagne, qu'est-ce qu'il voit, qu'est-ce qu'il pige, où, comment ? Il n'y a au fond qu'une seule chose intéressante entre Paris et Quimper, c'est le train, le voyage en train. Donc, chapitre trois, Diego voit un truc dans le train, ne me demande pas quoi, et quatre, Diego continue à fermer sa gueule pendant sept ans, même cause, même effet. Cinq, Lina Sevran se débarrasse de Diego.

Louis avait mis sa jambe à tremper dans la rivière, c'était glacé. On pourrait espérer, quand même, que les eaux miraculeuses soient tièdes, eh bien même pas. Bufo, par petits bonds lourds et prudents, s'était éloigné d'un mètre.

— Tu m'agaces, t'es trop con.

Six, Marie doit emménager chez les Sevran. Elle vide sa petite maison et le bureau intact de Diego. Elle tombe sur un papier, un machin, où Diego a consigné l'histoire, c'est dur de tout garder pour soi. Sept, Lina Sevran, qui redoute et surveille ce déménagement, massacre aussitôt la vieille Marie. Là-dessus, le chien, la grève, le doigt, l'excrément, on passe.

Louis sortit la jambe de l'eau gelée de la source. Quatre minutes dans le miracle, ça devrait suffire.

Huit, les flics rappliquent. Lina jette un chiffon rouge pour égarer le billet anonyme, parade banale, efficace. Elle dénonce le couple de la cabane et elle bascule le jeune Gaël, on finira bien par épingler Jean, qui ne sera pas capable de se défendre, c'est certain. Neuf, le mari s'en doute et la protège. Dix, elle est cinglée, dangereuse, elle va débrancher le jeune Gaël.

Louis rattrapa Bufo et se releva avec effort. Le froid de l'eau lui avait comme tapé le genou au marteau. Il fit quelques pas en tirant sa jambe, doucement, pour remettre les muscles en marche. Dix minutes de plus dans l'eau miraculeuse et on en claque.

Un seul obstacle. Comment fait-elle pour taper ce billet sur la Virotyp ? Guerrec a fait des interrogatoires recoupants là-dessus, Lina n'a pas quitté le bar avant que lui-même n'en sorte avec les flics, la boulette de papier en poche. Donc ? Elle ne peut tout de même pas avoir lyophilisé la bécane ?

Louis jeta un coup d'œil plus bas, vers l'église. Apparemment, le curé avait réussi à faire son entrée. Il redescendit lentement la pente jusqu'au lieu de l'attroupement et attrapa Sevran par l'épaule. Savoir ce qui s'était passé en Diego, savoir s'il était survenu quoi que ce soit dans le train du retour, il y a douze ans, dans le Paris-Quimper.

Sevran fronça les sourcils, il n'aimait pas la question. Et puis c'était trop loin, il ne se souvenait plus.

— Je ne saisis pas le rapport. Vous ne voyez pas que c'est une histoire de cul ? dit-il en désignant l'église. Vous ne l'entendez pas pleurer comme un dingue, cet imbécile de Jean ?

— J'entends, mais quand même. C'était un voyage spécial, insista Louis, souvenez-vous. Votre ami Marcel Thomas venait de mourir, vous étiez resté à Paris plusieurs jours pour l'enquête. Réfléchissez, c'est important. Diego a-t-il vu quelqu'un dans le train ? Un ami ? Un amant de Lina ?

Sevran réfléchit plusieurs minutes, la tête baissée.

— Si, dit-il, on a rencontré quelqu'un. Je ne l'ai vu

qu'à l'arrivée, Diego et moi occupions des places séparées dans le wagon. Mais c'est un type qui faisait fréquemment les allers-retours, rien de plus normal. Il connaissait à peine Lina, ils se rencontraient ici quand elle et son mari venaient en vacances, c'est tout, vous pouvez me croire.

— Il était au courant du drame ?

— Je suppose, c'était paru dans le journal.

— Et si ce type avait semblé plus heureux que ne l'exigeaient les circonstances ? Si Diego avait vu ça, depuis sa place ? Où était-il assis ?

— En arrière du wagon. L'homme pas loin de lui, moi devant, dans un quatre-places. Je ne les ai vus qu'en descendant, je ne sais pas ce qu'ils ont pu se dire.

— C'est vrai que Diego avait changé ?

— Dès le lendemain, reconnut Sevran. J'ai cru que c'était le contrecoup. Comme ça a duré, j'ai pensé que quelque chose ne tournait pas rond, en Espagne. Il avait une famille vaste et compliquée. Et puis quoi, ça n'a pas de sens, tout cela.

— Qui était l'homme du train ?

L'ingénieur essuya son visage sous la pluie. Il était contrarié, agacé.

— Ça n'a pas de sens, répéta-t-il, c'est de la voltige, pas autre chose. Jamais Lina...

— L'homme du train ?

— Darnas, lança Sevran.

Louis resta figé sous la pluie pendant que, mécontent, l'ingénieur s'en allait.

Là-bas, devant le porche, le curé amenait doucement Jean, et Guerrec s'approchait. Jean tenait son visage dans ses mains et hurlait dès qu'on le touchait.

Louis repassa à l'hôtel pour changer ses fringues trempées. La grosse figure de Darnas occupait le devant de ses yeux. Darnas il y a douze ans, moins gras, très riche, et le mari de Lina, accroché mais âgé, mais impécunieux, on fait l'échange. Ensuite, quelque chose dérape. C'est Pauline qui emporte Darnas et Sevran qui épouse Lina. Le rôle de Pauline là-dedans ? Louis serra un peu Bufo dans sa poche.

— Ça va mal, mon vieux, lui dit-il, on y pensera dans le train.

Il ramassa un billet que lui avait glissé Marc. Marc avait un sérieux penchant pour les petits mots.

« Fils du Rhin,

J'ai emmené le chasseur-cueilleur voir la Machine à rien. Ne laisse pas ton crapaud faire le con dans la salle de bains, etc. Marc. »

Louis passa par la machine. Devant le regard impassible de Mathias, Marc courait de la manivelle au levier et remettait les messages à Mathias. Marc le vit et vint à sa rencontre. Mathias resta près du socle de la machine, l'œil fixé à terre.

— Je fais un saut à Rennes, dit Louis, des bouquins à consulter. Je rentre ce soir. Quand vous aurez fini avec les oracles, gardez un œil toute la journée sur la maison Sevran et la maison Darnas, c'est possible ?

— Darnas ? dit Marc.

— Je n'ai pas le temps de t'expliquer. Ça cafouille. En tous les cas, et Darnas, et Pauline ont quitté le café après la boule 7 et y sont repassés avant mon départ. Ça cafouille, je te dis. Pense à Gaël, surveille tout le monde. Qu'est-ce que fout Mathias ? Il guette une taupe ?

Marc se retourna et regarda Mathias qui, à présent accroupi, examinait l'herbe sans bouger.

— Oh… ça lui arrive tout le temps, ne t'en fais pas, c'est normal chez lui. Je t'ai dit, très braqué comme type, les archéologues sont comme ça. Un pissenlit de travers, et ça y est, ça le chiffonne, il croit qu'il y a un silex dessous.

Louis descendit à Rennes à trois heures, il fallait faire vite, il était inquiet. Il espérait que Marc avait réussi à laisser tomber les oracles de la machine et que Mathias avait pu s'arracher à ses soupçons archéologiques. Il voulait qu'ils surveillent.

28

Louis occupa le voyage du retour à aller mouiller Bufo dans les toilettes du train – le wagon était sec, surchauffé et défavorable aux amphibiens –, à changer de place et à observer, en levant les yeux, ce qui se reflétait dans le porte-bagages vitré qui courait au plafond du wagon, et à reprendre des pensées que son passage à la bibliothèque de Rennes avait tordues dans un autre sens. Sans l'ombre d'une preuve, il ne pouvait viser directement au but. Il allait falloir faire ça par la bande, une partie de billard à trois boules réellement délicate. Comment avait dit ce type au Café de la Halle ? « Le billard français, c'est plus franc, tu sais tout de suite que t'es con », quelque chose comme ça. Évidemment. Le tout est de ne pas rater la manœuvre. Il s'endormit profondément une heure avant Quimper.

Il ne vit Marc qu'à la dernière minute, tout en noir dans l'obscurité de la place de la gare. Ce type avait le don d'apparaître devant vous à n'importe quel instant et de vous refiler son agitation si on n'y prenait pas garde.

— Qu'est-ce que tu fous ici ? demanda Louis. Tu ne surveilles pas ?

— Mathias est à l'affût devant chez les Sevran et les Darnas dînent chez le maire. Je suis venu te chercher, c'est aimable, non ?

— Bien, dis-moi ce qui se passe mais je t'en prie, résume-toi.

— Lina Sevran s'apprête à se faire la malle en douce.

— Tu es sûr ?

— J'ai escaladé le toit de la maison d'en face et j'ai regardé. Une petite valise, un sac à dos, elle ne prend que le strict nécessaire. Quand Sevran est sorti, elle a filé se commander un taxi pour demain six heures. Je peux dilater ou je continue à résumer ?

— Cherche un taxi, dit Louis. Faut qu'on se grouille. Où est Guerrec ?

— Il a emmené Jean en garde à vue et le curé fait la gueule. Cet après-midi, Guerrec était auprès de Gaël, toujours pareil. Mathias a bien travaillé sur son site archéologique...

— Vite, cherche un taxi.

— Je te parlais du site de Mathias, merde.

— Mais bon sang ! dit Louis en s'agitant à son tour, tu ne peux donc pas trier les urgences ? Qu'est-ce que tu veux que j'en foute, du site archéologique de Mathias ? Qu'est-ce que tu veux que j'en foute si vous êtes cinglés tous les deux ?

— T'as de la chance que je sois le bon type qui te prête sa jambe et sa patience, mais il n'en reste pas moins que le site de Mathias, c'est une tombe. Et si tu veux que je résume, que je compacte, c'est la tombe de Diego creusée à faible profondeur, le corps couvert par un lit de cailloux et le tout scellé par deux des pieds de la colossale Machine à rien. C'est comme ça.

Louis tira Marc à l'écart de la sortie de la gare.

— Explique-toi, Marc. Vous avez ouvert ?

— Mathias n'a pas besoin d'ouvrir la terre pour savoir ce qu'il y a dessous. Un rectangle d'orties qui ne poussent pas comme les autres et ça lui suffit. Le rectangle tombal est coincé sous la Machine à rien, je te dis. Machine à rien, mon œil. Ça m'étonnait aussi qu'un gars comme Sevran se soit crevé pour zéro, ce n'est pas son profil. Avec l'ingénieur, il faut que tout serve. Je sens les gars qui ont le goût de l'inutile, on repère toujours ses pareils. Lui, il a le sens exaspéré de l'utile. Alors, sa machine, elle sert diablement bien à quelque chose. À coincer la tombe de Diego, deux pieds de fer par-dessus et on n'y touche plus. Je me suis renseigné à la pause bouffe auprès du maire. C'est à cet endroit qu'on devait installer la grande surface. Tu imagines les dégâts en creusant les fondations ? Mais Sevran a proposé une grande machine, c'est lui qui a convaincu le maire, c'est lui qui a déterminé l'emplacement exact dans le sous-bois. Pour l'amour de l'art, on a déplacé l'installation de la grande surface de cent vingt mètres en arrière. Et Sevran a monté sa machine sur la tombe.

Satisfait, Marc traversa la place en flèche pour arrêter un taxi. Louis le regarda courir en se mordant la lèvre. Bon sang, pour la machine, il n'avait pas été clairvoyant. Marc avait entièrement raison, Sevran n'était en aucun cas un homme de l'inutile. Un piston doit pistonner, un levier lever, et une machine servir.

29

Ils arrêtèrent le taxi à cinquante mètres de chez les Sevran.

— Je ramasse Mathias, dit Marc.

— Où est-il ?

— Là, planqué, la masse noire sous la masse noire dans la masse noire.

En plissant les yeux, Louis distingua le grand corps replié du chasseur-cueilleur qui guettait la maison sous la pluie fine. Avec ce type à l'affût devant la porte, on ne voit pas comment on aurait pu se tirer.

Louis s'approcha de la porte et sonna.

— C'est ce que je craignais, ils ne vont pas répondre, Mathias, enfonce une porte-fenêtre.

Marc enjamba la porte-fenêtre brisée et aida Louis à la franchir. Ils entendirent Sevran dévaler l'escalier et le stoppèrent à mi-chemin. Il avait l'air affolé et il tenait un pistolet en main.

— Une seconde, Sevran, ce n'est que nous. Où est-elle ?

— Non, je vous en prie, vous ne comprenez pas, vous…

Louis poussa doucement l'ingénieur et monta à la chambre de Lina, suivi de Marc et Mathias.

Lina Sevran était installée raide à une petite table ronde. Elle s'était arrêtée d'écrire. La bouche trop grande, les yeux trop vastes, les cheveux trop longs, tout inquiéta Marc dans sa posture fixe, défaite, la main qui se serrait autour du stylo. Louis s'approcha, prit la feuille et lut en murmurant :

— *Je m'accuse des meurtres de Marie, de Diego et de mon mari. Je m'accuse et je disparais. J'écris ceci dans l'espoir que mes enfants...*

Louis reposa la feuille d'un geste fatigué. L'ingénieur croisait et décroisait ses mains en une sorte de prière torturée.

— Je vous en prie, dit Sevran à moitié criant, laissez-la aller ! Qu'est-ce que ça change, hein ? Les enfants ! Laissez-la aller, je vous en prie... Dites-lui, je vous en prie... J'ai voulu qu'elle parte, mais elle ne m'écoute plus, elle dit qu'elle est terminée, qu'elle n'a plus la force et... je viens de la trouver là, en train d'écrire ça, avec le pistolet... Je vous en prie, Kehlweiler, faites quelque chose ! Dites-lui de partir !

— Et Jean ? demanda Louis.

— Ils n'auront pas de preuves ! On dira que c'est Diego, hein ? Diego ! On dira qu'il est toujours vivant, qu'il est revenu tuer tout le monde, hein ? Et Lina partira !

Louis grimaça. Il fit un signe à l'ingénieur qui s'était tassé sur une chaise, et emmena Marc et Mathias en bas, dans la salle des machines, où ils chuchotèrent un court moment dans l'ombre des bécanes.

— C'est d'accord ? dit Louis.

— C'est prendre un gros risque, murmura Marc.

— Il faut tenter ça pour elle, ou elle est foutue. Allez, Mathias, file.

Mathias ressortit par la fenêtre cassée et Louis remonta à l'étage.

— C'est entendu, dit-il à l'ingénieur. Mais d'abord, on passe à la grande machine. On a un truc à y régler. Lina, ajouta-t-il en baissant la voix, prenez votre valise.

Comme Lina ne bougeait toujours pas, il la souleva doucement des deux bras et la poussa vers la porte.

— Marc, prends sa valise et son sac, son manteau aussi, il flotte.

— Où est l'autre, le grand ? demanda Sevran la voix inquiète. Il a filé ? Il est parti prévenir ?

— Il est parti couvrir.

Les trois hommes et Lina marchèrent sous la pluie. Quand ils aperçurent au loin la silhouette géante de la Machine à rien, Louis demanda à Marc de rester au guet à l'arrière. Marc s'arrêta et les regarda continuer en silence. Louis tenait toujours Lina par l'épaule. Elle se laissait pousser, sans plus de réaction qu'une folle apeurée.

— Voilà, dit Louis en s'arrêtant au pied de la grande ferraille. Qu'est-ce qu'on fait de ça, Sevran ? dit-il en désignant le sol. Car c'est bien là qu'est Diego ?

— Comment vous l'avez su ?

— Il y a ici quelqu'un qui sait distinguer l'inutile vrai de l'inutile trafiqué, et un autre qui sait lire sous la terre. À eux deux, ils pouvaient comprendre que ce monument de l'inutile servait de toute sa masse à sceller Diego. C'est bien ça ?

— Oui, chuchota Sevran dans la nuit. Quand Lina a compris que Diego avait décidé de l'accuser du meurtre de Thomas, elle l'a entraîné dehors. Diego a accepté de discuter, mais il avait pris son fusil. Le vieil homme était fragile, elle l'a eu facilement et elle l'a abattu. Je les avais suivis, j'ai vu Lina tirer sur lui. J'étais atterré, j'ai tout appris ce soir-là, l'assassinat de Thomas, et puis ce crime… Et en quelques secondes, je me suis décidé à aider Lina, toujours. Je l'ai ramenée à la maison, j'ai pris une pelle, je suis reparti en courant, j'ai tiré le corps dans le bois, je l'ai enterré, j'ai mis des pierres dessus, j'étais en sueur, j'avais peur, j'ai bien rebouché, tassé, étalé des aiguilles de pin… Puis j'ai été poser le fusil sur le port et j'ai détaché une barque. Ce n'était pas brillant, mais il fallait improviser vite. Et puis tout s'est calmé, Lina aussi.

Sevran lui caressait les cheveux et Lina, toujours maintenue par le bras de Louis, ne tournait pas la tête.

— Plus tard, j'ai appris qu'on allait déboiser la parcelle et construire ici même. On allait creuser, trouver. Il fallait une grande idée pour éviter cette catastrophe. Alors j'ai conçu le plan de la machine. Il me fallait un truc assez lourd pour qu'on ne le déplace pas avant un siècle, un truc qui puisse tenir sur des fondations en simple percée…

— Passez sur la technique, ingénieur.

— Oui… oui… un truc surtout qui puisse assez séduire le maire pour qu'il déplace le projet immobilier. Je me suis escrimé sur cette foutue bécane, et personne ne pourra dire qu'elle n'est pas unique au monde, non, personne…

— Personne, le rassura Louis. Elle a rempli son but, jusqu'ici. Mais il vaudrait mieux déterrer Diego et l'emporter ailleurs, ce serait plus…

Un hurlement passa dans la nuit, puis un autre plus faible, étranglé. Louis leva brusquement la tête, regarda autour de lui.

— Marc, nom de Dieu ! cria-t-il. Restez là, Sevran.

Tirant son genou, Louis courut vers le bois et s'y enfonça. Il retrouva Marc où il l'avait laissé, avec le sac et la valise.

— Tu parles d'une fontaine miraculeuse, lui dit Louis en frottant sa jambe. Viens, on y retourne, ça n'a pas dû traîner.

Cent mètres plus avant, ils entendirent un choc sourd.

— Ça, dit Marc, c'est la chute du chasseur-cueilleur sur le dos de sa proie. Te presse pas, il ne raterait pas un bison.

Au pied de la machine, Mathias maintenait l'ingénieur au sol, les deux bras repliés sur les reins.

— À mon avis, dit Marc, il ne faudrait pas laisser Sevran trop longtemps là-dessous, il va réduire.

Louis reprit Lina par les épaules. Il faisait ça instinctivement, il avait toujours l'impression qu'elle allait se casser la gueule.

— C'est bouclé, lui dit-il. Il n'aurait pas eu le temps, Mathias surveillait. Alors, Mathias ?

— Comme prévu, dit Mathias, qui était installé sur le dos de Sevran aussi paisiblement que sur un tapis roulé. Dès que tu n'as plus été en vue, il a serré le flingue dans la main de sa femme et il lui a collé sur la tête. Il avait peu de temps pour la suicider, j'ai dû faire vite.

Louis détacha les courroies du sac à dos.

— C'est bon, tu peux lâcher la bête. Remets ce mec sur ses pieds et attache-le au pilier de la machine. Et, s'il te plaît, va nous chercher Guerrec.

Louis détailla l'ingénieur dans l'obscurité. Marc ne prit pas la peine de regarder, il était sûr qu'il avait pris sa tête de Goth du Danube inférieur, celle de la mosaïque.

— Alors, Sevran ? dit Louis, la voix basse. Tu veux qu'on lui demande les réponses, à ta machine de mort ? Pourquoi t'as assassiné Thomas ? Pour avoir Lina et, avec elle, la collection unique de machines du physicien ? Vas-y, Marc, donne un coup de manivelle.

Il ne sut pourquoi, Marc tourna et toute la masse d'acier se mit à nouveau à vibrer. Au bout, Marc courut récupérer le petit message. Il l'avait tellement fait qu'il savait exactement où mettre le doigt dans le noir pour récupérer le papillon souvenir.

— Comment tu l'as fait, tu vas nous le dire. Une astuce qui a fait se pencher ton ami par-dessus la rambarde, pour te voir dans la cour d'où tu l'appelais. Comment Diego l'a compris ? Vas-y, Marc, tourne. Il l'a compris dans le train, en te regardant dans le miroir du porte-bagages. On voit tout là-dedans, toute la gueule et même les mains de ceux qui sont dans le quatre-places, si on est placé en arrière. C'est un détail qu'on oublie. On se croit tranquille dans le train, tout seul, alors que tout le wagon peut vous voir dans le verre du porte-bagages. Je le sais, je passe mon temps à regarder les autres en l'air. Et toi, de quoi avais-tu l'air dans le train du retour ? Tourne, Marc, fais cracher la vérité à ce tombeau de ferraille. De l'ami effondré qu'on avait vu à l'enquête ? Pas du tout. Tu souriais, tu profitais, et Diego l'a vu. Et pourquoi s'est-il tu, le torero ? Parce qu'il a cru que Lina avait tué son mari et que tu étais complice. Accuser Lina, que Marie avait élevée depuis l'enfance, c'était anéantir Marie. Diego aimait Marie, il a voulu qu'elle n'en sache jamais rien. Mais avec vous deux, pire encore après votre mariage, il avait changé. Et un soir, Diego a su que Lina n'y était pour rien, qu'elle ne savait rien. Comment ? Tourne, Marc, merde ! Je n'en sais rien, tu nous diras ce qu'il a surpris. Une conversation de Lina, une lettre peut-être, un signe qui lui a fait comprendre. Diego sait alors que tu es le seul tueur, et il n'a plus aucune raison de se taire. Il va te voir. Tu l'emmènes, tu veux discuter, vous êtes amis depuis si longtemps. Diego, prudent, emporte tout de même son fusil. Mais il ne fait pas le poids, Diego, l'Espagnol sentimental, face à toi, mécanique d'acier dont rien n'enraye la bonne marche de tes leviers, de tes pistons, de tes engrenages, huilés à l'orgueil, graissés à l'ambition, tous tapant, frappant pour assurer ton pouvoir. Tu l'abats, tu l'enterres ici. Et pourquoi tu tues Marie, la vieille Marie qui attendait son Espagnol en ramassant des bigorneaux ? Parce que Marie déménage, Lina veut la prendre chez elle. Cela t'inquiète, ce sacré déménagement. Et si Diego avait laissé des traces ? Tu as déjà tout fouillé depuis longtemps dans leur maison, mais sait-on jamais, une petite cachette entre époux ? Tu prends ta bagnole pour filer sur Paris comme tous les jeudis soir, tu la planques, tu t'arrêtes chez Marie, tu regardes. Elle n'est pas aux bigorneaux, la pauvre vieille, elle pleure tout ce qu'elle sait dans le bureau de Diego qu'elle a mis en cartons, elle tourne et retourne dans la chambre vide, tapote les meubles souvenirs, et puis elle trouve. Quoi ? Où ? Tu nous le diras, peut-être quelques feuilles roulées dans le vieux parapluie, resté dans le coin de la porte. Je dis parapluie parce que ça ne se met pas en carton et qu'il y en avait un dans la pièce, j'ai demandé. Je vois ça comme ça, une cachette simple, tu nous diras. Elle lit, elle sait. Tu prends Marie, tu l'assommes, tu l'emmènes, tu l'écrases dans la cabane, dans le bois, où tu veux, et tu la descends sur la grève. Cela ne t'a pas pris dix minutes. Retrouver la botte et la rechausser te fait perdre dix autres minutes. Tu te tires à Paris, et là, c'est le drame. Le drame animal que la mécanique de ton être n'a pas prévu : le chien défèque sur la grille d'arbre. C'est beau, non ? Tu ne trouves pas ? La nature fondamentale, intestinale, qui vient enrayer la perfection nickelée de tes turbines... Dorénavant, tu le sauras, ne fais pas confiance à la nature et ne prends pas de chien. Les flics arrivent ici, c'est l'enquête, c'est imprévu, tu remets ton moteur en marche et tu pares le coup, plaçant ta sauvegarde dans la sainte mécanique. Tu accuses Gaël et Jean, tu me glisses le billet dans la poche. Bien vu, ingénieur, tu m'as retardé, et puis j'avais l'esprit embrouillé par autre chose. Je me suis renseigné sur ta Virotyp 1914. C'est une machine singulière, dont la partie supérieure est démontable, ajustable sur un tout petit chariot, et donc portable, n'est-ce pas ? Si portable qu'elle peut tenir dans une poche et qu'avec de l'habileté, et tu en as, on peut taper un billet la main dans le manteau. Mais comment ? Comment voir les lettres sur le disque ? Taper en aveugle ? Justement oui, tu peux faire ça. Il existe une version lettres et braille de la Virotyp, conçue pour les aveugles de la Grande Guerre. Et c'est celle que tu possèdes, une pièce plutôt rare. J'ai été lire tout ça à Rennes dans le bouquin d'Ernst Martin, la référence des collectionneurs, celui qui traîne sur le buffet de ta cuisine. Je l'avais remarqué, comprends-tu, c'est un livre allemand. Ta Virotyp, c'est l'idée de génie. Aux yeux de tous, tu es resté l'après-midi entier au café. Tu n'as pas pu taper le billet, tu es insoupçonnable, parfaitement protégé par les secrets de ta merveilleuse machine. Je l'ai assuré moi-même à Guerrec. En réalité, tu as terminé ton message sur place, dans ta poche, après avoir joué la 7. Tu avais remis ton manteau après la partie. Ensuite, c'est facile, saisir le papier avec un mouchoir, le bouchonner, le laisser tomber dans ma veste. Quand tu es rentré chez toi, tu as réinstallé la pièce démontable sur le grand socle de la Virotyp. Tu me permettras d'aller revoir ta bécane, elle m'intéresse, j'avoue que je ne connaissais pas. Et tu comptais là-dessus, qui peut connaître ça ? Qui peut s'imaginer qu'une antique machine peut tenir dans la poche d'un manteau ? Mais comme ça grippait dans le tableau, j'ai été consulter les livres, je suis parfois un homme de recherche, ingénieur, faut pas prendre le monde entier pour des cons, c'est là l'erreur. Et puis, tu as poussé Gaël, tu n'en as rien à faire de la vie de Gaël, ce n'est qu'un levier dans ton immonde construction.

Louis suspendit sa phrase et étira ses bras. Il regarda Marc et Mathias.

— Je m'énerve, moi, comme dirait Marthe. Faut qu'on en termine. Lina t'a suivi quand tu es sorti à la nuit pour rejoindre Gaël. Et si Lina t'a suivi, c'est qu'elle te soupçonne. Et si elle te soupçonne, son sort est réglé. Tu laisses monter les doutes contre elle. L'arrestation de Jean te paraît mal assurée. Guerrec t'a semblé mou, ce matin, à l'église, quand le dévot sanglotait la perte de son ami Gaël. C'est donc Lina qui va payer, avant qu'elle ne flanche. Tu as dû tout faire pour qu'elle ne parle pas, je suppose que tu as été au plus simple, tu as menacé de toucher aux enfants. Lina se taira forcément, Lina crève de peur. Depuis mon arrivée et l'histoire du chien, elle a peur. Salut, Guerrec, je termine avec ce type et je te le repasse. Gaël ?

— Ça revient, dit Guerrec.

Il avait l'air content, Guerrec, il s'était attaché au petit.

— Écoute la fin, reprit Louis, je te redirai le début tout à l'heure. Lina a peur à cause du doigt dans la gueule du chien. Parce que les jeudis soir, le chien sait que tu pars et il te suit partout. N'importe quel chien fait cela, même ton pit-bull, mais je suis resté trop longtemps avec mon crapaud pour m'en souvenir tout de suite. Lina, elle, le sait. L'idée monte. Si le chien a mangé le doigt de Marie jeudi soir, c'est que toi, Sevran, tu étais à proximité, le chien ne t'aurait pas décollé les soirs où tu sors la bagnole. L'idée monte et l'étrangle, elle pense à son premier mari, à Diego, le scénario sort des ombres, elle panique, elle se croit folle, elle te croit fou, elle n'arrive plus à agir normalement. Elle a si peur, elle est si muette, qu'elle donne prise à tous les soupçons. Elle te guette, elle te suit. À partir de là, elle est condamnée, et comme des cons, on suit ta piste, un jour de trop. En rentrant ce soir, avec le secret de la Virotyp, je te tenais, mais sans preuve. Sans autre preuve que l'ignorance crasse de Lina pour les machines, ça ne comptait pas. Ou que ma preuve par le chien. Il m'avait éjecté sa vérité, il m'en donnait une autre, post mortem : le chien détestait Lina, il ne l'aurait jamais suivie à la grève. Avec des preuves aussi fragiles, et avec le silence buté de Lina qui protégeait ses mômes, elle était foutue. Il fallait créer la preuve. Ce soir, quand je t'ai vu lui extorquer des aveux pour la suicider ensuite, tu m'offrais le moyen. Je m'étais hâté pour revenir de Quimper, je te l'assure, quand j'ai su qu'elle avait voulu fuir aujourd'hui. Lina en fuite, c'était trop risqué pour toi, tu allais l'effacer. Et pourtant, on peut imaginer que tu l'as assez aimée pour la prendre à Thomas, à moins que tu n'aies voulu que ses machines, c'est fort possible. Je t'ai entraîné ici, pour que tu la suicides dans le seul instant de répit que je te laissais en courant vers Marc, tu n'avais plus le choix du lieu ni du moment. Tu comprends maintenant que Mathias était posté en avant-garde. Je n'aurais pas pris ce risque sans être assuré que le chasseur te tomberait sur le dos. Tu es une ordure, Sevran, j'espère que tu l'as bien compris, parce que je n'ai pas le courage de recommencer.

Louis revint vers Lina et prit son visage dans les mains, pour voir si la terreur passait.

— On reprend les valises, lui dit-il, on y va.

Cette fois, Lina dit quelque chose. C'est-à-dire qu'elle fit oui avec la tête.

30

Louis resta au lit jusqu'à dix heures.

Il ramassa Marc et Mathias pour aller chez Blanchet.

Depuis que Louis lui avait fait endosser le rôle de l'Indien chez le milicien, ça distrayait Marc de faire l'Apache, à condition de ne pas en abuser. Pour une fois qu'il collait à peu près avec ses bottes, il aurait été mal venu de rechigner. Mathias souriait aussi, l'écrasement du milicien lui avait plu, encore que le terme de mains de brute qu'avait employé Louis à son égard l'ait un peu choqué. Il n'y avait pas fouilleur plus délicat que lui pour dégager les vestiges fugaces et les micro-burins des chasseurs magdaléniens. Mathias avait oublié de se coiffer ce matin, et il passait ses doigts dans l'emmêlement épais de ses cheveux blonds. Encore que, il voulait bien l'admettre, il n'aurait rien eu contre abattre ses poings de fouilleur précautionneux sur le crâne de Blanchet.

Personne n'eut à faire quoi que ce soit.

— Je viens prendre ma commande, dit Louis.

Blanchet avait tout préparé, il lui tendit sans un mot deux vieilles sacoches ficelées et un petit carton, et la porte se referma.

— On va au café et on part ? demanda Marc, qui portait le carton.

— Donne-moi jusqu'à ce soir pour les finitions, dit

Louis. Et puis je dois voir Pauline. Juste je dis salut et on part.

— Bien, soupira Marc, alors j'emmène le seigneur Hugues au Café de la Halle, c'est là que tu me trouveras.

Louis partit en quête de Guerrec. Marc posa les comptes de la seigneurie sur une table que lui dégagea la vieille Antoinette, et il entama une partie de baby-foot avec Mathias. Louis avait dit que maintenant on pouvait parler, tout raconter comme on voulait à tous ceux qui seraient au café, et rien ne pouvait mieux décontracter Marc. Mathias ne s'opposait jamais aux bavardages élaborés de Marc, Mathias était un homme parfait. En attendant, pendant que Marc discourait tout en jouant, cerné des pêcheurs, des employés de la mairie, de la vieille Antoinette qui surveillait les allées et venues des verres de blanc, ça permettait au chasseur d'emporter toutes les parties, mais Marc ne logeait pas sa fierté dans la petite boule du baby.

Louis revint au café vers une heure. Sevran, après une crise de fureur pendant la nuit, si alarmante qu'il avait fallu appeler le médecin, s'était prêté ce matin aux interrogatoires de Guerrec et lui avait jeté les informations comme la bouffe à un chien, avec hargne, tremblement et mépris. Ça ne gênait pas Guerrec d'être constamment traité de minable, tant que les informations tombaient. Pour basculer son ami Thomas du balcon, Sevran avait utilisé un moyen simple. Il était revenu dans la cour, une fois Diego endormi à l'hôtel. Thomas l'attendait sur la terrasse, ils en avaient convenu ainsi tous les deux. Lina s'était toujours foutue des machines à écrire, à l'exception d'un unique modèle, « la Hurter », pour le motif infantile qu'on la disait introuvable. Personne n'avait jamais possédé la Hurter. Sevran, lui, venait de mettre la main dessus, et comptait l'offrir à Lina pour son prochain anniversaire, immense cadeau, secret entre les deux hommes. Il apporta donc le lourd engin dans la cour, emballé dans une couverture et attaché par une longue courroie qu'il lança à Thomas. Attache-la à ton poignet, des fois qu'elle tombe. Thomas attacha, hissa la bécane, et quand elle fut élevée à près de deux mètres, Sevran sauta, s'agrippa dessus et tira. Thomas bascula et Sevran l'acheva d'un coup de tête contre le sol de la cour. Il trancha la courroie attachée au poignet et il était déjà dans la rue quand Lina se précipita sur le balcon. La machine avait pris des coups, précisa-t-il, mais c'était une grossière Olympia de bureau des années trente. La Hurter, non, pauvre minable, il ne l'avait jamais trouvée. Et s'il l'avait trouvée, il ne le dirait pas.

Louis entraîna le maire, c'était l'apéritif, dans l'arrière-salle et se colla le dos au feu. Le maire écoutait l'exposé de Louis, ça bougeait un peu dans l'étang, il y avait du mouvement dans les ondoiements des carpes qui l'habitaient.

— « Divers », ça veut dire quoi, au juste ? demanda Louis.

Chevalier dansa d'un pied sur l'autre, retournant ses doigts à l'envers.

— Fais comme ça te dit, Chevalier, dit Louis qui avait fini par tutoyer tout le monde. Si tu veux me faire plaisir, de temps à autre, prends le temps de penser dans ton lit le matin, ou le soir avec ton cognac, comme tu veux, ça m'indiffère, pense au Pisseur, par exemple, et tâche de tirer tes conclusions, pas trop diverses, tu me feras plaisir mais ça te regarde. Moi je te fais plaisir, je te repasse tout le dossier que Blanchet avait ramassé contre toi.

Chevalier eut un regard inquiet.

— Oui, je l'ai lu, évidemment, dit Louis. Je l'ai lu et je te le laisse. C'est bien ficelé, Blanchet savait ficeler, comme je te l'ai dit. Tes embrouilles sont banales, diverses, dirais-je, ça ne va pas bien loin, ça ne m'intéresse pas, mais elles t'auraient fait chuter, c'est plus que probable. Je te rends le tout, tu peux lire, brûler, et faire propre. Je te rends le tout intact, pas une pièce qui manque, tu as ma parole. Quoi, Chevalier ? Tu ne crois pas à ma parole ?

Chevalier cessa d'ondoyer et regarda Louis.

— Si, dit-il.

Louis posa une grosse chemise sanglée dans la main tendue du maire. Le bras s'abaissa un peu.

— C'est lourd, hein ? dit Chevalier en souriant.

Il le feuilleta et les carpes se cognèrent au fond de l'étang. Elles étaient emmerdées, les carpes, et ça se voyait. Un peu de lisibilité revenait à la surface des eaux.

— Merci, Kehlweiler. Je penserai peut-être à vous, mais le soir. Ne comptez pas sur moi pour me lever le matin.

— Ça me va, dit Louis. Pas avant midi, si on a à se parler un jour.

Louis revint au bar et demanda le téléphone à Antoinette. Antoinette lui donna un jeton, ça fonctionnait encore comme ça, et apporta une bière sans qu'il ait rien demandé. C'est à ces détails qu'on sait qu'un café vous est entré dans l'âme.

— Lanquetot ? C'est l'Allemand. Meurtre, meurtre et meurtre, affaire conclue, on va tenter d'encadrer Paquelin. Le temps de contacter deux trois connaissances au ministère et je passe te voir après-demain avec un sandwich. Non, pas avant onze heures.

Louis avait tourné la tête en raccrochant. Jean, tout blanc, le corps plus flou que jamais dans ses fringues de faux curé, les yeux rouges, hésitait sur le seuil du café. Louis eut peur, alla jusqu'à la porte et l'attrapa par le bras.

— Gaël ? C'est Gaël ? dit-il en le secouant.

Jean le regarda sans parler et Louis le tira jusqu'au comptoir.

— Mais parle, merde !

— Gaël va bien, il a mangé, dit Jean avec un sourire vacillant. C'est la Vierge qui m'a parlé ce matin, ça m'a fait pleurer, elle dit qu'elle m'excuse.

Louis souffla. Il ne s'était pas rendu compte à quel point il tenait à ce que la dernière victime de Sevran survive au massacre. Que le gosse vive, c'était tout ce qu'il demandait maintenant à Port-Nicolas.

— La Vierge... reprit Jean.

— Oui, dit Louis. La Vierge est contente, elle dit que t'as le droit de revoir Gaël, tant mieux, elle est sympathique comme tout, brave femme dans le fond. Bois un truc.

— Non, dit Jean d'une voix inquiète, elle n'a pas dit ça. Elle dit...

— Non, Jean, non, c'est que tu auras mal entendu, elle t'a dit de faire comme j'ai expliqué. Tu me fais confiance au moins, Jean ? T'es sorti de tôle, ce n'est pas pour aller t'anémier toute ta vie dans l'abside, hein ? Tu iras dehors aussi, n'est-ce pas ? Tu me fais confiance ?

Jean sourit plus fort.

— T'es sûr ? dit-il.

— Certain, ma jambe à couper. Bois un truc.

Jean hocha la tête. C'est à ce moment que Louis se rendit compte, au silence qui régnait dans le café, hormis les bruits du baby-foot, que s'il n'avait pas été chercher Jean à la porte, il n'était pas certain que le mur des regards l'eût laissé pénétrer.

— Antoinette, dit-il, Jean veut boire un truc.

Antoinette servit un muscadet et le mit dans les mains de Jean.

Louis passa chez Lina, les enfants étaient arrivés ce matin, ça irait. Il se retrouva sur la route vide qui conduisait au centre de thalassothérapie. Il fallait qu'il dise salut. Il n'avait pas osé demander à Marc de le pousser jusque-là sur son vélo, mais il n'empêche que le bain glacé d'hier dans la source n'avait fait aucun bien à sa jambe. Il allait juste dire salut. Peut-être demander si c'était à cause de cette jambe qu'elle était partie. Peut-être demander autre chose, tant pis pour Darnas. Tant pis pour Darnas si elle acceptait. Si elle n'acceptait pas, bien sûr, il fallait considérer les choses autrement. Ou alors juste dire salut et puis on s'en va. Louis s'arrêta à mi-chemin sur la route mouillée. Ou alors, peut-être, juste laisser un petit mot, une lettre minable, « mon crapaud fait le con dans la salle de bains, il faut que j'y aille », il y en a bien d'autres qui le font, et se tirer de là. Parce que si Pauline était partie à cause du genou, ou pire si elle ne l'aimait plus, ou si elle préférait Darnas, mieux valait ne pas le savoir. Ou si. Ou non. Ou alors juste dire salut. Louis eut un regard pour la grosse baraque du centre qu'on apercevait au loin, dans son grand parc, il rebroussa chemin et alla jusqu'à la machine. Il y avait des flics, on allait s'occuper de la tombe de Diego. Il en poussa un qui bouchait l'accès à la manivelle et sans se préoccuper des regards, il actionna l'engin, alla récupérer son papillon. *Pourquoi hésiter ? Souvenir de Port-Nicolas.* Imbécile, dit Louis entre ses dents.

Il revint lentement vers le café, se posa au comptoir et demanda du papier à Antoinette. Il écrivit une demi-page, plia et mit un scotch.

— Antoinette, dit-il, j'aimerais que tu remettes ça à Pauline Darnas quand tu la verras, tu veux ?

Antoinette glissa le petit papier dans sa caisse. Marc lâcha son baby-foot.

— Tu ne vas pas dire salut et on y va ?

— Je ne veux pas qu'on me dise salut, à la bonne heure et bon voyage. J'enferme le doute dans ma valise et on y va.

— C'est curieux, dit Marc, c'est un peu mon système. Veux-tu que je te réexplique mon système ?

— Non, fais gaffe, ton seigneur médiéval est en train de partir en eau.

Marc se retourna et courut vers la table où un verre renversé sur son dossier fuyait doucement sur les feuilles.

— Elle le fait exprès, cria Marc en tamponnant le papier gondolé avec le bas de sa veste. L'Histoire se mouille, l'Histoire se fripe, l'Histoire s'efface, alors elle panique, elle se met à hurler comme une enfant, et tu te rues à son secours, tu ne sais même pas pourquoi ! C'est toujours comme ça que je me suis fait piéger.

Mathias hocha la tête. Louis regarda Marc secourir fébrilement l'Histoire gondolée. Il s'appliquait à décoller et déplisser les feuilles de comptes de Hugues de Puisaye. Antoinette et Jean l'aidaient avec un chiffon ou en soufflant dessus. Mathias disposait les feuilles sauvées à cheval sur les dossiers des chaises. Louis raconterait ça au vieux, à Lörrach. Ça lui ferait plaisir. Ensuite, le vieux le raconterait au Rhin, certainement.

— Je veux une bière, dit-il.

5690

Composition
NORD COMPO

Achevé d'imprimer en Slovaquie
par NOVOPRINT
le 20 mai 2014.

Dépôt légal mars 2013.
EAN 9782290351314
OTP L21EPNNJ04007B010

ÉDITIONS J'AI LU
87, quai Panhard-et-Levassor, 75013 Paris

Diffusion France et étranger : Flammarion